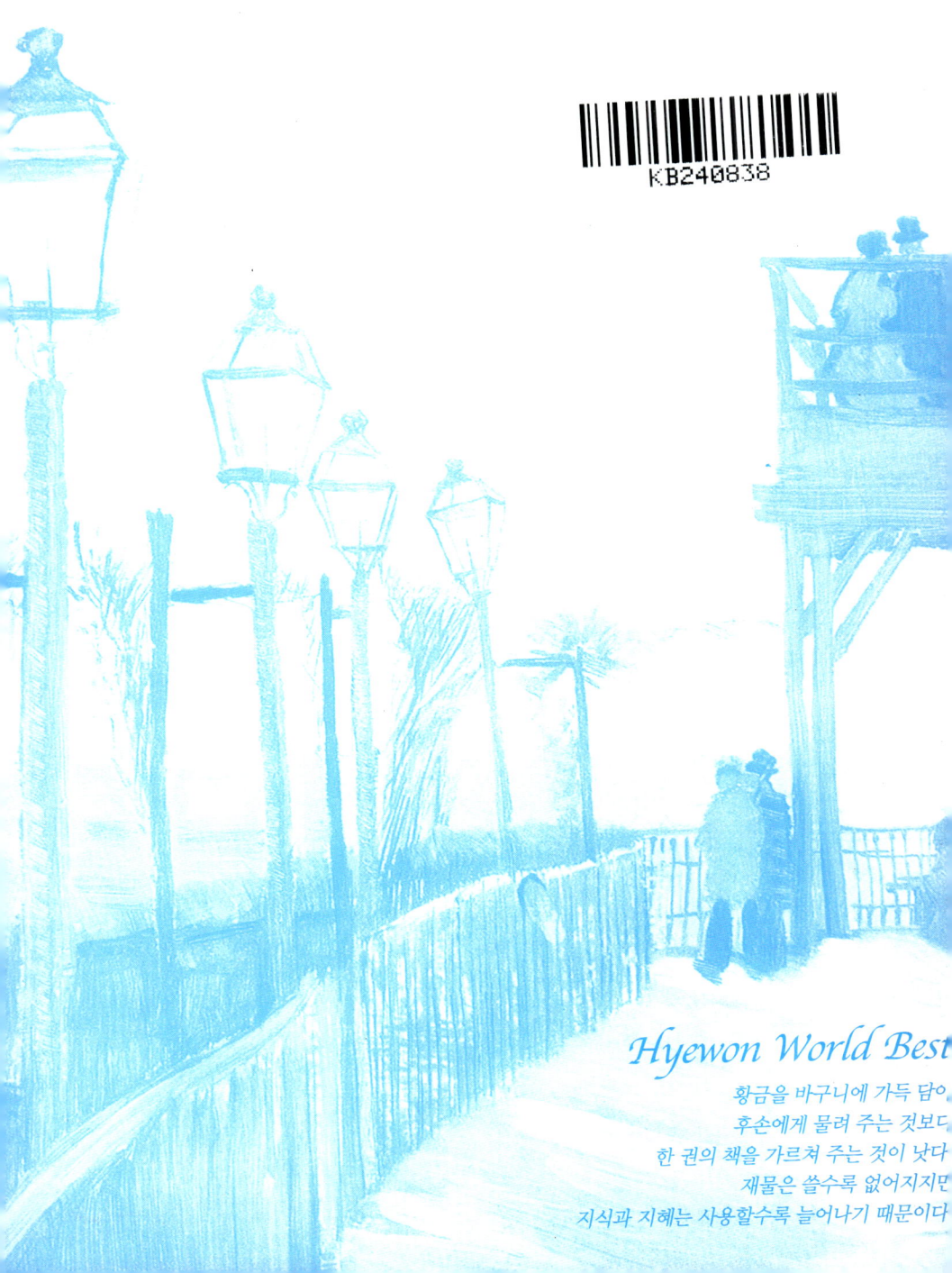

Hyewon World Best

KB240838

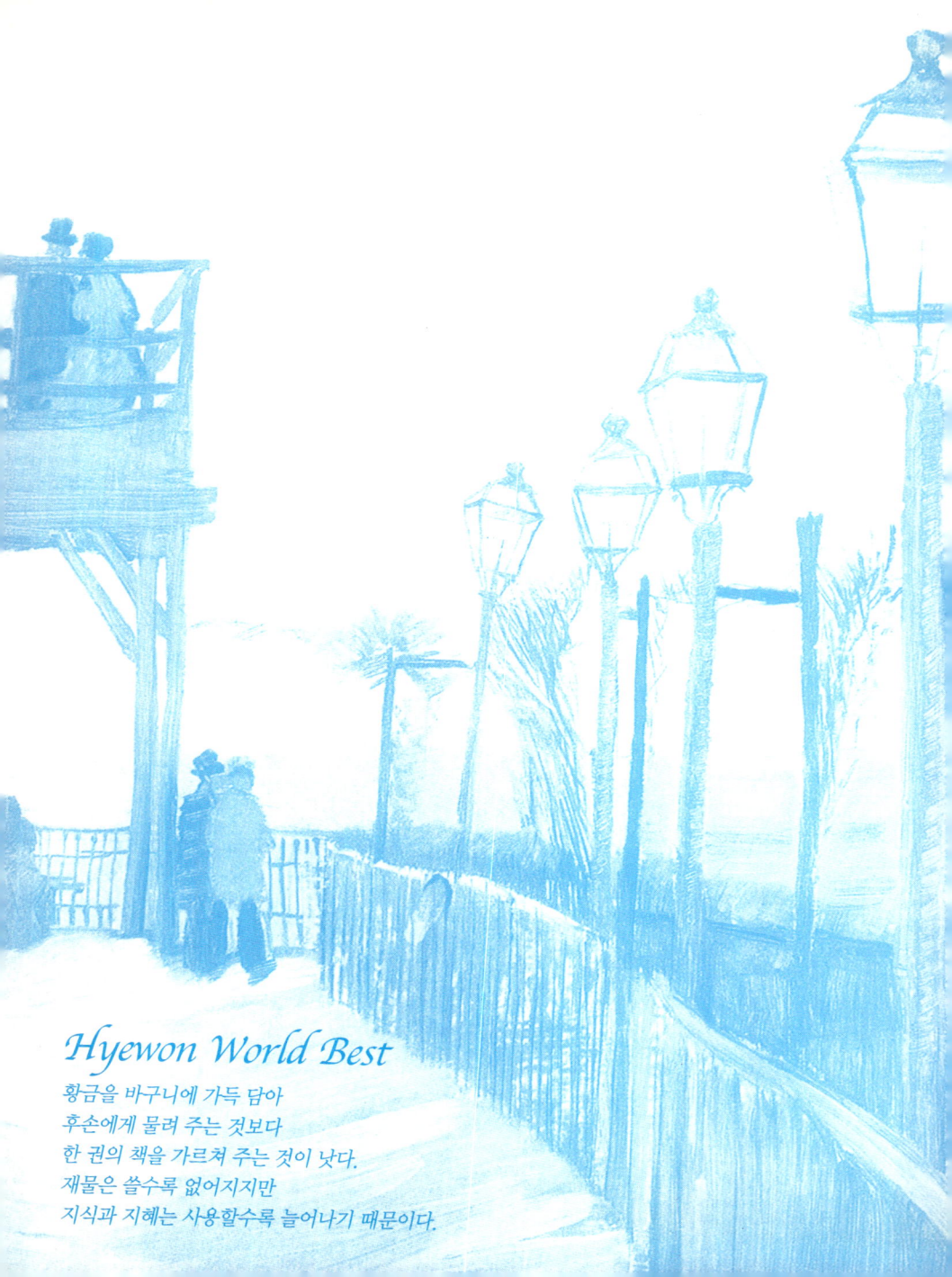

Hyewon World Best

황금을 바구니에 가득 담아
후손에게 물려 주는 것보다
한 권의 책을 가르쳐 주는 것이 낫다.
재물은 쓸수록 없어지지만
지식과 지혜는 사용할수록 늘어나기 때문이다.

Hye Won World Best 42

The Taming of the Shrew

말괄량이 길들이기

세익스피어 지음
장은경 옮김

惠園出版社

육체를 풍부하게 하는 것은
뭐니뭐니 해도 정신이오.
태양이 시커먼 구름을 헤치고 비치듯이
의복이 아무리 남루해도 덕은 저절로 빛이 나는 법이오.

〈말괄량이 길들이기〉 中에서

차 례

말괄량이 길들이기

THE TAMING OF THE SHREW

광란한 불이 둘이 만나면
순식간에 타 버리고 재만 남는 법입니다.
그리고 작은 불은 작은 바람에 크게 번지지만,
큰 바람한테는 큰 불이건 작은 불이건
다 꺼져 버리고 마는 법입니다.

서 막

제 1 장 히스가 자란 벌판의 어떤 술집 앞

문이 열리고 안에서 술집 안주인에게 내쫓겨서 거지꼴을 한 슬라이가 허청허청 걸어 나온다.

슬라이 두고 보자, 제기랄.

안주인 죽여도 시원찮을 이 악질아.

슬라이 요 깍쟁이 좀 보게. 슬라이 집안에 악질은 없어. 족보를 뒤져 봐. 우리 조상은 옛날에 리처드 정복왕(征服王)과 함께 건너온 명문이 야. 그러니까, 요컨대 세상은 될 대로 되라지, 제기랄.

안주인 유리잔을 깨고도 물어내지 않을 테야?

슬라이 천만에, 한푼도……. 그만 줄행랑을 치자. 내 방으로 가서 포근 하게 잠이나 자자. (비틀비틀 걸어 나가다가 덤불 옆에 쓰러진다.)

안주인 내가 가만 둘까 보냐. 가서 지서장을 불러올 테야. (퇴장.)

슬라이 지서장이고 분서장이고 누구든지 좋아. 난 법으로 할 테니까 말이야. 누가 놀랄 줄 알아. 제기, 올 테면 와 보라지. (잠이 들고 코를 골기 시작한다.)

뿔나팔 소리. 영주와 그 부하들이 벌판을 가로질러 오고 있다. 사냥에서 돌아오는 길이다.

영　주　여봐라 사냥꾼들, 사냥개들을 좀 잘 봐주게. 라메리먼이란 놈은 입에서 거품을 내고 있잖나. 클라우드런 놈은 짖는 소리가 좋은 암놈하고 같이 놔 두게. 그런데 실버란 놈은 글쎄 아까 울타리 모퉁이에서 금세 냄새를 맡아 내지 않던가? 그놈은 이십 파운드와도 바꿀 수 없지.

사냥꾼 1　벨먼도 그 개에 뒤지지 않습니다. 완전히 놓치고 만 것을 그놈이 찾아냈습니다. 오늘도 거의 다 놓칠 뻔한 것을 두 번이나 그놈이 찾아냈습니다. 정말이지 그놈이 더 낫습니다.

영　주　바보 소리 마라. 에코란 놈만 해도 좀더 잘만 뛴다면 벨먼쯤은 아무것도 아니야. 아무튼 밥을 잘 주고, 잘 좀 봐 주게. 내일 또 사냥할 계획이니까. 알겠나?

사냥꾼 1　예, 잘 알았습니다.

여기서 일동은 슬라이를 발견한다.

영　주　이건 뭐냐? 죽었나, 취했나? 어디, 숨은 쉬고 있나?

사냥꾼 2　아직 숨은 쉬고 있습니다. 술 기운이 아니면 차디찬 맨바닥에 이렇게 곤히 잠이 들리 없습니다.

영　주　이 짐승 같은 것! 돼지같이 나자빠져 있는 꼴 좀 보게. 무서운 죽음도 저 낯짝엔 그저 보기 싫고 더럽게만 보이는군. 가만, 이 주정뱅이에게 장난을 좀 쳐야겠어. 자네들은 어떻게 생각하나? 이 녀석을 침실로 옮겨다가 좋은 옷으로 갈아입히고, 반지도 끼워 주고, 머리맡에는 맛있는 음식을 갖다 놓고, 거기다가 그럴듯한 시종들도 대기시켜 놓으면, 이 거지가 잠이 깨면 자기 신분을 감쪽같이 착각하지나 않을까?

사냥꾼 1   그렇게 하면 착각할 수밖에 없을 것입니다.

사냥꾼 2   잠이 깨면 아마 어리둥절할 것입니다.

영 주   달콤한 꿈을 꾸는 것과 같을 테지. 그럼 이자를 옮겨서 잘해 봐. 내 가장 좋은 방에 가만히 데려다 놓아라. 그리고 방 안에는 온통 음탕한 그림들을 걸어 놓고, 이 더러운 머리에는 따뜻한 향수를 뿌려 주고, 향목(香木)을 태워서 방 안을 향기롭게 하고, 음악을 준비해 두었다가 눈을 뜨거든 상쾌하고 신비한 음악을 들려 주어라. 그리고 혹시 무슨 말을 하거든 빨리 대답하고 공손하게 낮은 음성으로, '무슨 분부하실 말씀이 있으십니까?' 하고 물으란 말이야. 그리고 누구 한 사람은 가득 담은 장미수에 꽃을 띄운 은쟁반을, 다른 사람은 물병을, 또 한 사람은 물수건을 들고 대령하여 '손을 시원하게 씻지 않으시렵니까?' 하고 물어라. 그리고 다른이는 값진 옷을 준비하고 있다가, 어떤 것을 입으시겠는가 물어 보고, 또 다른이는 사냥개와 말 얘기를 해 주고, 또 부인께서는 주인 양반의 병환을 슬퍼하고 계시다고 말하란 말이야. 이렇게 해서 자기를 실성한 사람으로 믿게 만들어라. 그리고 그자가 그 말에 동의를 하면 당장 이렇게 말해 주어라. '그건 꿈을 꾸신 것이고 사실은 훌륭하신 영주님에 틀림없습니다.' 라고 말이야. 그런 식으로 조심해서 잘해라. 적당히 잘 진행된다면 그거 참 굉장한 재미거리가 아니겠느냐 말이다.

사냥꾼 1   예, 저희들은 각기 충성을 다하여 이자로 하여금 자신을 우리가 말하는 바와 같은 사람인 줄로 생각하게 하도록 하겠습니다.
영 주   살며시 옮겨다가 재우고, 눈을 뜨거든 각기 시킨 대로 하라.
(슬라이를 옮긴다. 나팔 소리.) 아니 저 나팔 소리는? 가서 살펴봐라.
(하인 한 사람 나간다.) 혹시 어떤 귀족이 여행을 하다가 이 근처에서
좀 쉬자는 것이나 아닐까······.

아까 그 하인이 다시 들어온다.

영 주   그래 누구더냐?
하 인   배우입니다. 영주님 앞에서 상연을 해 보이겠답니다.
영 주   이리 불러들여라.

배우들 등장.

영 주   아, 여러분 잘 왔소.
배우 일동   감사합니다.
영 주   오늘 밤 내 저택에 머물러 주시겠소?
배우 1   예, 분부시라면.
영 주   그렇게들 해 주세요. 이분과는 나도 안면이 있소. 언젠가 농부
의 맏아들 역할을 했지요. 아마, 그땐 귀부인을 근사하게 설복하는 장
면이었지! 무슨 역인지 이름은 잊었으나 그 역은 안성맞춤이었어. 분
장도 자연스러웠고.
배우 1   그건 소토 역(役)이었을 겁니다.
영 주   옳아, 그래. 그건 참 근사했어. 자네들은 참 잘 와 주었어. 실은
무슨 심심풀이를 계획하고 있는 중인데, 멋진 솜씨를 가진 자네들의

도움만 받는다면 한결 흥겨워질 수 있을 거야. 오늘 밤 어떤 영주님께 자네들의 연극을 보여 드릴 생각이네. 다만 내가 염려하는 건, 연극이라곤 생전 처음인 그 영주님의 기묘한 행동을 보고 자네들이 예절도 잊고 웃음을 참지못해, 그분의 기분을 상하게 하지나 않을까 하는 점이야. 자네들이 웃으면 그분은 화가 날 테니까.

배우 1 염려 마십시오. 저희들은 최대한 자제를 하겠습니다. 그분이 천하에 둘도 없는 어릿광대라도 말입니다.

영 주 음, 여봐라. 이분들을 식당으로 안내해서 한분 한분 극진히 대접해라. 내 집에서 할 수 있는 거라면 뭐든지 불편이 없도록 해 드려라. (하인이 배우들을 안내하여 들어간다.) 여봐라, 너는 시동아이 바솔로뮤한테 가서 귀부인의 차림으로 갈아입히고, 그 아이를 아까 그 주정뱅이 방으로 데리고 가서, '마님, 마님' 하며 굽실대게 해라. 그리고 충분한 보수는 주겠다고 일러 다오. 즉, 귀부인이 남편에게 하는 것처럼 품위 있게 주정뱅이한테 대하고, 말도 고분고분, 허리도 나지막이 굽히라고 일러라. '무슨 분부든지 말씀하세요, 당신의 부인으로 부족한 아내지만, 소녀는 정성과 애정을 보여 드리기 위해서 이렇게 서 있습니다.' 라고 말이다. 그리고 정답게 안고서 키스를 하고 싶어하며, 머리를 상대방 가슴에 파묻고 눈물을 짜내라고 일러라. 글쎄 남편이 일곱 해나 가엾게도 비참한 거지꼴이 된 줄로만 생각하고 있던 것이, 이제는 건강이 회복되어 정말로 기쁘다고 하라고 해라. 그애가 소낙비 같은 눈물을 쏟는 재주가 없거든, 묘안이 있다. 양파를 헝겊에 싸서 눈에 비비면 눈물은 나올 것이다. 빨리 시킨 대로 행하라. 다음 지시는 다음에 곧 내리겠다. (하인 퇴장.) 시동아이는 그 품위나, 음성이나, 태도나, 몸가짐이 넉넉히 귀부인을 흉내낼 거야. 어서 들어 보고 싶구나, 그 아이가 주정뱅이를 남편이라고 부르는 것을. 그리고 또 내 부하들이 우스운 것을 참고서 그 바보 같은 농군에게 굽실거리는 꼴은 참 가관이겠는걸. 안에 들어가서 주의를 시켜야겠어. 내가 참석하면 설마 너무들 흥겨워하다가 일을 그르치는 일은 없을 테지. (일동 퇴장.)

제2장 영주의 저택

호화스런 침실, 잠옷을 입은 슬라이가 의자에 기대어 자고 있다. 그 주위에 시종들이 어떤 자는 의복을, 어떤 자는 대야와 물병 또는 그 밖의 물건들을 들고 서 있다. 여기에 영주가 등장한다.

슬라이 (잠이 덜 깬 얼굴로) 제발 맥주나 한 병 다오.
하인 1 나리, 백포도주로 하시면 어떻겠습니까?
하인 2 설탕조림 과일을 들지 않으시겠습니까?
하인 3 오늘은 어떤 옷을 입으시겠습니까?
슬라이 난 크리스토퍼 슬라이야. 나를 '나리, 나리' 하지 말라니까. 백포도주 따윈 생전 마셔 보지도 못했어. 설탕조림 과일을 주려거든 쇠고기 조림이나 줘. 무슨 옷을 입겠느냐고 묻지도 마라. 이 잔등이 내 저고리고, 두 다리가 양말이고, 신발은 발이고, 아니 발이 신발이라니까. 글쎄 이렇게 발가락이 가죽 밖으로 비어져 나와 있잖아.
영 주 아이고, 우리 나리의 이 까닭 모를 병환이 속히 낫게 되시기를! 그렇게도 훌륭한 혈통과 그렇게도 많은 재산을 가지신, 그렇게도 귀하신 분께 이렇게 흉악한 악령이 들리시다니.
슬라이 아니 당신네들은 생사람을 미치게 할 작정이오? 난 크리스토퍼 슬라이란 말이오. 버튼 히드에 사는 슬라이 영감쟁이의 자식이오.

원래는 행상을 했는데 그만두고 솥 공장에 취직했다가 다시 곰〔熊〕지기가 되었다가 그것도 그만두고 지금은 땜장이 노릇을 하고 있는 슬라이란 말이오. 윙커트 술집의 저 뚱뚱한 여편네 매리언 해케트한테 가서 나를 아느냐고 물어 보구려. 외상 술값이 십사 펜스 걸려 있는데도 그런 일이 없다고 그 마님이 잡아뗀다면, 나야말로 예수교의 나라에서 제일의 거짓말쟁이가 될 테지요.

하인이 맥주를 가지고 등장.

슬라이 내가 미치다니, 천만에…… . (하인이 내민 맥주잔을 받아서 마신다.)

하인 3 아, 이러시기 때문에 마님께서도 슬퍼하고 계십니다.

하인 2 이러시기 때문에 하인들도 근심하고 있습니다.

영 주 이러시기 때문에 일가 친척들도 실성하신 것을 무서워하여 겁을 먹고 나리와 발을 끊은 것입니다. 아 나리, 가문을 생각하셔서 쫓아낸 그전 마음을 도로 불러들이시고, 이 비참한 악몽쯤은 몰아내 버리십시오. 보십시오, 이렇게 하인들이 곁에서 나리의 분부를 기다리고서 있잖습니까. 음악은 어떻습니까? 악성 아폴로가 연주하는 음악을 들어 보십시오. (음악이 연주된다.) 소쩍새들도 스무 마리나 새장에서 노래를 하고 있습니다. 아니, 졸리십니까? 자리를 깔아 드릴까요? 저 아시리아의 시미러스 여왕을 위하여 마련했다는 음란한 잠자리보다 더 푹신하고 달콤한 잠자리입니다. 산보를 하시겠다면 땅바닥에 꽃을 뿌려 놓겠습니다. 아니면 말을 타시겠습니까? 황금과 진주로 장식한 마구를 채워 가지고 말들을 대기시켜 놓겠습니다. 혹시 매 사냥은 어떠십니까? 아침의 종달새보다 높이 나는 매들이 준비돼 있습니다. 아니면 사냥은 어떠십니까? 사냥개들은 하늘에 짖어 대고 광막한 대지에 날카롭게 울어댈 것입니다.

하인 1   달리라고 말씀하시면 사냥개들은 수사슴처럼 숨도 안 쉬고 쏜살같이 달릴 것입니다. 날쌔기로는 노루도 어림없습니다.

하인 2   그림은 어떠십니까? 지금 당장에라도 내오겠습니다. 넘나드는 개울가엔 미소년 어도니스가 서 있고, 향부자 덤불 속에는 아름다운 여신 시데리어가 누워 있고, 그 입김에 요염하게 움직이는 향부자들은 마치 바람에 산들거리는 듯 보이는 그림 말입니다.

영 주   다른 그림도 보여 드리겠습니다. 숫처녀 아이오가 주피터신한테 몰래 습격당하는 그 광경이 생생하게 그려진 그림 말입니다.

하인 2   아니면 여신 대프니가 아폴로신에게 쫓기어 찔레밭을 헤매다가 다리를 긁히고 피가 나올 정도로 그 광경에 아폴로마저 슬퍼하고 피와 눈물을 자아낼 정도로 잘 그려진 그 그림은 어떠십니까?

영 주   나리, 나리는 영락없는 나리이십니다. 나리께는 이 말세에 다시없이 아름다운 부인이 계십니다.

하인 1   나리 때문에 흘리신 눈물이 밉살스런 홍수같이, 그 아름다운 얼굴을 흘러내리기 전에는 천하의 미인이셨습니다. 아니, 지금도 누구보다 못지않으십니다.

슬라이   내가 나리이고, 그런 부인이 있었던가? 꿈이 아닐까? 아니, 지금까지 꿈을 꾸고 있었을까? 확실히 잠결은 아니야. 음, 내 눈에 보이고, 내 귀에 들리고, 내가 말을 하고 있군. 좋은 냄새도 나고, 만지니 보드랍군. 정말 난 나리인가? 땜장이 크리스토퍼 슬라이가 아니라……. 그럼 아씨를 어서 모셔 와. 맥주도 한 병 더 가져오고.

하인 2   (대야를 내밀며) 나리, 손을 씻으십시오. (슬라이가 손을 씻는다.) 나리께서 정신을 회복하시고 다시 신분을 되찾으셨으니 저희들은 참으로 기쁩니다. 지난 열다섯 해를 꿈 속에 계시다가 마치 잠에서 깨어 나시듯 이제 눈을 뜨셨습니다.

슬라이　열 다섯 해나! 제기, 많이도 잤네. 하지만 그 동안 아무 말도 하지 않던가?

하인 1　나리, 겨우 헛소리밖에 하시지 않았습니다. 이렇게 훌륭한 방에 누워 계시면서도 밖으로 쫓겨났다고 말씀하시고, 술집 안주인과 시비를 하셨습니다. 그리고 마개를 딴 작은 술병을 가져오라는데 돌주전자를 가져왔다고 소송을 하시겠다는 둥 또는 이따금 시실리 해케트란 이름을 입에 담으셨습니다.

슬라이　음, 그건 술집 여자의 이름이야.

하인 3　아닙니다. 나리께선 그런 술집이나 그런 여자를 아실 리가 없으십니다. 그리고 스테븐 슬라이니 그리스 마을의 존 내프스 영감이니, 이 밖에 스무 명 남짓한 이름을 입에 담으셨지만, 그런 사람들은 있지도 않거니와 생전 만나 보시지 않은 분들입니다.

슬라이　그렇다면 모두 하느님의 덕분이군. 참 감사해야 할 일이로군!

일 동　아멘!

슬라이　다들 고맙소. 여러분의 기원이 헛되지 않게 하겠소.

　부인으로 변장한 시동이 시종을 거느리고 등장. 그 중의 한 시종이 슬라이에게 맥주를 권한다.

시 동　서방님 좀 어떠세요.

슬라이　아 좋소, 좋아. 이젠 여간 기운이 나지 않는구려. 그런데 내 아내는?

시 동　여기 있어요. 나리, 무슨 용무라도?

슬라이 　당신이 내 아내요? 그럼 왜 남편을 '여보'라고 부르지 않소? 내 부하들은 '나리'라고 불러도 좋지만, 난 당신의 남편이 아니오?

시 동 　저의 남편이며 어른이세요. 나리, 서방님, 전 당신의 아내로서 뭐든지 당신 뜻대로 하겠어요.

슬라이 　잘 알았소. 그럼 나는 당신을 어떻게 부를까?

영 주 　부인이라고 부르십시오.

슬라이 　앨리스 부인이요? 존 부인이요?

영 주 　그저 부인이라고만 부르십시오. 나리들은 각자 부인을 다 그렇게 부른답니다.

슬라이 　여봐 부인, 듣자니 난 열다섯 해 이상이나 잠을 자며 꿈을 꾸고 있었다는데, 그게 정말이오?

시 동 　네, 그것이 소녀에게는 삼십 년이나 되는 것 같아요. 그 동안 소녀는 독수공방이었어요.

슬라이 　그것 참 안 됐군. 여봐라, 하인들은 물러가고 우리 두 사람만 있게 해 다오. (하인들이 물러간다.) 부인, 자 옷을 벗고 잠자리로 들어가 보자구요.

시 동 　귀하고도 귀하신 나리, 소녀의 간청이옵니다. 제발 참아 주세요. 그것조차 안 되신다면 해가 질 때까지만이라도. 의사들 말씀이 병환이 다시 재발될 우려가 있으니까 동침은 삼가라고 하셨어요. 이만하면 소녀의 변명 아닌 변명도 이해해 주실 거예요.

슬라이 　음, 한시도 참을 수가 없는걸. 하지만 또다시 그런 악몽 속에 빠지는 것도 싫으니 참기로 하지. 피와 살이 뛰기는 하지만.

　　하인 한 사람 들어온다.

하인 1   전속 배우단들이 나리의 병환이 쾌유하신 소식을 듣고 희극을
　상연하기 위해 문안 와 있습니다. 의사 선생님들도 대단히 찬성하십니
　다. 심한 비탄은 피를 응결시켜 놓고, 심한 우울증은 결국 사람을 실
　성하게 하니까요. 연극을 보시고 흥겨운 일에 마음을 돌리시는 것도
　한 방법일 것이니, 그렇게 하시면 수많은 해악도 미리 방지되고, 수명
　도 길게 하실 수 있다고 합니다.
슬라이   음, 그럼 곧 그렇게 해라. 그래 그 희극인가 뭔가는 크리스마스
　춤인가, 아니면 곡예사의 요술인가?
시 동   아녜요, 서방님, 그것보다 훨씬 더 재미있는 것이에요.
슬라이   아니 그럼 살림도구 같은 것인가 보지?
시 동   그건 옛날 얘기 같은 것이에요.
슬라이   음, 아무튼 구경해 보자. 자, 부인, 내 곁에 와서 앉으시오. 우리
　가 두 번 다시 이렇게 젊어질 수 있겠소.

　시동이 슬라이 곁에 앉는다. 나팔 소리. 〈말괄량이 길들이기〉 극이 시
작된다.

제1 막

제 1 장 패듀어의 광장

밥티스타와 호텐쇼의 집과 다른 집들이 광장을 면하고 있다. 광장에는 나무들이 있고 벤치가 놓여 있다. 루센쇼와 그의 하인 트라니오가 등장.

루센쇼   여봐 트라니오, 문화의 요람지인 이 아름다운 패듀어를 꼭 한 번 구경하고 싶었는데, 이탈리아의 낙원이라 할 이 기름진 롬바르디 평야에 마침내 도착했구나. 더구나 아버지의 호의와 승낙 아래 너같이 믿음직한 시종하고 동행이라 만사는 다 잘 되어 가는구나. 자, 여기서 좀 쉬자. 그리고 나서 서서히 학문과 문화의 길을 찾기로 하자. 점잖은 시민들로 이름난 피서에서 태어나서 천하를 주름잡는 대상인 벤티보리오 가문의 대상인 빈센쇼를 아버지로 갖고, 플로렌스에서 교육을 받은 내가 아니냐. 세상의 기대에 어긋나지 않기 위해서는 그만한 행운을 상당한 덕(德)으로 장식해야 한다고 생각해. 그러니까 이봐, 지금 내가 배우고 싶은 것은 덕인데, 이 철학을 몸에 지니고 나면 그것으로 말미암아 행복에 도달할 길도 자연 습득될 것이다. 그래 네 생각은 어떠나. 내가 피서를 버리고 패듀어에 온 것은, 이를테면 얕은 개울물을 떠나 깊은 물에 몸을 담그고 흐뭇하게 갈증을 없애고 싶은 마음에서다.

트라니오   예 도련님, 전 뭐든지 도련님과 같은 마음이고, 참 기쁩니다. 달디단 학문의 단물을 빨아 잡수시겠다는 그 결심을 제발 그대로 계속하십시오. 그런데 도련님, 도덕이니 수양 같은 것만 숭상하고 계시다가, 제발 저 금욕주의자나 돌대가리는 되지 말아 주십시오. 엄격한 아리스토텔레스의 말만 듣고 계시다가 달콤한 오비드를 내던지게 되면 안 되니까요. 친구간의 대화는 논리학의 공부로 삼으시고 보통 대화도 수사학(修辭學)의 연습으로 삼으십시오. 그리고 기분을 되살리기 위해선 음악이나 시가 좋고, 수학이니 형이상학 같은 것도 입맛이 당기실 때에는 해 보셔도 좋습니다. 흥미가 없는 곳엔 소득도 없는 것입니다. 요는 도련님이 가장 하고 싶은 공부를 하십시오.

루센쇼   고맙다, 트라니오. 네 말이 옳고말고. 그런데 비온델로가 도착했더라면, 우린 당장 여관을 정하고 지금 패듀어에서 얻을 수 있는 친구들을 모두 초청하여 대접할 수 있을 것 아닌가. 그런데 가만 있자, 저분들은?

트라니오   도련님, 우리를 마중나온 행렬 같습니다.

문이 열리고 밥티스타가 두 딸 카타리나와 비앙카를 데리고 등장. 늙은 어릿광대인 그레미오와 호텐쇼가 그 뒤에 등장. 두 사람은 비앙카의 구혼자다. 루센쇼와 트라니오는 나무 그늘에 숨는다.

밥티스타   이제 제발 나를 그만 조르시오. 내가 단단히 결심한 것을 당신들도 알고 있잖소. 글쎄 큰딸의 신랑을 정하기 전에는 작은딸을 시집보낼 수 없다고요. 만약 두 분 중에 카타리나를 사랑하신다는 분이 있다면 내가 잘 알고 호의를 가진 두 사람이니까, 사양 마시고 제발 그애와 직접 담판해 보시구려.

그레미오   담판이 아니라 재판을 해야 할 판입니다. 큰따님은 제 힘으로 다룰 수 없어서요. 하지만 호텐쇼, 당신이야 어떤 아내든 상관하지 않을 테지?

카타리나   아버지, 그래 저를 이런 녀석들 미끼로 하실 참이에요?

호텐쇼   녀석들이라고, 이 여자가? 그래 그게 무슨 소리야? 좀더 처녀답게 얌전하게 굴지 않을 수 없어요, 응.

카타리나   누가 그런 걱정해 달래요. 난 결혼할 생각은 조금도 없어요. 하지만 만약에 당신과 결혼을 하는 날엔 정말이지, 세발 의자를 빗삼아 당신의 머리털을 빗겨 주고 얼굴은 색칠을 해서 바보처럼 만들어 줄 테야.

호텐쇼   아이고 하느님, 제발 이런 악마 같은 것한테서 저를 구해 주십시오.

그레미오   제발 저도…….

트라니오   (방백) 쉬, 도련님! 이거, 여간한 구경거리가 아닙니다. 저 말 괄량이는 완전히 미쳤거나 안 그렇다면 굉장한 고집쟁이 같습니다.

루센쇼   그런데 말 없는 다른 쪽은 아주 처녀답게 얌전하고 온순하구나. 쉬! 트라니오.

트라니오   참, 말씀마따나 벙어리 같군요. 실컷 바라보십시오.

밥티스타   두 분 양반, 내가 한 말을 증명해 드릴까요. 그런데 비앙카야, 너는 안으로 들어가라. 그렇다고 기분을 상해서는 안 된다. 내가 너를 사랑하는 마음에는 변함이 없으니까. (비앙카의 머리를 쓰다듬어 준다.)

카타리나   아이고 귀염둥이로군. 손가락을 눈에 대고 울어라. 너도 그만한 까닭을 안다면.

비앙카   언니는 내가 잘못되면 시원할 거야. 아버지, 저는 아버지 분부대로 하겠어요. 책과 악기를 벗삼아 혼자 읽고 연습하겠어요.

루센쇼   (방백) 저봐라 트라니오, 미네르바 여신이 입을 열지 않느냐.

호텐쇼   밥티스타 님, 그건 너무하잖습니까. 저희들의 호의가 도리어 비앙카의 슬픔거리가 되다니 참 섭섭한 애깁니다.

그레미오   밥티스타 님, 그래 이런 지옥의 마녀 때문에 작은따님을 가둬 놓고 그 독설의 벌을 동생에게 받게 할 작정이십니까?

밥티스타   자, 조용히들 하시오. 난 이미 결심했소. 안으로 들어가거라, 비앙카야. (비앙카 퇴장.) 글쎄 그애는 무엇보다도 음악과 악기와 시를 좋아하오. 미숙한 그애를 가르쳐 줄 가정교사를 둘 생각입니다만, 호텐쇼 님, 그레미오 님, 누구 적당한 분이 있거든 좀 소개해 주시오. 재주 있는 분 같으면 잘 대접해 드리겠소. 자식들의 교육에는 돈 같은 건 아끼지 않을 생각이오. 그럼 나중에 또 봅시다. 애, 카타리나, 넌 여기 더 있어도 좋다. 난 비앙카한테 가 봐야겠다. (퇴장.)

카타리나   어머나, 나도 들어가 볼 테야. 나라고 왜 못 들어가 본담? 그래 내가 일일이 지시를 받아서 행동을 해야 하나? 나는 마음대로 오고 가고 하는 것조차도 모르는 사람인가? 흥! (획 들어선다.)

그레미오   악마 어미한테나 가 보려무나. 인품이 그렇게 알뜰해서야 누가 붙잡을라고. (카타리나는 안으로 달려들어가서 문을 꽝 닫는다.) 여보 호텐쇼, 저래서야 부녀간의 애정도 뻔한 일 아니겠소. 그러나 우리는 손끝이나 호호 불면서 먹지 말고 참아 봅시다. 지금 형편으로는 밥이 설었소, 설었어. 그럼 안녕히 계시오. 하지만 비앙카를 생각하니 안됐군그래. 그녀가 좋아하도록 어떻게 해서든지 적당한 가정교사를 찾아 가지고 그녀 아버지께 추천해야겠소.

호텐쇼 나도 그렇게 할 생각이오. 그런데 그레미오 님, 한마디 상의할 것이 있소. 우린 서로 경쟁자의 입장이라 오늘까지 의논이라곤 하지 않았지만, 이렇게 되고 보니 좀 생각해 봐야겠습니다. 우리가 다시 그 아가씨한테 접근하여, 서로 그 사랑을 다투는 행복한 경쟁자가 되려면 한 가지 특별한 일을 마련해야 할 것 같습니다.

그레미오 대체 뭐 말이오?

호텐쇼 언니 쪽에 신랑을 구해 주는 일 말이오.

그레미오 신랑! 악마 말인가요?

호텐쇼 아니 신랑 말이오.

그레미오 아냐, 악마야. 글쎄 생각을 좀 해봐요. 아버지가 아무리 부자라고 해도 지옥으로 장가를 들 쓸개빠진 녀석이 어디 있겠냐 말이오?

호텐쇼 체, 그레미오 님도! 당신이나 나는 그 계집애의 말을 순순히 받아넘기지 못하지만 세상에는 호인도 있으니까요. 설사 아무리 흠집이 많더라도 혼수는 넉넉할 테니까. 그런 계집애도 데려갈 사람이 있을 겁니다.

그레미오 글쎄요. 그러나 나 같으면 혼수를 받느니보다는 차라리 매일 아침 네거리에서 매를 맞는 편이 낫겠소.

호텐쇼 하긴 댁의 말씀마따나 썩은 사과를 고를 사람은 별로 없을 것입니다. 하지만 자, 이렇게 같은 운명에 놓이고 보면 서로 친구가 될 수밖에요. 그러니 당분간 서로 협력하여 밥티스타 님 큰딸에게 신랑을 구해 주고 작은딸도 연애 결혼할 수 있게 해 줍시다. 그리고 나서 경쟁을 하기로 합시다. 아름다운 비앙카여! 그대와 결혼하는 남자는 행복할지니. 가장 빨리 뛰는 자가 반지를 차지하렷다. 자, 어떻습니까, 그레미오 님?

그레미오 찬성이오. 누구든지 그 여자한테 구애하기 시작해서 완전히 설복하고 결혼해서 침실로 데리고만 가 주면, 글쎄 친정집에서 몰아내만 주면, 나는 그분에게 패듀어에서 일등 가는 말〔馬〕을 선사할 테요. 자, 가 봅시다. (두 사람 퇴장.)

트라니오 아이고 도련님, 그게 정말이십니까. 그렇게 별안간 사랑에 붙들려 버리시다니?

루센쇼 아 트라니오, 지금까지만 해도 설마 그런 일은 절대로 있을 것 같지가 않았다. 그런데 부질없이 바라보고 서 있는 동안에 알고 보니 그만 멍하니 사랑에 빠지고 말았구나. 이렇게 되고 보니 네게 솔직히 고백하겠다. 카르테지의 여왕 다이도는 동생 애너에게 비밀을 고백했다지만, 너와 나는 그보다도 더한 사이가 아니냐. 그러니 트라니오, 내가 그 얌전한 처녀를 얻지 못하는 날엔 내 가슴은 타고 수척해져서 끝내는 죽고 말 거야. 이봐 트라니오, 어떻게 하면 좋겠느냐. 너 같으면 좋은 지혜가 있을 게다. 날 좀 도와다오. 너 같으면 그만한 일은 할 수 있을 것 아니냐.

트라니오 도련님, 이젠 도련님을 책망할 단계가 아닌 것 같습니다. 연심(戀心)이란 건 책망한다고 해서 가슴에서 떠나지는 않으니까요. 한번 연심에 붙들리면 별수없습니다. 그러나 라틴 어 속담에도 있잖습니까, '보석금은 되도록 싸게'라고요.

루센쇼 고맙다. 자, 어서 본론을 얘기해 다오. 네 충고는 그럴 듯하니까, 다음 말도 위안이 될 게다.

트라니오 도련님은 그 아가씨한테만 넋이 빠졌으니, 아마 문제의 핵심은 미처 못 보셨을 거예요.

루센쇼 아, 그 아름다운 얼굴은 애지노의 딸 유로파를 방불케 했다. 조브신이 소로 둔갑하여 크레타 해안에 도착했을 때, 공손히 무릎을 꿇고 구했다는 그 유로파 말이다.

트라니오 그 밖엔 못 보셨습니까? 언니 쪽이 떠들고 고래고래 소리를 지르며, 도저히 사람의 귀로는 듣지 못할 소동을 일으킨 것은 못 보셨습니까?

루센쇼 음, 봤어. 그녀의 산호 같은 입술이 달싹이고 그 입김으로는 주위에 향기를 뿌리곤 했지. 그녀 속에 보인 것은 죄다 거룩하고 감미로웠어.

트라니오 아니, 이거 꿈결에서 좀 깨워 드려야겠는걸. 도련님 정신을 차리십시오. 그렇게도 그 아가씨를 사랑하시면 지혜를 짜내 가지고 손에 넣을 궁리를 하셔야죠. 사태는 이렇습니다. 아가씨의 언니는 지독하게 고약한 말괄량이라 아버지로선 언니 쪽을 치워 버리기 전에는 도련님이 사모하시는 아가씨를 집에만 틀어박혀 있도록 할 겁니다. 구혼자가 귀찮게 굴지 않도록 아버지가 딸을 꼭 가두어 놓는 것입니다.

루센쇼 아 트라니오, 참 지독한 아버지도 다 있구나! 그러나 넌 듣지 못했느냐? 딸애를 교육하기 위해서 좋은 가정교사를 물색 중이라고?

트라니오 저도 들었어요. 마침 좋은 계획이 있습니다.

루센쇼 나도 그래.

트라니오 그렇다면 틀림없이 우리 두 사람의 계획은 같을 것입니다.

루센쇼 그럼, 어디 네 계획 좀 들어 보자.

트라니오 도련님이 가정교사가 되셔 가지고 그 아가씨의 교육을 맡는다는 것입니다. 도련님 계획은?

루센쇼 나도 같아. 잘 될까?

트라니오 좀 어려울 것 같습니다. 그러면 도련님의 역할은 누가 합니까? 빈센쇼 님의 아들로서 패듀어에 묵으면서 셋집을 지키고, 책을 읽고, 친구들을 대접하고 등등의 역할을 대관절 누가 합니까?

루센쇼 염려할 것 없다. 마침 좋은 생각이 났다. 우린 아직 이곳에서 누구의 집에도 들어가 보지 않았으니까, 어느 쪽이 하인이고 어느 쪽이 주인인지 우리 얼굴을 분간할 사람은 없다. 그러니까 이렇게 하자. 트라니오, 네가 내 주인이 돼 가지고 내 대신 집도 얻고 주인 행세를 하고 하인도 거느리란 말이야. 난 다른 곳에서 온 사람같이 가장할 테니. 플로렌스 사람이나 나폴리 사람이나 혹은 미천한 피서 사람같이. 이제 계획은 섰으니 실행에 옮기자. 트라니오, 얼른 옷을 벗고, 이 화려한 모자와 외투를 입어라. 비온델로가 도착하면 네 하인 역을 시키겠다. 그러나 그전에 그 녀석을 설득해서 입을 꼭 다물게 해 놔야 하겠군.

트라니오　그럼, 할 수 없군요. (두 사람이 옷을 바꾸어 입는다.) 도련님이 정 그러시다면 전 복종할 수밖에요. 떠날 때에 도련님 아버지께서도 신신 당부하시며, '내 아들에게 잘해 다오.' 라고 하셨으니까요. 하기야 설마 이런 의미에서는 아니셨을 것입니다만. 아무튼 제가 기꺼이 루센쇼가 돼 드리죠, 소중한 도련님을 위해서라면.

루센쇼　트라니오, 제발 그렇게 해 다오. 이제 이 루센쇼에게도 사랑이 눈을 떴으니, 그 아가씨를 얻기 위해서라면 난 노예가 돼도 좋다. 한 번 보았을 뿐인데 느닷없이 이 눈이 상처나고 사로잡히다니. (비온델로가 들어온다.) 저 녀석이 오는구나. 이봐, 도대체 어디에 가 있었어?

비온델로　어디에 가 있었냐고요? 아니 원, 그럼 도련님은 어디 계셨어요? 아니 이거, 트라니오 자식이 도련님 옷을 훔쳐 입었나요? 혹은 도련님이 트라니오 자식의 옷을 훔쳐 입었나요? 아니면, 서로서로 훔쳐 입었나요? 무슨 일들이십니까?

루센쇼　농담하고 있을 때가 아니다. 그러니까 이 분위기에 좀 맞춰 달란 말이야. 네 동료 트라니오는 지금 내 목숨을 구하기 위하여 내 옷을 입고 내 행세를 하고, 난 트라니오 옷을 입고 도주하는 거다. 난 이곳에 도착하여 싸움에 휩쓸려 사람을 죽였는데 아마 발각될 것만 같다. 그러니까 명령이다만 네가 트라니오의 하인이 돼 가지고, 내가 도주하여 안전해질 때까지 잘해 보란 말이야. 어때, 알겠니?

비온델로　뭐가 뭔지 알 수가 없네요.

루센쇼　한 마디라도 트라니오라고 입 밖에 내선 안 돼. 이젠 트라니오는 루센쇼가 돼 있으니까.

비온델로　부럽군. 나도 그렇게 돼 봤으면!

트라니오　정말 그렇게 돼 가지고 그 다음의 소원을 품어 봤으면! 도련님은 밥티스타 씨네 작은딸을 얻고 싶어 하시니까. 그런데 이봐, 이거 나 때문이 아니라 도련님 때문이지만, 어딜 가나 탄로나지 않도록 조심하란 말야. 단둘이 있을 땐 그야 물론 트라니오지. 하지만 그 밖의 경우엔 언제든지 난 네 주인 루센쇼란 말이야.

루센쇼　트라니오, 이젠 가 보자. 그리고 한 가지 더 부탁이 있다. 네가 그 구혼자들의 한 사람으로 행세를 해야 한다. 그 이유는 묻지 말고. 그러나 안심해. 나쁜 일은 아냐. 깊은 까닭이 있어서 그러는 것이니까. (일동 퇴장.)

서막의 인물들이 상단에서 이야기를 한다.

하인 1　나리가 졸고 계시는데, 연극이 마음에 안 드시는 모양이군요.

슬라이　(잠을 깨며) 아냐, 천만에. 여간 걸작이 아닌걸. 다음 차례는 무엇이지?

시 동　아이고 서방님도. 이제 겨우 시작인걸요.

슬라이　여보, 부인 마누라, 이건 참 대단한 걸작이구려. 제기랄, 얼른 끝났으면 좋겠네. (일동 자리에 앉고, 다시 연극이 시작된다.)

제 2 장 패듀어의 광장

페트루치오와 그의 하인 그루미오 등장하면서 호텐쇼의 집 문 앞으로 다가온다.

페트루치오   베로나를 잠시 작별하고 이렇게 패듀어의 친구들을 찾아 왔는데 그 중에도 가장 친한 친구 호텐쇼를 만나 봐야지. 여기가 틀림 없이 그 집이다. 얘, 그루미오, 두들겨 봐라.
그루미오   두들기다뇨? 누굴 두들깁니까? 누가 주인님께 몹쓸 짓이라도 했습니까?
페트루치오   이놈아, 여기를 쿵쿵 두들기란 말이야.
그루미오   여길, 주인님을요? 그래 제가 여기 주인님을 두들겨서야 뭐가 되게요?
페트루치오   요것 보게, 이 문을 두들기란 말이야. 쿵쿵 두들기라니까, 머뭇머뭇하고 있으면 네 머리통을 두들겨 줄 테니까.
그루미오   왜 그렇게 시비조이십니까. 하지만 제가 먼저 주인님을 두들 긴다고 치면, 제가 무슨 봉변을 당할 것인가는 뻔한 일이 아닙니까.
페트루치오   그래도 거역할 테야? 그러면 내가 너를 두들겨서 소리를 내주겠다. 어디 '도, 레, 미' 소리 좀 내봐라. (그루미오의 귀를 비튼다.)
그루미오   아이고, 사람 살려. 우리 주인님이 미쳤나 봅니다.
페트루치오   임마, 어서 명령대로 두들겨!

호텐쇼가 문을 열고 나온다.

호텐쇼   이거 웬일들인가? 아니 그루미오, 그리고 페트루치오 아닌가? 그래 베로나는 어떤가?

페트루치오   호텐쇼, 그래 자넨 싸움을 말리는 역인가? 그럼 난 '참 잘 만났소.' 이렇게나 말할까.

호텐쇼   그럼 난 '진심으로 환영하오, 페트루치오 님'이라고 해 두지. 자 그루미오, 일어서게, 어서. 이 싸움은 화해하기로 하지.

그루미오   그렇게 어려운 문구들을 쓰셔도 난 상관없어요. 이래도 하직할 정당한 이유가 안 된단 말씀이십니까, 호텐쇼 나리. 주인님은 저를 보고 실컷 쿵쿵 두들기라고 해 놓고선. 하지만 하인이 어떻게 주인을 그렇게 할 수 있단 말입니까. 그런 짓을 어떻게 할 수 있단 말입니까. 차라리 내가 먼저 실컷 두들겨 줬더라면, 이 그루미오가 이런 지독한 꼴은 당하지 않았을 것을.

페트루치오   요 멍청이 같으니! 여보게 호텐쇼, 내가 이 녀석보고 자네 집 문을 좀 두들기라고 했는데, 이 녀석이 어디 그걸 알아들어야지.

그루미오   문을 두들기라고 하셨다고요? 아이고 주인님은 이렇게 말씀하셨잖아요. '임마 여길 두들겨, 여길 두들기라니까, 쿵쿵 실컷 두들기라니까.'라고. 그리고 문을 두들기란 말씀은 이제서야 하시면서?

페트루치오   요놈아, 가 버려. 잠자코 대꾸나 말든지.

호텐쇼   여보게 페트루치오, 좀 참게나. 내가 그루미오의 보증인이 돼 줄 테니. 원, 이거 주인과 하인간에 굉장한 싸움이로군. 쾌활하고 충실한 그루미오를 가지고. 그런데 여보게, 무슨 좋은 바람이 불어서 고향 베로나를 버리고 이렇게 패듀어를 찾아왔나?

페트루치오   좁다란 고향에 싫증난 젊은이들을 부추기어 외국에서 신세를 고쳐 보게 하는 바람에 이끌려서 왔지. 그런데 여보게 호텐쇼, 실은…… 우리 아버지 안토니오가 돌아가셨네. 그래서 난 운명에 몸을 내던지고 요행이 가능하다면 아내를 얻고 돈도 벌어 보자는 속셈일세. 지갑에는 돈을, 고향에는 유산을. 이래서 세상 구경을 하자고 이렇게 나온 것이네.

호텐쇼 여보게 페트루치오, 그렇다면 솔직히 할 얘기가 있네. 고약한 말괄량이가 하나 있는데 그 여자를 얻어 보지 않겠나? 이런 얘긴 그리 달갑지 않을는지 모르지만 그녀가 부자라는 것만은 말해 두겠네. 이만저만한 부자가 아니라네. 하지만 실은 소중한 친구인 자네에게 그런 여자를 권하고 싶지는 않네만.

페트루치오 여보게 호텐쇼, 우리 친구지간에 빈말은 그만두세. 아무튼 이 페트루치오의 아내로서 부족하지 않을 만한 재산이 있다면…… 재산은 구애의 반주가 될 테니까. 그녀가 저 플로렌티스의 애인같이 박색이건, 백 살 먹은 무당처럼 할망구건, 아니 소크라테스의 아내 크산디페를 뺨칠 정도로 고약한 바가지쟁이건 상관없네. 가령 그녀가 저 아드리아 바다의 파도처럼 사납게 굴더라도 난 꼼짝도 안 할 것이고, 내 감정은 달싹도 안 할 것이네. 부자 아내를 얻으려고 패듀어를 찾아온 사람 아닌가! 돈만 생긴다면야 이 패듀어는 천당이지 뭔가.

그루미오 호텐쇼 나리, 주인님의 지금 말씀은 정말 진심입니다. 돈만 생긴다면 상대는 꼭두각시건, 난쟁이건, 혹은 말(馬) 쉰두 필 몫의 병을 혼자 짊어지고 이빨은 한 개도 없는 할망구이건, 우리 주인님은 아내로 삼을 것입니다. 만사 태평이지요, 돈만 생긴다면.

호텐쇼 여보게 페트루치오, 이왕 얘기가 여기까지 오고 보니 다음을 계속해야겠는데, 처음은 농담이었어. 여보게 실은 자네 중매를 하고 싶은데, 돈은 많아. 그리고 젊고 미인이야. 어디다 내놔도 부끄럽지 않을 만큼 교육도 받았어. 그러나 한 가지 흠은 굉장한 흠이긴 하지만…… 지독하게 왈패고, 사납고, 말괄량이고, 도저히 손을 댈 수 없을 정도야. 나 같으면 아무리 곤경에 빠져 있더라도, 그리고 황금 노다지를 준다고 해도 그런 여자와 결혼할 생각은 없어.

페트루치오   가만 있게, 호텐쇼. 자넨 황금의 위력을 모르는군. 그녀의 아버지 이름은 뭔가? 그것만 알면 돼. 당장에 찾아가 봐야지. 가령 그 여자가 가을철의 구름처럼 뇌성 벼락을 치더라도 상관없어.

호텐쇼   아버지는 밥티스타 미놀라라고 하는데 아주 호인이고 점잖은 신사야. 딸 이름은 카타리나 미놀라라고 하는데, 그 지독한 입 때문에 패듀어에서 유명하지.

페트루치오   딸하고는 모르는 사이지만, 아버지 쪽은 안면이 있네. 그분은 돌아가신 내 아버님과 잘 아는 사이였지. 여보게 호텐쇼, 이제 난 그녀를 만나 보기 전에는 잠을 자지 않겠네. 자네한테 좀 무례한 것 같네만, 나를 그곳으로 안내해 주겠나? 싫다면 이렇게 자네와 만나자마자 작별할 수밖에.

그루미오   제발, 우리 주인님이 변덕이 나기 전에 얼른 안내해 주십시오. 정말이지, 그 아가씨가 나만큼 주인님을 알 수 있다면 아무리 욕을 퍼부어 봤자 막무가내란 것을 깨닫게 될 것입니다. 아마, 악당이니 뭐니 하고 욕을 퍼부어 보겠지만 다 쓸데없지요. 주인님이 한번 시작했다 하면 지독한 술책을 쓰실 겁니다. 그 아가씨가 대꾸라도 하는 날엔 주인님은 그 아가씨 면상에다 근사한 말을 내던져 얼굴을 못 들게 만들어 버릴 겁니다. 호텐쇼 나리는 우리 주인님을 모르시잖습니까.

호텐쇼   페트루치오, 내가 같이 가 주겠네. 그 집에는 내 보물이 맡겨져 있거든. 정말 목숨보다 소중한 보물, 작은딸, 아름다운 비앙카가 있단 말이야. 그녀의 아버지는 나를 접근하지 못하게 하거든. 아냐, 나만 아니라 나의 경쟁자가 되는 다른 구혼자들도 얼씬대지 못하게 하고 있어. 글쎄 내가 말한 결점 때문에 큰딸 카타리나를 얻어갈 사람은 없을

거라고 생각한 모양이야. 그래서 그 망할년의 카타리나를 치우기 전에
는 아무도 비앙카한테 접근하지 못하게 해 놨거든.

그루미오   망할 년의 카타리나라고! 처녀의 별명치고 이렇게 가혹한 별
　　명이 다 있을까요.

호텐쇼   (페트루치오를 한쪽으로 데리고 가서) 그런데 페트루치오, 날 좀
　　도와주지 않겠나. 글쎄 좀 점잖은 의복으로 변장한 나를 비앙카를 가
　　르칠 음악에 능숙한 가정교사로 밥티스타 영감에게 추천해 주지 않겠
　　나? 그렇게만 해 주면 난 적어도 마음대로 비앙카에게 접근하여 태연
　　하게 사랑을 고백할 수 있을 것이니 말이네.

그루미오   이런 게 음모인가? 글쎄 늙은이를 속이려고 젊은이들이 같이
　　지혜를 짜내는 것 좀 보게.

　　그레미오가 광장으로 들어온다. 그 뒤에 가정교사로 변장한 루센쇼가
들어온다. 그는 캠비오라고 이름을 바꾸고 있다.

그루미오   주인님, 저기 누가 옵니다.

호텐쇼   쉬, 그루미오! 저건 내 연적(戀敵)이야. 페트루치오, 이리 좀 물
　　러서게.

그루미오   잘생긴 젊은이로군. 게다가 멋쟁이고.

그레미오   아 좋소. 목록은 한 번 훑어봤소. 잘 제본해 주시오. 그 연애
　　책을 말이오. 잘해야 하오. 그런데 그녀에게 다른 강의는 하지 마시오.
　　아시겠소? 밥티스타 님한테서보다도 훨씬 많은 사례를 내가 해 드리
　　리다. (목록을 돌려 주면서) 자, 이 목록은 도로 넣어 두시오. 그리고
　　책에는 향수를 잔뜩 뿌려 놓으시오. 그 책을 받을 그 여자는 이만저만
　　좋은 향기를 풍기는 것이 아니니까요. 그래 어떤 것을 읽어 주기로 했

소?

루센쇼 내가 그녀에게 어떤 것을 읽어 주더라도 내 후원자이신 댁을 위해서 대변하리다. 그러니 안심하십시오. 당신께서 그 자리에 계신 거나 마찬가지로, 아니 그 이상으로 확고하게 전하리다. 당신이 학자가 아닌 이상, 본인이 하는 것보다 더 훌륭하게 대변해 드리리다.

그레미오 오, 학문이란 참으로 교묘해.

그루미오 오, 바보 멍청이 같으니, 기가 막혀.

페트루치오 입 닥쳐!

호텐쇼 그루미오, 쉬! (앞으로 나오면서) 안녕하십니까, 그레미오 님!

그레미오 아, 잘 만났소, 호텐쇼 님. 지금 내가 어디를 가는 중인 줄 아시오? 물론 밥티스타 미놀라 님 댁에 가는 중이지요. 아름다운 비앙카의 가정교사를 물색해 주겠다고 약속을 해 놨는데, 마침 요행히 이 청년을 만나게 됐지요. 학식이나 품행이 그 처녀에겐 십상일 것 같고, 시는 물론 그 밖의 좋은 책들을 많이 읽으신 분입니다.

호텐쇼 그거 참 잘됐군요. 그런데 나도 어떤 신사를 만났는데, 아가씨에게 음악을 교수할 훌륭한 가정교사를 추천해 주겠다더군요. 그러니까 내가 사랑하는 저 아름다운 비앙카를 위해서는 나도 소홀히 하지는 않을 생각입니다.

그레미오 '사랑하는 비앙카' 란 그 말을 우리의 행동으로 증명합시다.

그루미오 (방백) 그건 돈지갑이 증명할 문제지.

호텐쇼 여보, 그레미오 님. 지금 우리가 사랑을 다투고 있을 때가 아니오. 자, 내 말 좀 들어 보시오. 당신이 솔직히 말씀해 주신다면 나도 피차에 해롭지 않을 얘기가 좀 있소. 여기 이분은 우연히 만난 분인데, 우리가 이분 요구에만 응해 주면 그 말괄량이 카타리나한테 구혼하시겠답니다. 그리고 지참금의 액수 여하에 따라서는 결혼까지도 하시겠답니다.

그레미오　지금 말씀하신 대로 된다면야 얼마나 좋겠습니까. 그런데 호
　　텐쇼 님, 그 여자의 결점은 말씀드렸습니까?

페트루치오　잘 알고 있습니다. 아주 진절머리가 나는 시끄러운 말괄량
　　이라는 걸. 그것뿐이라면 난 조금도 상관없습니다.

그레미오　아, 그러십니까? 그러면 고향은 어디십니까?

페트루치오　베로나입니다. 아버지 이름은 안토니오인데 돌아가셨습니
　　다. 유산은 있으니까, 행복하게 그저 오래오래 살고 싶습니다.

그레미오　아, 그런 신분에다 그런 아내는 참 희한하겠군요. 그래도 본
　　인이 입맛이 당긴다면 어쩔 수 없는 노릇이죠. 제가 성의껏 도와 드리
　　죠. 그런데 정말 그 살쾡이한테 구혼하시겠습니까?

페트루치오　아무렴요.

그루미오　만약에 구혼을 안 하시겠다면 제가 그 살쾡이를 교살하겠습
　　니다.

페트루치오　그럴 생각이 없다면 뭣하러 여기까지 왔겠소? 사소한 소리
　　에 내 귀가 겁낼 줄 아시오? 사자의 으르릉대는 소리도 들어 본 사람
　　이오. 화가 나서 진땀빼는 곰같이, 바람에 뒤끓는 파도 소리도 들어 본
　　이 사람이오. 땅을 뒤흔드는 대포 소리, 하늘에 울려 대는 천둥 소리는
　　안 들어 본 줄 아십니까? 난투하는 전쟁터에서 병사들의 아우성이며
　　군마의 울음 소리며 나팔 소리도 들어 본 이 사람이오. 여편네의 헛바
　　닥쯤은 아무렇지 않습니다. 그 따윈 농부의 화로에서 터지는 구운 밤
　　소리의 절반만큼도 못합니다. 쳇! 아이들이나 도깨비를 무서워하지요.

그루미오　우리 주인님은 원래 겁이 없으시답니다.

그레미오　아 호텐쇼 님, 이분은 참 잘 오셨습니다. 이분 자신을 위해서
　　뿐 아니라, 우리 두 사람을 위해서도 참 잘 오셨어요.

호텐쇼　　그래서 이렇게 약속했습니다. 이분의 구혼에 필요한 비용이 얼마가 들든 일체 우리가 부담하기로요.

그레미오　　좋소, 그 여자를 꼭 넘어뜨린다는 조건하에.

그루미오　　그럼 잔치도 확실해야 할 텐데…….

　　트라니오가 주인 루센쇼로 변장하여 좋은 옷을 입고 등장. 하인 비온델로를 데리고 있다.

트라니오　　여러분, 안녕하십니까. 실례지만, 밥티스타 미놀라 님 댁을 가려면 어느 길이 가장 빠른지 좀 가르쳐 주시겠습니까?

비온델로　　예쁜 자매를 가지신 분 말입니다. 그렇습죠, 주인 나리?

트라니오　　음 그렇다, 비온델로.

그레미오　　그래, 댁에서도 그 분의 따님을 저…….

트라니오　　글쎄, 아버지와 딸과 양쪽에 다 볼일이 있습니다. 그런데 당신도 무슨 관계가?

페트루치오　　제발 그 말괄량이 쪽이 아니기를.

트라니오　　난 원래 말괄량이를 싫어하는 사람이오. 자 비온델로, 가 보자.

루센쇼　　시작이 근사하다, 트라니오.

호텐쇼　　여보, 잠깐 한마디만. 지금 말씀하신 아가씨한테 구혼하실 생각이십니까? 말씀해 주시오.

트라니오　　그렇다고 대답하면, 무슨 실례라도?

그레미오　　천만에요, 더 이상 아무 말씀 없이 이곳에서 물러가 주신다면…….

트라니오　　아니 여보, 여긴 한길이 아니오? 그래, 당신이 독점했단 말이오?

그레미오　아무튼 그 아가씨에 관한 한은 안 되오.

트라니오　왜요? 그 이유 좀 들어 봅시다.

그레미오　정 그러시다면 말씀해 드리죠. 글쎄, 그 여자는 나 그레미오
가 연모하고 있으니까요.

호텐쇼　나 호텐쇼도 그 여자를 사모하고 있소.

트라니오　조용히들 하십시오. 당신들도 신사라면 내 말 좀 들어 보셔
야 할 것 아닙니까? 밥티스타 님은 점잖은 신사분이고 우리 아버지와
는 모르는 사이가 아니오. 그런데 그분 따님이 그렇게 미인이라면 구
혼자는 얼마든지 나서도 상관없을 것이며, 나도 그 중 한 사람이 될
수 있을 것 아니겠소. 레다의 딸 헬렌에게는 천 명의 구혼자가 있었다
잖습니까. 그렇다면 아름다운 비앙카에게 한 명쯤 구혼자가 더 늘어도
상관없는 일 아니겠소. 사실 그렇게 될 것입니다. 이 루센쇼가 그 한
사람이 되어 줄 테니까요. 설령 파리스가 이 자리에 나타나서 독점을
하겠다고 나서도 말입니다.

그레미오　허 참, 이분은 입심도 좋군!

루센쇼　가만 놔 두구려. 머잖아 나가 떨어지고 말 테니까.

페트루치오　허, 호텐쇼, 왜들 죄다 쓸데없는 소리들을 하고 있지?

호텐쇼　실례의 말씀이지만, 그래 밥티스타 님의 따님을 만나 보셨소?

트라니오　아직. 듣자니 자매가 있다는데 한쪽은 사납기로 유명하고, 한
쪽은 아주 미인이고 얌전하다던데요?

페트루치오　그렇소. 전자는 내 여자이니까, 손을 대지 마시오.

그레미오　좋소. 그 일은 허큘리스 장사(將士)한테 맡겨 둡시다. 그건
저 열두 가지 어려운 일보다 더 힘들 것이오.

페트루치오　이것만은 알아 두시오. 당신이 소원하는 그 작은딸 말인데,

아버지가 구혼자들을 조금도 얼씬대지 못하게 하고, 큰딸이 결혼하기 전까지는 누구에게도 주지 않겠다는 거요. 그 후에는 작은딸도 자유롭게 되겠지만, 지금 형편으로는 도저히.

트라니오   그렇다면 당신은 우리에게, 아니 특히 내게 중요한 몸이라 하겠소. 우선 돌파구를 찾아내 가지고 언니 쪽을 입수한 다음, 동생 쪽을 우리에게 자유로이 풀어 놔 주시면 누구 손 안에 복이 떨어지든, 설마 그 은혜에 감사하지 않을 사람들은 아닙니다.

호텐쇼   그 말씀 잘하셨소. 참 잘 생각하셨습니다. 당신도 구혼자로 나선 이상 그러셔야죠. 우리처럼 이분에게 보답을 드려야죠. 다같이 저분의 혜택을 입는 사람들이니까요.

트라니오   물론 은혜를 잊지는 않겠습니다. 그 증거로 우리 오늘 오후에, 애인의 건강을 축복하는 의미에서 잔치를 열고 건배를 올립시다. 싸울 때는 당당하게 싸우더라도. 지금은 친구로서 먹고 마시기로 합시다.

그루미오, 비온델로   이거 참 굉장한 제안인걸. 그만 가 봅시다.

호텐쇼   거 참 좋은 제안이오. 그렇게 합시다. 여보게 페트루치오, 자네 일은 일체 내게 맡겨 두게.

제 2 막

제 1 장 밥티스타 집의 어떤 방

매를 든 카타리나가 비앙카에게 달려든다. 비앙카는 두 손이 묶여 벽 쪽에 웅크리고 있다.

비앙카　언니, 제발 나를 이렇게 모욕하지 말아요. 이러면 언니 자신을 모욕하는 셈이에요. 노예같이 이렇게 나를 묶어 놓고, 정말 싫어요. 내 손만 풀어 주면 지니고 있는 싸구려 물건들은 내가 내 손으로 떼어 버릴 거예요. 아니, 입고 있는 옷도, 속치마까지라도, 언니가 하라는 대로 할게요. 나도 손윗사람에게 해야 할 의무쯤은 잘 알고 있어요.

카타리나　그럼 말해 봐. 네 구혼자들 중에 누구를 가장 좋아하니? 거 짓말하면 없어!

비앙카　언니, 정말로 모든 남성들 중에서 내가 반할 남성은 아직 한 분도 만나 보지 못했어요.

카타리나　요 계집애가, 거짓말 마라. 호텐쇼를 좋아하지?

비앙카　언니, 언니가 그분께 마음이 있다면, 맹세하지만 언니를 위해서 얘기해 줄 테니, 그분과 결혼하세요.

카타리나　아, 그럼 넌 부자가 더 마음에 있는가 보구나. 그래, 그레미오에게 시집가서 호화스럽게 살아볼 속셈이구나.

비앙카　그럼 그분 때문에 나를 이렇게 굶려 주는 건가요? 아냐, 언니는 장난일 거야. 나도 이제 알았지만 언니는 아까부터 계속 나를 놀리고 있는 거야. 언니 제발 내 손 좀 풀어 줘요.

카타리나　(비앙카를 때리면서) 그럼 이렇게 때리는 것도 장난이게?

　　　아버지 밥티스타 등장.

밥티스타　이거 웬일이냐. 별일을 다 보겠구나. 비앙카야, 비켜서라. 가엾게 울고 있구나. (손을 풀어 주면서) 들어가서 바느질이나 하고, 네 언니는 상관하지 말아라. (큰딸에게) 애 염치도 없냐, 악마 같은 것아. 가만 있는 애를 왜 그렇게 못살게 하니? 그애가 네게 나쁜 욕이라도 했단 말이야?

카타리나　아무 말도 않으니까 더 화가 나요. 내가 너를 가만 둘 줄 아니? (비앙카한테 달려든다.)

밥티스타　(붙들면서) 아니, 내 앞에서까지? 애 비앙카야, 넌 안으로 들어가라.

카타리나　아버지까지 저애를 두둔하세요? 좋아요. 저앤 아버지의 보물이니까 신랑을 얻어 줄 거예요. 저애 결혼식 날 전 노처녀답게 맨발로 춤이나 춰야죠. 아버지가 저애만 귀여워하니까, 난 역시 노처녀답게 원숭이들이나 끌고 지옥으로 가겠어요. 이제 말도 하기 싫어요. 혼자 가서 울고 있을 테에요. 이 분풀이를 할 수 있을 때까지.

밥티스타　이같은 신분에 내 이 무슨 팔자냐? 아니 누가 오나?

그레미오, 교사로 변장한 루센쇼, 페트루치오, 음악 교사 리치오로 변장한 호텐쇼, 루센쇼를 가장한 트라니오, 류트(현악기)와 책을 든 비온델로 등장.

그레미오　　안녕하십니까, 밥티스타 님.

밥티스타　　아, 안녕하십니까, 그레미오 님. (인사를 한다.) 아, 여러분 잘 오셨습니다.

페트루치오　　아, 안녕하십니까. 예쁘고 얌전한 따님이 있으시다죠?

밥티스타　　예, 카타리나라고 합니다.

그레미오　　(페트루치오에게) 너무 퉁명스럽잖소, 좀더 점잖게 얘기해요.

페트루치오　　(그레미오에게) 참견 말고 나를 가만 놔 두시오. 난 베로나에 사는 신사입니다만, 듣자니 미인이고 재주 있는 따님이 있으시다죠. 게다가 상냥하고 수줍고 얌전하다죠. (밥티스타는 당황한다.) 경탄할 마음씨며, 온순한 거동이며, 귀에 익은 그 소문의 진위를 이 눈으로 확인하고 싶어서, 이렇게 실례를 무릅쓰고 댁을 찾아왔습니다. 그런데 초면 인사 대신에 이분을 소개하겠습니다. (호텐쇼를 소개한다.) 음악과 수학에 능숙한 분인데, 따님도 소질이 있으시다니까 충분히 교수해 줄 수 있을 줄 압니다. 나를 무시 않으신다면 이분을 채용해 주십시오. 이름은 리치오고, 맨튜어 출신이랍니다.

밥티스타　　아, 잘 오셨소. 댁의 호의로 오신 분이니 이분도 환영합니다. 하지만 딸애 카타리나로 말하자면, 사실 당신도 당해 내지 못하실 겁니다. 그게 이 아비의 한(恨)입니다.

페트루치오　　그럼 따님을 결혼시키기 싫으시단 말씀입니까?

밥티스타　　오해는 마시오. 나는 사실대로 말한 것이오. 그런데 어디서 오셨소? 이름은 무엇이오?

페트루치오 제 이름은 페트루치오, 안토니오의 아들입니다. 저의 아버지는 이탈리아에서 모르는 사람이 없습니다.

밥티스타 나도 그분을 잘 압니다. 아버님을 봐서라도 당신을 환영하겠습니다.

그레미오 여보 페트루치오, 당신은 그만 입다물고 이 가엾은 청원자들에게도 말할 기회를 좀 주시오. 그만 교대합시다! 당신은 굉장한 수다쟁이군그래.

페트루치오 아 그레미오, 미안하오. 실은 난 쇠뿔도 단김에 빼자는 속셈이었지.

그레미오 그야 그럴 테지. 하지만 지금의 구혼을 나중에 후회하게 될 거요. (밥티스타에게) 밥티스타 님, 그건 정말이지 대단히 소중한 선물인 것 같습니다. 저로 말하자면 평소에 당신의 신세를 누구보다 많이 지고 있는 처지라 저의 성의를 진심으로 보여 드리기 위해 이 분을 소개하겠습니다. (루센쇼를 내밀면서) 이 젊은 분은 프랑스에서 오랫동안 공부하신 분인데, 저분이 음악과 수학에 능통하듯이 이분은 희랍어, 라틴 어, 그 밖의 외국어에 능하십니다. 이름은 캠비오라고 하는데, 자 부디 채용해 주십시오.

밥티스타 뭐라고 감사해야 할지, 그레미오 님. 잘 오셨습니다, 캠비오 님. (트라니오를 보고) 당신과는 초면인 듯한데, 실례지만 오신 용건을 말씀해 주시겠습니까?

트라니오 인사가 늦어서 죄송합니다. 이 도시에는 처음입니다만, 댁의 따님이신 저 아름답고 얌전한 비앙카 양한테 구혼을 하러 온 사람입니다. 큰따님을 먼저 출가시키겠다는 당신의 굳은 결심을 저도 모르는 바는 아닙니다. 하지만 제가 청하고 싶은 것은 먼저 저의 가문을 말씀드린 다음 구혼자들 중의 한 사람으로서 자유스런 접근과 호의를 허

락해 주십사 하는 것입니다. 그래서 우선 따님의 교육을 위하여 이렇게 하찮은 악기를 가지고 왔습니다. 그리고 희랍 어와 라틴 어 책도 몇 권 가지고 왔습니다. 받아 주신다면 (비온델로가 앞으로 나와서 류트와 서적을 내민다.) 그만한 가치가 있는 물건들입니다.

밥티스타 루센쇼 님이라 하셨죠? 그래 고향은 어디시오?

트라니오 피서입니다. 아버지 이름은 빈센쇼올시다.

밥티스타 피서의 큰 가문이시군요. 소문으로 들어 알고 있습니다. 참 잘 오셨소. (호텐쇼를 보고) 당신은 류트를 들고, (루센쇼를 보고) 당신은 책을 들고, 자 그럼 딸애들한테 가 보시오. 여봐라, 안에 누구 없느냐! (하인 등장.) 애, 이 두 분을 아가씨들 있는 곳으로 안내해 드려라. 가정교사님들이니까, 실례가 없도록 하라고 전해라. (호텐쇼, 루센쇼, 하인 퇴장.) 정원으로 가서 산보나 좀 하실까요. 그 후에 식사를 합시다. 다들 참 잘 오셨습니다. 그리고 제발 너무 서두르지 마십시오.

페트루치오 밥티스타 님, 전 바쁜 몸이라서 날마다 구혼하러 올 수는 없습니다. 댁에서는 저의 아버님을 잘 아신다니까, 그러시다면 제가 어떤 인물인지도 짐작이 가실 것입니다. 토지고 재산이고 모두 상속을 받았는데, 제 대에 와서 형편이 좀더 나아졌습니다. 댁의 말씀을 좀 들어 봐야겠는데, 제가 따님의 사랑을 얻게 되는 경우엔 지참금은 얼마쯤 주실 생각이십니까?

밥티스타 내가 죽으면 토지는 반을, 재산은 이만 크라운을 나눠 줄 생각이오.

페트루치오 그럼 그만한 지참금이시라면 따님이 과부가 되는 경우엔, 즉 제가 먼저 죽는 경우엔 제 토지며 모든 계약권을 모두 따님에게 양도하겠습니다. 자, 그럼 세목(細目)을 작성하여 피차 계약을 이행할 수 있게 해 둡시다.

밥티스타　좋소. 단 첫 번째 조건은 당사자의 사랑을 얻는 일이오. 문제
　의 핵심은 오직 거기에 있습니다.
페트루치오　그까짓 것은 문제없습니다. 밥티스타 님, 따님이 아무리 고
　집이 세더라도 제 성미엔 못 당합니다. 광란한 불(火)이 둘이 만나면
　순식간에 타 버리고 재만 남는 법입니다. 그리고 작은 불은 작은 바람
　에 크게 번지지만, 큰 바람한테는 큰 불이건 작은 불이건 다 꺼져 버
　리고 마는 법입니다. 제가 그 굉장한 바람이라면 따님은 작은 불이죠.
　저한테는 못 당합니다. 저는 원체 우악스러워서 애송이 같은 구애는
　하지 않습니다.
밥티스타　잘 설득해서, 부디 성공하시오! 그러나 각오만은 단단히 하
　시오. 혹시 욕을 볼는지도 모르니까요.
페트루치오　물론 각오는 되어 있습니다. 아무리 바람이 몰아쳐도 태산
　같이 끄떡없습니다.

호텐쇼가 머리에 부상을 입고 얼굴이 창백해 가지고 되돌아온다.

밥티스타　아니 웬일이오? 그렇게 창백한 얼굴을 해 가지고?
호텐쇼　내 얼굴이 창백하다면, 그건 공포 때문입니다.
밥티스타　그건 그렇고, 어떻습니까. 딸애는 음악에 소질이 있겠습니까?
호텐쇼　차라리 군인에 소질이 있을 것 같은데요. 쇠붙이라면 따님 손
　에 맞을지 몰라도, 류트는 도저히……
밥티스타　그럼 그애 마음에는 도저히 류트를 넣지 못하시겠다는 말씀
　이십니까?
호텐쇼　넣다뇨? 오히려 따님이 류트를 내 머리에 처넣었답니다. 글쎄
　손가락을 잘못 짚기에 손목을 붙들고 가르쳐 주려고 했는데, 그 순간

악마같이 화를 내면서, '잘못 짚는다고? 그건 내가 가르쳐 주지.' 하더니만 대뜸 악기로 내 머리를 딱 때리니 내 머리는 악기를 뚫고, 난 한참 멍하니 서 있었는데, 류트를 목에 찬 꼴이 마치 칼 찬 죄수 꼴이었지요. 그 동안 따님은 나를 엉터리 악사니 코맹맹이니 놈팡이니 하고 갖은 욕설을 미리 연구라도 해 둔 것처럼 냅다 퍼부었답니다.

페트루치오   아이고 정말 씩씩한 처녀로군. 열 배나 더 귀여워졌어. 어서 같이 얘기 좀 해 보고 싶군.

밥티스타   (호텐쇼를 보고) 자, 나와 같이 들어가 봅시다. 그렇게 비관하진 마시오. 이제 작은 딸을 좀 봐 주시오. 그앤 공부할 의향도 있을 뿐더러, 수고에 대해서는 보답할 줄도 압니다. 자, 페트루치오 님, 당신도 같이 들어가 보실까요? 아니면 큰딸애를 이리 보내 드릴까요?

페트루치오   이리 보내 주십시오, 여기서 기다리겠습니다. (혼자 남는다.) 들어오면 맹렬하게 설득해야지. 욕을 해 오면 소쩍새같이 곱게 노래한다고 태연하게 말해 줄 테야. 낮을 찌푸리거든 이슬에 젖은 아침 장미처럼 맑은 얼굴이라고 말해 줘야지. 입을 다물고 한 마디도 말이 없거든, 그 웅변 참 심금을 울릴 지경이라고 말해 줄 테다. 짐짝을 꾸리라고 하면, 오히려 더 머물러 있으라고 한 것처럼 고맙다고 해 줘야지. 결혼을 거절하거든 교회에다 결혼 예고는 언제 하겠는가, 결혼식은 언제 올리겠는가라고 물어 봐야지. 오! 마침내 오는군. 그럼 말을 걸어 봐야지.

카타리나 등장.

페트루치오   아, 케이트 양…… 그런 이름이었다고 들었는데…….

카타리나   잘도 들으셨네요. 하지만 당신은 귀머거린가 보죠. 남들같이 정식으로 카타리나라고 부르세요.

페트루치오　죄다 케이트라고 부르던데요. 어떤 땐 억척쟁이 케이트, 어떤 땐 말괄량이 케이트라고 부르더군. 그렇지만 이봐, 케이트 양, 기독교 천하에서 일등 미인 케이트 양, 여왕님이 드신 케이트 관(館)의 케이트 양, 과자같이 맛있는 케이트 양, 내 말 좀 들어 보시오. 내 마음의 위안이 되는 케이트 양, 당신은 상냥하다고 곳곳에서 칭찬이 자자하고, 얌전하고 예쁘다고 소문이 나 있소. 그러나 그 소문도 실물에 비하면 문제가 되지 않을 정도라니요. 그 말을 듣고 난 당신을 아내로 맞으려고 이렇게 움직여서 찾아왔지요.

카타리나　움직여서라고요! 흥! 그렇다면 그렇게 움직여서 온 두 발로 도로 돌아가 주실까요. 첫눈에 알았지만 당신은 참 움직이기 쉬운 양반이니까요.

페트루치오　아니, 움직이기 쉬운 양반이라고?

카타리나　접었다 폈다 할 수 있는 걸상같이 말예요.

페트루치오　그 말 참 잘했소. 그럼 이리 와서 걸터앉으시오.

카타리나　당나귀에나 걸터앉는 법이에요. 당신이 바로 그건가요?

페트루치오　여자에나 걸터앉는 법이오. 당신이 바로 그거야.

카타리나　그렇다치더라도 난 당신같이 금방 지치진 않아요.

페트루치오　아이고 착한 케이트 양! 나도 당신에게 그렇게 심하게는 걸터앉진 않을 테요. 당신은 젊고 가벼우니까.

카타리나　하긴 당신 같은 시골뜨기가 걸터앉기엔 너무 가볍고말고요. 이래봬도 어지간히 무게는 있는 여자예요.

페트루치오　무게가 있다고, 무게? 허허.

카타리나　그럼 잡아 봐요, 바보 같으니.

페트루치오　아이고, 느림보 산비둘기 같은 것 좀 보게! 바보같이 잡아

보라고?

카타리나   나를 산비둘기 같다고요? 오히려 산비둘기가 바보를 잡을걸
        요.

페트루치오   아이고 말벌같이, 지독하게 화가 났군.

카타리나   말벌이라면 침이 있으니 조심해요.

페트루치오   난 그 침을 뽑는 수단이 있소.

카타리나   흥, 그 침이 어디 있는 줄도 모르는 주제에.

페트루치오   그걸 모르는 사람이 어디 있소? 아래에 있지.

카타리나   미안하지만 혀에 있는걸.

페트루치오   누구 혀에?

카타리나   당신의 혀에 있지 어디에 있어요. 아까부터 남의 말꼬리만
        물고 늘어지고 있으니! 제발 썩 꺼져 버려요.

페트루치오   아니! 내 혀를 당신 아래에다? 안 될 말. 이리 와요 착한
        케이트, 난 신사니까…….

카타리나   그럼 맛 좀 봐야 알겠어요?(페트루치오의 뺨을 친다.)

페트루치오   한 대 더 때려 주시오, 다음엔 내가 때려 줄 테니.

카타리나   그래 팔이 들먹들먹하는가 보지. 나만 때려 봐요, 당신은 신
        사가 아닐 테니. 신사가 아니라면 가문인들 있을까!

페트루치오   가문 말인가요, 케이트? 아, 그럼 내 가문도 당신 장부에다
        기입해 주시오.

카타리나   그건 어떻게 생겼지요? 볏 모양의 광대 모자같이 생겼는가요?

페트루치오   당신은 볏 없는 닭, 글쎄 내 암탉이 될 것이오.

카타리나   그럼 당신은 수탉이게? 겁쟁이 수탉같이 빽빽 소리만 지르면
        서.

페트루치오   아냐, 케이트. 이봐, 그렇게 찌푸린 얼굴을 하지 마.

카타리나　신 능금을 보면 난 언제나 이래요.

페트루치오　아니, 신 능금이 어디 있어? 이곳엔 없으니 그런 얼굴은 하지 말아요.

카타리나　있어요, 있어.

페트루치오　그럼 어디 좀 봐요.

카타리나　거울만 있으면 보여 드리죠.

페트루치오　아니, 그럼 내 얼굴이 그렇단 말인가?

카타리나　참 잘 맞추는군요, 젊은 사람이.

페트루치오　그야 정말이지, 난 젊고말고.

카타리나　금방 시들고 말 것이야. (손으로 상대방의 이마를 민다.)

페트루치오　(여자 손에 키스하면서) 이제 됐소.

카타리나　(빠져나오면서) 뭐가 됐단 말이에요?

페트루치오　이봐 케이트, 정말 그렇게 달아나지 마. (다시 붙든다.)

카타리나　이러면 가만 안 있을 테에요. 썩 놔요. (빠져나오려고 몸부림을 친다.)

페트루치오　못 놓겠소. 이제 보니 당신은 참 상냥하군요. 소문에는 억척스럽고 뚱하고 무뚝뚝하다던데, 그건 새빨간 거짓말이오. 알고 보니 쾌활하고 명랑하고 대단히 예의있고, 게다가 말씨는 얌전하고, 더구나 봄철의 꽃과 같이 예쁘잖은가. 불쾌한 얼굴을 할 줄 모르고, 곁눈으로 남을 멸시하지도 않고, 화난 계집애처럼 입술을 깨물지도 않고, 남의 애길 가로막고 쾌감을 느끼는 그런 여자도 아니란 말이야. 그러기는커녕 도리어 상냥한 태도와 부드럽고 점잖은 말씨로 구혼자들을 대접하잖는가. (여자를 놓아 주면서) 세상 사람들은 케이트를 왜 절름발이라고 말할까? 욕이나 좋아하는 세상이라니! 케이트는 개암나무 가지같이 쪽 곧고 날씬한데. 그리고 살결은 개암나무 열매같이 윤이 자르르

흐르고 맛도 그 속같이 싱싱한데. 어디 좀 걸어 보시오, 케이트가 절
룩거리다니.

카타리나   바보같이 그러지 말고, 명령을 하고 싶으면 당신 집에 가서
해요.

페트루치오   아, 당신의 여왕 같은 걸음걸이, 방 안이 환합니다. 달의 여
신 다이애나도 숲을 이렇게까지 빛나게 하지는 못했을 것이오. 오, 당
신이 다이애나가 되고, 다이애나 보고는 케이트가 되라죠. 그리고 케
이트는 순결한 여자가 되고, 다이애나 보고는 놀아나라죠.

카타리나   그런 능청을 어디서 다 배워 왔어요.

페트루치오   즉흥적인 거요. 우리 어머니한테서 타고난 재주요.

카타리나   알뜰한 어머니시군요. 하마터면 바보 아드님을 낳을 뻔하셨
군요.

페트루치오   그래 날 바보라고 생각하시오?

카타리나   아무튼 몸이나 따뜻하게 잘 간수하시지.

페트루치오   그러니까 내가 당신을 이불 속에다 따뜻하게 잘 간수하겠
단 말이오. 이제 잔소리 같은 것은 아예 집어치우고 솔직히 얘기하겠
소. 당신 아버지도 승락하셨지만 당신은 내 아내가 되어야 하오. 지참
금의 액수도 합의를 봤소. 당신이 싫건 좋건 난 당신과 결혼하겠소.
자, 케이트, 난 이제 당신 남편이오. 나는 당신의 미모를 비춰 주는 저
해에 두고, 당신의 그 미모가 나를 녹이고 있습니다만, 아무튼 당신은
나 이외의 남자와 결혼해서는 안 되오. 난 길들이기 위해서 태어난 사
람이오. 살쾡이 케이트를 온순한 케이트로 길들이는 것이 내 임무요.

밥티스타, 그레미오, 트라니오 세 사람이 들어온다.

페트루치오　마침 아버지께서 오시는군요. 싫다고는 마시오. 난 카타리나를 기어이 아내로 맞아야만 하겠으니까.

밥티스타　아 페트루치오, 그래 딸애와는 어느 정도 얘기가 진전됐소?

페트루치오　어느 정도라뇨? 뻔한 일 아니겠습니까? 내가 실패한다는 건 있을 수 없으니까요.

밥티스타　아니 우리 아가, 네가 왜 이렇게 새침해져 있니?

카타리나　우리 아가라고요? 그럼 말씀드리겠는데 아버지께선 참 친절하게 아버지 노릇을 하셨군요. 이런 반 미치광이한테다 시집보내려고 하시다니. 무지한 왈패, 험담쟁이, 그저 욕만 늘어놓으면 되는 줄 아는 사내인 것도 모르시고.

페트루치오　장인어른, 실은 이렇습니다. 장인어른 자신이나 온 세상은 카타리나에 대하여 전혀 엉뚱한 소문을 퍼뜨려 놨더군요. 가령 따님이 고집쟁이라 치더라도 그건 하나의 정책이오. 실은 고집쟁이가 아니라 비둘기같이 온순하고, 성미가 급하기는커녕 기분 좋은 아침처럼 상쾌합니다. 게다가 참을성 많기로는 저 유명한 양처 그리셀에 못지 않을 것이며, 정조 관념은 저 로마의 열녀 루크스와 같습니다. 그래 결국 저희 두 사람이 이렇게 합의를 봤습니다. 일요일에 결혼식을 올리기로요.

카타리나　그 일요일에 저는 우선 당신이 교수당하는 거나 보고 싶군요.

그레미오　들었소, 페트루치오. 당신이 교수당하는 거나 보겠다잖소.

트라니오　이게 당신의 성공이란 말이오? 이래서야 우리가 할당금을 어떻게 내겠소?

페트루치오　여러분 조용히. 난 이 여자를 택했소. 당사자들이 만족한다면 여러분은 상관할 것 없잖소? 지금 우리 두 사람 사이에 이런 약속을 했소. 남들 앞에서는 여전히 말괄량이인 체하기로요. 사실이지 케이트가 나를 무척 사랑하고 있다고 말하면 거짓말 같을 것입니다. 오, 상냥한 케이트라니! 내 목에 매달려서 키스에 키스를 퍼부으며, 점점 굳은 맹세를 연발하고, 마침내 어느 틈에 나를 녹여 놓고 말았답니다. 아, 당신들은 풋내기들이오! 당신들은 세상을 모르니까, 그렇지만 내 외끼리만 있는 때엔 아무리 병신 같은 사내도 지독한 고집쟁이 아내를 손쉽게 녹여 놓고 마는 법이오. (느닷없이 케이트의 손목을 잡으면서) 자 케이트, 우리 악수해요. 그럼 난 베니스로 돌아가서 결혼식날 입을 옷을 마련하겠소. 장인어른은 피로연 준비를 해 주십시오. 그리고 손님들도 초대해 주십시오. 내 장담하지만 케이트는 멋진 신부가 될 것입니다.

밥티스타 글쎄 뭐라고 말해야 좋을지. 아무튼 손을 이리 주시오. '신의 축복을 받으시오!' 이건 약혼의 축하 말이오.

그레미오 '아멘'입니다. 그리고 우리가 증인이 됩시다.

트라니오 그러지요, 우리가 증인이 됩시다.

페트루치오 장인어른, 내 아내, 그리고 여러분들 안녕히 계십시오. 베니스에 가 봐야겠소. 일요일이 눈앞에 닥쳐오고 있잖습니까. 가서 반지니, 의복이니, 필요한 물건을 마련해야겠습니다. 이봐 케이트, 키스 안 해 주겠소. 우린 일요일에 결혼하는 거요.

카타리나를 안고서 키스를 한다. 카타리나는 골이 나서 떼밀어내고 달아난다. 페트루치오도 방을 나간다.

그레미오 이렇게 급작스런 약혼도 있을까요?

밥티스타 여러분, 난 지금 무역상의 경우와 같이, 엎치냐 뒤치냐 운명에 걸어 보겠습니다.

트라니오 　하긴 간수해 보았자 썩고 말 물건이라면 팔아서 덕을 보든
　　　　 지, 아니면 최악의 경우라도 바다 속에 사라지는 것뿐 아니겠소.
밥티스타 　덕은 무슨 덕을……. 그저 가만히 가져가 주는 것만이 소원
　　　　 이오.
그레미오 　분명히 그 작자가 아주 끽 소리도 못하게 해 놨는가 봅니다.
　　　　 그런데 밥티스타 님, 작은따님 말입니다만, 이제 우리가 기다리던 날
　　　　 이 온 셈입니다. 저로 말하자면 이웃인 데다가 최초의 구혼자입니다.
트라니오 　저로 말하더라도 말로는 표현할 수 없을 정도로, 아니 도저
　　　　 히 상상도 못할 만큼, 비앙카를 사모하고 있습니다.
그레미오 　당신 같은 젊은이의 사모 같은 건 도저히 나와는 비할 바가
　　　　 못되오.
트라니오 　당신 같은 반백(半白) 노인의 애정은 얼음이지 뭐요!
그레미오 　당신 같은 애정은 팔랑개비란 말이오. 깡충대지 말고 물러가
　　　　 있어. 그 나이엔 여자한테 먹히기나 할 테지.
트라니오 　하지만, 당신 같은 나이는 여자들이 먹을 생각도 않을걸요.
밥티스타 　자 조용히들, 이 문제는 내가 맡겠소. 어쨌든 승부를 지어야
　　　　 할 것 아니오? 그러니까 두 분 중에 어느 분이 내 딸에게 유산을 더
　　　　 많이 줄 수 있을 것인가, 이것으로 비앙카를 드리기로 하겠소. 그럼
　　　　 그레미오 님, 당신은 딸에게 무엇을 줄 수 있겠습니까?
그레미오 　첫째, 당신께서도 아시다시피 시내에 있는 내 집에는 접시며,
　　　　 금패물이며, 따님의 그 예쁘장한 손을 씻을 대야며, 물병이며, 온갖 것
　　　　 이 가득 쌓여 있습니다. 드릴 천들은 모두 타이야산의 천들이고 상아
　　　　 궤짝에는 금화가 가득 들어 있습니다. 그리고 삼나무 옷장에는 아라스
　　　　 천의 벽 포장이며, 값진 의복이며, 천막, 천개(天蓋), 좋은 린네르, 진주
　　　　 를 박은 터키 방석이며, 금실로 수놓은 베니스산의 능직이 가득 차 있

고, 백연 그릇, 놋그릇 등 이 밖에도 가재 도구 일체를 주겠습니다. 농장에는 젖소 백 필이 우리 안에서 놀고 있고, 우리 안에는 살찐 황소가 육십 마리나 있습니다. 이밖에 무엇이든 충분히 갖추어져 있습니다. 난 사실이지 늙었습니다. 그러니까 내일이라도 내가 죽으면 내 재산은 모두 따님의 것이 됩니다. 물론 내가 살아 있는 동안에 따님이 저의 것이 된다면요.

트라니오　그까짓 것으로 독점하다니 안 될 말. 자, 그럼 제 말도 들어 보십시오. 저는 외아들이고 상속자요. 만약 따님을 제 아내로 주신다면 저 피서 성 안에 있는 좋은 집 네댓 채를 따님에게 주겠습니다. 물론 그 한채 한채가 다 패듀어의 그레미오 씨네 집보다는 훌륭한 집들입니다. 게다가 기름진 농토에서 매년 세금으로 받아들이는 이천 크라운도 따님에게 주겠습니다. 어떻소? 그레미오 씨, 이제는 항복하시죠?

그레미오　연 수입이 이천 크라운이라? 내 토지를 다 해도 그 액수엔 어림없지만, (소리를 높이며) 그러나 아무튼 따님에게 주겠소. 게다가 지금 내 상선이 한 척 마르세유 항구에 정박하고 있소. 어때, 내 상선에는 당신도 할 말이 없겠죠?

트라니오　그레미오 님, 다들 아는 일이지만 우리 아버지의 대상선은 세 척 이상이오. 게다가 중상선이 두 척, 소상선이 열두 척이오. 이것들은 물론 그녀의 것이 되오. 다음에 당신이 무엇을 제공할지 모르나, 나는 그 두 배를 약속하겠소.

그레미오　모두 털어놨으니까 더 할 말은 없소. 내 실력 이상을 줄 수는 없는 일 아닌가요. 그러나 좋으시다면 내 재산과 더불어 나까지 따님께 주겠습니다.

트라니오　그렇다면 따님은 틀림없이 내것입니다. 그렇게 약속하잖았습니까. 그레미오 님은 경쟁에 진 셈이니까요.

밥티스타 나도 인정하지만 당신의 조건이 훨씬 더 낫소. 그럼 우리 애와 결혼해도 좋다는 당신 아버지의 승인이 필요합니다. 그렇지 않고는 미안한 말이지만 당신이 아버지보다 먼저 죽는 경우는 우리 애의 유산은 어떻게 되겠습니까?

트라니오 그건 잘 모르시는 말씀. 우리 아버지는 이미 늙고 나는 이렇게 젊지 않습니까?

그레미오 아니, 젊다고 반드시 늦게 죽는다는 법이 어디 있소?

밥티스타 자 그럼 두 분, 이렇게 합시다. 오는 일요일에는 큰딸 카타리나가 결혼을 하니, 그 다음 일요일에 비앙카를 당신의 신부로 드리겠습니다. 아까 그 승인을 얻는다는 조건부로요. 그것이 안 된다면 그레미오 님에게 드리겠습니다. 그럼 이만 실례하겠습니다. 두 분 다 감사합니다. (절을 하고 퇴장.)

그레미오 안녕히 가시오. 알고 보니 좋은 사람이로군. 그런데 여보, 젊은 사기꾼, 그래 당신 아버지가 바보같이 아들에게 전 재산을 줘 버리고 늙어서 뒷방 신세나 질 사람인 줄 아시오? 체, 어린애 같은 수작 마시오. 그래, 이탈리아의 늙은 여우가 자식한테 그렇게 만만할 줄 아시오. (퇴장.)

트라니오 흥, 그 교활한 늙은 얼굴 가죽을 벗겨 줘야지. 내가 자꾸 값을 올리는 바람에 무안해지고 말았지! 이것도 오직 우리 도련님을 위해서지. 하지만 이젠 가짜 루센쇼가 아무래도 아버지를, 글쎄 가짜 아버지를 마련해야 되겠는걸. 참 기묘한 얘기로구나. 보통 같으면 아비가 자식을 만드는 법인데, 이 경우엔 여자를 넘어뜨리기 위해서 자식이 아비를 만들게 되는구나. 물론 내 계획이 실패하지 않는다는 전제 아래이긴 하지만. (퇴장.)

제 3 막

제 1 장 밥티스타의 집 비앙카의 방

비앙카와 리치오로 변장하고 류트를 든 호텐쇼가 마주앉아 있고, 좀 떨어진 곳에 캠비오로 변장한 루센쇼가 자기 차례를 기다리고 있다. 호텐쇼는 류트를 가르치는 것을 구실로 삼아 비앙카의 손목을 잡는다.

루센쇼   (안절부절못하면서) 여보 악사, 그만두시오. 너무 대담하잖소! 그래 벌써 잊었단 말이오? 이분의 언니 카타리나한테 그만큼 혼이 나고서도!

호텐쇼   그렇지만 사기꾼 같은 현학자(衒學者), 이분은 미묘한 음악의 애호가요. 그러니 내게 우선권을 주시오. 음악에 한 시간을 사용할 테니 그 후에 당신도 그만큼 강의를 하시오.

루센쇼   앞뒤도 모르는 이 바보 같은 사람 좀 보게. 왜 음악이 생긴 것인지 그 사정도 모르는 자가! 음악은 사람이 연구를 한 뒤에 또는 고된 일을 한 뒤에 다시 생기를 얻기 위해서 있는 것 아닌가? 그러니 내게 양보하시오, 철학 강의를 할 테니까. 다음에 내가 쉬거든 당신의 그 음악을 하구려.

호텐쇼   (일어서면서) 뭐라고? 다시 한 번만 말해 봐. 가만히 안 있을 테니.

비앙카   (두 사람 사이에 가로막고 서서) 아, 두 분 선생님, 이러시면 저를 이중으로 모욕하는 셈이에요. 무엇을 택하든 저의 자유가 아니겠어요? 학교 아이들같이 교사의 매는 필요하지 않아요. 시간표에 얽매여서 꼬박꼬박 시간을 지키는 건 싫어요. 뭘 배우든 제 마음대로가 아니겠어요? 그러니 분쟁의 뿌리를 뽑기 위해서, 자 이리들 와서 앉으세요. (호텐쇼에게) 선생님은 그 동안 악기를 들고 연주를 해 주세요. 저쪽 강의가 끝날 때까지 조율이나 해 놓으세요.

호텐쇼   그럼 내가 조율이 끝나면 강의는 그쳐 주겠소?

루센쇼   조율이 그리 쉽나, 아무튼 조율이나 해 놓으시오.

비앙카   전번에 어디까지 했는지?

루센쇼   네, 여기까지 했습니다. '히크 이바트 시모이스, 히크 에스트 시게이아 텔루스, 히크 스테테라트 프리아미 레기아 셀사 세니스.' (여기는 시모이스 강이 흐르고 있다. 여기는 시게이아의 땅, 프리암의 옛 대궐은 여기 있었느니라. —— 오비드의 라틴 어 시)

비앙카   번역해 주세요.

루센쇼   '히크 이바트' 전에 말한 바와 같이…… '시모이스' 내 이름은 루센쇼…… '히크 에스트' 아버지는 피서의 빈센쇼…… '시게이아 텔루스' 당신의 사랑을 얻기 위해 이렇게 변장하고…… '히크 스테테라트' 나중에 정식으로 구혼하러 올 루센쇼는…… '프리아미' 내 하인 트라니오이고…… '레기아' 나로 가장하고 있지만…… '셀사 세니스' 결국 저 영감쟁이를 속이기 위해서요.

호텐쇼   자, 이제 조율이 다 됐습니다.

비앙카 그럼 들려 주세요. (호텐쇼 연주를 해 본다.) 어머나, 아 시끄러워!

루센쇼 구멍을 잘 맞춰 다시 조율해 보시오. (호텐쇼 물러선다.)

비앙카 이번엔 제가 번역해 보겠으니 맞는가 보세요. '히크 이바트 시모이스' 전 당신을 몰라요…… '히크 에스트 시게이아 텔루스' 전 당신을 믿지 않아요…… '히크 스테테라트 프리아미' 저분께 들리지 않도록 조심하세요…… '레기아' 우쭐대진 마세요…… '셀사 세니스' 그러나 낙담하진 마세요.

호텐쇼 (돌아다보면서) 이제 조율이 다 됐습니다.

루센쇼 아직 저음부가 좀.

호텐쇼 저음부는 괜찮소. 시끄럽게 떠드는 자는 저능이란 말이오. (혼 잣말로) 저 현학자 녀석이 구애를 하고 있는가 보지. 여, 백과 사전, 그래 내가 감시를 않을 줄 아시오? (두 사람 뒤로 살금살금 다가온다.)

비앙카 나중엔 믿게 될지 모르지만 지금은 믿지 않겠어요.

루센쇼 믿지 않으시다뇨…… (호텐쇼가 있는 것을 눈치채고 큰 소리로) 그 까닭인즉 확실히 이아서디스는 조부의 이름을 따서 에이색스라고 불려졌습니다.

비앙카 (일어서면서) 그럼 선생님의 말씀을 믿을 수밖에요. 안 믿는다면 아마 언제까지나 의심하고 기묘한 논쟁이나 하고 있어야 할 판이니까요. 자, 리치오 선생님…… (호텐쇼를 한쪽으로 데리고 가서) 선생님, 기분 나빠하시진 마세요. 이렇게 제가 두 분 선생님께 다 유쾌하게 대한다고 해서 말이에요.

호텐쇼 (되돌아보면서) 당신은 잠깐만 나가 줬으면 좋겠소. 내 교수는 부 합주로는 장단이 맞지 않으니까요.

루센쇼 그렇게 엄밀하단 말이오? 좋소, 기다리겠소. (혼잣말로) 그러나 잘 감시해야지. 내가 속아넘어갈까 보냐. 저 멋쟁이 악사 녀석이 어쩌려고 저렇게 호색적이 될까. (좀 뒤로 물러선다. 호텐쇼와 비앙카 앉는다.)

호텐쇼　자, 그럼 악기를 만지기 전에 우선 손가락 쓰는 법을 가르쳐 드리겠습니다. 그럼 우선 초보부터 시작해야겠는데, 음계 말입니다만 과거의 어떤 음악 선생보다도 간단한 방법, 즉 즐겁고 요령 있고 효과적인 방법을 가르쳐 드리겠습니다. 자, 이게 그것인데 이렇게 아름답게 씌어 있습니다.

비앙카　어머나, 음계는 벌써 다 떼었는걸요.

호텐쇼　하지만 이 사람의 음계는 좀 색다르니까 읽어 보세요.

비앙카　(읽는다.)

　　　'도' 나는 모든 화음의 기초,
　　　'레' 호텐쇼는 정열을 호소하오.
　　　'미' 비앙카여, 님을 맞으시오.
　　　'파' 전심 전력 사랑하는 이 사람이오.
　　　'솔 레' 음은 두 개라도 마음은 하나.
　　　'라 미' 동정해 주오, 나는 죽겠소.

　　이게 다 음계예요? 체! 이런 건 싫어요. 전 그전 것이 좋아요. 전 까다로운 취미가 아니라 놔서, 기묘한 새 유행 때문에 규칙을 바꾸고 싶진 않아요.

　　하인 등장.

하　인　아가씨, 아버님의 분부십니다. 오늘은 공부를 그만 하시고 큰아가씨 방을 같이 꾸미시랍니다. 내일이 결혼식이잖습니까.

비앙카	그럼 두 분 선생님 안녕히 가세요. 전 이만 실례하겠어요. (비앙카와 하인 퇴장.)

루센쇼	그럼 나도 이만 가 봐야지. 더 있을 이유가 없으니까. (퇴장.)

호텐쇼	하지만 난 더 머물러 있다가 저 현학자 녀석의 동정을 살펴봐야겠는걸. 아무래도 그 녀석 눈치가 수상한 것 같아. 반해 있는 모양이야. 하지만 비앙카여, 당신이 엉터리 사기꾼한테 일일이 눈이 팔릴 만큼 마음이 싸구려려면 좋소, 생각대로 하구려. 그렇게 들뜬 여자란 것만 판명되면 이 호텐쇼는 당신과는 손을 끊고 다른 여자를 찾을 테니. (퇴장.)

제2장 광 장

밥티스타, 그레미오, 트라니오, 루센쇼, 혼례식복을 입은 카타리나, 비앙카, 하인들, 기타 군중들 등장.

밥티스타	(트라니오에게) 루센쇼 님, 오늘은 카타리나와 페트루치오의 결혼식날인데, 사위될 사람이 아직 소식이 없구료. 이거 무슨 창피요. 목사님이 오셔서 식을 올릴 단계에 신랑이 나타나지 않는다면 이거 무슨 웃음거리겠소? 루센쇼 님, 이거 우리 집안의 무슨 수치겠소?

카타리나	창피를 당하는 건 저예요. 마음에도 없는데 억지로 결혼을 강요했단 말이에요. 그런 반미치광이 녀석, 성미 급하게, 기분대로 구혼해 놓고 결혼식을 올릴 단계에 와서는 꽁무니를 빼는 녀석한테……. 그러기에 제가 말씀드리잖았어요? 그 녀석은 겉으로는 쾌활한 체 가장하고 있지만, 그 무뚝뚝한 태도 속에는 독설을 감추고 있는 미치광이 같은 바보 녀석이에요. 가는 곳마다 구혼해서 결혼식 날을 받아 놓고, 약혼 피로연을 하고, 손님들을 청하고, 교회에다 결혼 예고도 해 놓고 하지만, 정말 결혼할 생각은 눈곱만큼도 없는 녀석이에요. 두고 보세요. 이제 세상은 이 카타리나를 손가락질하면서 이렇게 말할 거예요.' '저봐, 미친 페트루치오의 마누라지 뭐야. 제발 그 녀석이 어서 돌아와서 결혼해 줬으면 좋겠지만' 하고 말예요.

트라니오   아 진정하시오, 카타리나 양. 그리고 밥티스타 님, 페트루치오 님은 어떤 일로 약속을 못 지키고 있는진 모르지만, 악의가 없는 것만은 내가 보증하겠습니다. 보기엔 무뚝뚝한 것 같지만, 실은 참 총명한 분입니다. 쾌활하면서도 참 착실한 분입니다.

카타리나   이 카타리나가 그이를 만나지 않았더라면 좋았을 것을. (울면서 안으로 들어간다. 비앙카와 신부의 들러리들도 쫓아 들어간다.)

밥티스타   그래, 안으로 들어가려무나. 네가 그렇게 우는 것도 무리는 아니다. 이런 모욕을 받고서야 성인인들 어디 가만히 있겠느냐? 너 같은 성격은 더욱 참지 못할 게다.

비온델로가 달려들어온다.

비온델로   주인님, 주인님, 소식이 있습니다. 아주, 굉장한 낡은 새 소식입니다!

밥티스타   소식은 소식인데 낡은 새 소식이라니? 어떻게 그런 일이?

비온델로   지금 페트루치오 님이 오고 있습니다. 굉장한 소식이 아닙니까?

밥티스타   그럼 도착했단 말이냐?

비온델로   아니, 아직은 아닙니다.

밥티스타　그럼?

비온델로　지금 오고 있는 중입니다.

밥티스타　그럼 언제 여기 도착하지?

비온델로　그건 제가 이렇게 서서 나리를 보고 있는 바로 이 장소에 그 분이 나타나는 바로 그 시각이 되겠지요.

트라니오　그런데 네 낡은 새 소식이란 건 뭐냐?

비온델로　그건 지금 오고 있는 페트루치오 님의 차림새 말입니다. 모 자에 헌 가죽 조끼를 입고, 바지는 세 번이나 뒤집어 지은 것이고, 꽁 초를 담았던 헌 장화는 한쪽은 쵬쇠로 묶여 있고 다른 쪽은 끈으로 묶여 있습니다. 그리고 읍내 무기고에서 뒤져내 온 듯한 녹슨 헌 칼을 차고 있는데 칼자루는 부러지고, 칼집 끝의 쇠덮개는 없으며, 칼끝은 두 갈래가 나고, 엉덩이가 주저앉은 말에 탄 건 좋으나, 낡은 안장은 좀이 먹고, 등자(鐙子)는 천하에 걸작이고, 그 말로 말하자면 비창증 (鼻瘡症)에 걸려 등뼈까지 곪고, 위턱은 헐고, 전신은 퉁퉁 붓고, 발뒤 꿈치에는 종기가 나고, 관절병에 절룩거리고, 황달병에다 귀 밑까지 부어 있고, 현기증에 형편없고, 기생충이 우글우글하고 등은 휘청휘청 하고, 어깻죽지는 금이 가고, 뒷다리는 딱 붙고, 재갈은 다 끊어져 가 고, 양가죽의 굴레는 허청거릴 때마다 잡아당기는 성화에 몇 번이나 끊어져 다시 이은 것이고, 배 띠는 여섯 군데나 기운 것이고, 벨벳으 로 만든 엉덩이 줄에는 그전 주인 여자 성명의 첫 글자가 단추같이 뚜렷하고, 그것도 새끼로 몇 군데 이어댄 것입니다.

밥티스타　누구와 같이 오던가?

비온델로　마부와 같이 오고 있습니다만, 그 마부란 자도 그 말 같은 꼬락서닙니다. 글쎄 한쪽 다리엔 린네르 양말을 신고, 다른 쪽 다리에 는 거친 모직 바지를 끼고, 빨강과 파랑색 대님으로 매고 있습니다.

낡은 모자에는 깃털 대신에 묘한 장식이 마흔 가지나 달려 있습니다. 귀신딱지, 글쎄 의복 입은 귀신 딱지랄까요. 도저히 기독교 나라의 하인이나 신사의 마부 꼴은 아닙니다.

트라니오 장난기가 발동을 해서 그런 차림을 했겠죠. 하긴 그분은 가끔 그런 형편없는 차림을 하고 다니기도 하죠.

밥티스타 아무튼 와 주기만 한다면 고맙겠소. 차림새는 어떻든간에.

비온델로 아닙니다. 아직 오지 않았습니다.

밥티스타 지금 네가 말하지 않았나?

비온델로 누구 말씀입니까? 페트루치오 님 말씀입니까?

밥티스타 그야 페트루치오 말이지.

비온델로 아닙니다. 전 그분의 말이 그분을 등에 태우고 온다고 말했을 뿐입니다.

밥티스타 결국 마찬가지 아닌가?

비온델로 그렇지가 않습니다. 십 페니 걸고 내기를 해도 좋습니다만, 말과 사람은 하나가 아닙니다. 하기야 수효가 많지는 않았지만요.

페트루치오와 그루미오가 몹시 꼴사나운 차림을 하고 떠들면서 등장.

페트루치오 여, 모두들 어디 계신가? 안에는 아무도 없는가?

밥티스타 (냉담하게) 아, 잘 왔네.

페트루치오 잘 온 것 같지가 않은데요.

밥티스타 아무튼 어서 오게.

트라니오 하지만 좀더 좋은 차림으로 와 주었으면 싶었는데.

페트루치오 아니 이렇게 차린 것이 더 좋지 않습니까? 그런데 케이트는? 내 귀여운 신부는 어디 있소? 장인어른, 어쩐 일이십니까? 훌륭한 양반들이 왜 이렇게 노려보고들 계실까? 마치 굉장한 기념비나 무슨 혜성이나 비범한 사건이 눈앞에 나타난 것처럼.

밥티스타　아니 여보게, 오늘은 자네 결혼식 날이 아닌가. 아까까지만 해도 혹시나 자네가 오지 않을까 하고 걱정을 했지만, 기왕에 온 사람이 이렇게 비참한 복장을 하고 있어서야 어디 되겠는가 말일세. 여보게 자, 그 옷은 얼른 벗어 버리게. 자네 신분에 창피하고, 이 엄숙한 결혼식에 꼴사나우니 말일세.

트라니오　말해 보시오. 그래 무슨 까닭에 신부를 이렇게까지 기다리게 해 놓고, 끝내는 이렇게 당신답지 않은 차림을 하고 오셨소?

페트루치오　지루한 얘기는 그만둡시다. 귀에도 거슬릴 테니. 아무튼 약속대로 왔으니까 됐잖습니까? 부득이 어디를 좀 들렀다 오느라고 이렇게 됐습니다만 나중에 틈이 나면 충분히 납득이 가도록 얘기해 드리리다. 케이트는 어디 있소? 너무 지체되었습니다. 오전 시간은 마구 지나가고 있습니다. 지금쯤은 교회에 가 있어야 할 시간입니다.

트라니오　아니 그렇게 꼴사나운 복장으로 신부를 만나실 테요? 자, 내 방으로 가서 옷을 갈아입으시오. 내 옷을 빌려드리겠으니.

페트루치오　천만에요. 이대로 만나겠소.

밥티스타　하지만 설마 그런 꼴로 결혼식을 하자는 것은 아니겠지요.

페트루치오　천만에요, 이대로 하겠습니다. 그러니 더 이상의 말은 그만둡시다. 신부는 나하고 결혼하는 것이지, 내 의복하고 결혼하는 것이 아니니까요. 이 옷을 갈아입는 일은 어렵지 않지만, 그보다는 신부의 마음의 옷을 갈아입혀 주고 싶습니다. 그렇게 한다면 케이트를 위해서 좋고, 나를 위해서는 더욱 좋을 것입니다. 하지만 지금 바보같이 괜히 당신들과 쓸데없는 얘기를 하고 있을 때가 아닙니다. 어서 신부한테 가서 아침 인사를 하고, 그 다음 사랑의 키스로 남편의 권리를 확보해 놓아야 하겠습니다. (뒤에 서 있는 그루미오를 데리고 황급히 퇴장.)

트라니오   그 미치광이 같은 복장에 무슨 의도가 있는지 모르지만, 아무튼 교회에 가기 전에 바꾸어 입으라고 권해 봅시다.

밥티스타   아무튼 뒤쫓아가서 살펴봅시다.

모두 퇴장하고 트라니오와 루센쇼만 남는다.

트라니오   그런데 도련님, 당사자의 의사 이외에 여자의 아버지 쪽의 승낙을 얻기 위해서는 요전에 말씀드린 바와 같이 사람을 하나 구해야겠습니다. 누구라도 상관없고, 그리 어려운 일도 아닙니다. 다만 우리 쪽의 목적에 들어맞게 맞추기만 하면 되니까요. 글쎄 그 사람을 피서의 빈센쇼 님으로 가장시켜 여기 나타나게 해서, 내가 약속한 액수보다 더 많은 재산을 물려준다는 의사 표시만 하게 되면 됩니다. 그렇게만 해 두면 도련님은 손쉽게 목적을 달성하시고, 아름다운 비앙카와 결혼할 수 있게 되십니다.

루센쇼   하지만 그 동료 가정교사 놈이 비앙카의 일거 일동을 감시하고 있어서 탈이거든. 그렇지만 않다면 차라리 둘이서 남몰래 결혼해 버리면 좋겠어. 일단 신전에서 맹세만 해 놓는다면 온 세계가 아니라고 외치더라도 나에게는 절대로 내것이니까.

트라니오   그 점도 연구해서 우리 계획이 잘 되도록 해 봅시다. 우선 전 반백 머리의 그레미오와 빈틈없는 아버지 미놀라와 교활하고 호색적인 음악 교사 리치오를 감쪽같이 속아 넘어가게 해야 합니다. 이것도 죄다 도련님을 위해서 하는 노릇입니다.

이때 그레미오가 되돌아온다.

트라니오   아니, 그레미오 님, 교회에서 돌아오십니까?

그레미오   예, 학교에서 돌아오는 아동처럼 즐거운 마음으로 오는 길이
지요.

트라니오   신랑 신부도 돌아옵니까?

그레미오   신랑이라고요? 그 녀석이 어찌나 으르렁대는지, 그 색시도
이제는 꼼짝달싹하지 못할걸.

트라니오   그럼 그 여자보다 한 술 더 뜬단 말이오? 그럴 리가……

그레미오   아니, 그 녀석은 악마요, 악마. 정말 마귀같다니까요.

트라니오   아니오, 그 여자야말로 악마요, 악마. 악마의 어미요.

그레미오   체! 그 남자 앞에서는 양 새끼요, 비둘기요, 바보에 불과하다
오. 글쎄 루센쇼 님, 식장에서 목사님이 카타리나를 아내로 맞이하겠
느냐고 물었지요. 그러자 그 작자는 어찌나 큰 소리로 '그야 물론이
오.' 하고 대답했던지 목사님은 깜짝 놀라서 성서를 떨어뜨리잖았겠소.
그런데 목사님이 성서를 주워 들려고 허리를 구부리니까, 그 미치광이
같은 신랑은 느닷없이 목사님을 때려갈겼소. 그러자 목사님과 성서는
나가떨어졌지요. 그리고는 '할 대로 해 봐.'고 소리를 지르더란 말
이오.

트라니오   그럼, 목사님이 다시 일어섰을 때 그 말괄량이는 뭐라고 하
던가요?

그레미오   그저 발발 떨고만 있었소. 목사 쪽에 실수나 있는 듯이 신랑
이 발을 구르고 악을 쓰고 하는 바람에 말이오. 그러나 식이 끝나자
그 작자는 술을 내오라고 하더니 '건배' 하고 소리를 질렀는데, 마치
태풍을 겪은 뒤에 동료들과 무사했음을 배 위에서 축복이라도 하는
것 같다고 할까요. 글쎄 한 잔 꿀꺽꿀꺽 따라 마시곤, 나머지를 교회
지기 얼굴에다 내던졌는데 무슨 이유가 있어서가 아니라, 교회지기의

수염이 성글고 굶주린 것 같은 데다가 이쪽이 마시는 술찌꺼기만이라도 먹고 싶어하는 눈치이기 때문이란 것이오. 이것이 끝나자, 그 작자는 신부의 목을 붙들고 요란스럽게 키스를 했는데, 입술이 떨어질 때에 교회 안이 울려댈 지경이었소. 난 여기까지 보고 하도 창피해서 그냥 나와 버렸습니다만, 좀 있으면 일행들이 돌아올 거요. 그런 미치광이 같은 결혼은 처음 봤소. 아, 저 악대 소리가 들리는 것 보시오.

악대를 선두로 결혼식 행렬이 들어온다. 페트루치오와 카타리나, 그 다음에 비앙카, 밥티스타, 호텐쇼, 그루미오 기타 등장.

페트루치오   여러분, 수고하셨습니다. 여러분은 아마 오늘 저의 결혼을 축하하실 생각으로 굉장한 파티를 마련해 놓으신 모양입니다만, 실은 저는 좀 급한 볼일이 있어 봐서, 미안하지만 그만 떠나야겠습니다.
밥티스타   아니, 오늘 밤에 떠나겠다고!
페트루치오   아니 지금 떠나야겠습니다. 밤까지 기다릴 수가 없습니다. 이상하게 생각하실 건 없습니다. 장인어른도 일의 내용만 아신다면 오히려 어서 가 보라고 권하게 되실 것입니다. 정직한 여러분, 여러분 모두에게 감사드립니다. 여러분 덕택에, 세상에 둘도 없이 참을성 있고, 상냥하고, 정숙한 여자를 아내로 맞게 되었으니까요. 그럼 파티는 장인어른과 같이 하시고, 저의 결혼을 축복해 주십시오. 이제 그만 가 봐야겠습니다. 그럼 다들 안녕히 계십시오.
트라니오   아니 제발 연회나 끝나거든 가세요.
페트루치오   그럴 수는 없습니다.
그레미오   제발 부탁하오.
페트루치오   안 됩니다.

카타리나　　제발 부탁이에요.

페트루치오　　아, 고맙소.

카타리나　　그럼 머물러 계시겠어요?

페트루치오　　당신의 청은 고맙소. 하지만 당신이 아무리 부탁을 하더라도 떠나지 않을 수는 없소.

카타리나　　제발 저를 사랑하신다면 가지 마세요.

페트루치오　　그루미오, 말은?

그루미오　　예, 주인님. 말은 다 준비해 놨습니다.

카타리나　　흥, 그럼 당신 마음대로 하세요. 전 오늘 가지 않을 테니. 아니 내일도 안 갈 테에요. 내 마음이 내킬 때까진 가지 않겠어요. 문은 열려 있으니 자, 가세요. 그 장화가 헐어빠질 때까지 아무데나 터벅터벅 돌아다녀요. 난 마음이 내킬 때까진 아무데도 가지 않을 테에요. 처음부터 이래서야 앞으로 얼마나 뻔뻔스럽고 짓궂은 본성을 드러낼는지 누가 알아요!

페트루치오　　이봐 케이트, 안심해요. 그렇게 화내지 말아요.

카타리나　　이래도 화를 내지 말라고요? 아버지, 아버진 보고만 계세요? 흥, 누가 자기 마음대로 가만 둘 줄 알고.

그레미오　　아이고 이제 드디어 시작하는구먼.

카타리나　　여러분, 파티장으로 들어가세요. 이제보니 여자란 마음이 여간 굳지 않아선 바보 취급당하고 말겠어요.

페트루치오　　이봐 케이트, 그야 누구 명이라고 안 따르겠나. 여러분들도 명령에 복종하시오! 자, 파티장으로 들어들 가서 실컷 마시고 즐기시오. 신부의 처녀성을 위해서 축복해 주시오. 미치건 떠들건 가서 목을 매건 마음대로 하시오. 그러나 귀여운 내 케이트만은 내가 데리고 가야겠소. (카타리나에게) 이봐, 그렇게 두 발을 동동거리고 위협조로 나

오지 마. 당신이 아무리 노려보고 안달을 하더라도 내 소유품에 대해
서는 내가 주인이 아니냐 말이야. 이 여자는 내 소유물이요, 동산이요,
집이요, 살림 도구요, 전답이요, 창고요, 말이요, 소요, 당나귀요, 아무튼
내것이란 말이오. 지금 저렇게 있지만, 누구든지 감히 손만 대 봐요!
패듀어의 아무리 거만한 자라도 내 길을 막으면 가만 있을 내가 아니
니까. 그루미오, 칼을 빼라. 우린 도둑들한테 포위당해 있구나. 자, 너
도 사내 대장부라면 아씨를 구해내야 할 거 아니냐. 이봐 케이트, 아
무 걱정 마. 당신에겐 아무도 손을 대지 못하게 할 테야. 누가 와도 당
신만은 꼭 방어할 테니까! (케이트를 안고 퇴장. 그루미오는 호위하는
태세로 그 뒤를 따라 퇴장.)

밥티스타   아 여러분, 내버려 둡시다. 저렇게 의좋은 부부이잖소.

그레미오   얼른 떠나 줘서 다행이었소. 하마터면 난 너무 우스워 죽을
뻔했는데.

트라니오   나 원 참! 별미치광이 같은 결혼식을 다 봤구려.

루센쇼   비앙카 양, 그래 언니를 어떻게 생각하십니까?

비앙카   평소에 언니 자신이 미치광이 같았으니까, 저렇게 미치광이 결
혼이 당연하죠.

그레미오   페트루치오와 케이트는 틀림없이 천생연분입니다.

밥티스타   여러분, 신랑 신부의 좌석은 비어 있어도 음식만은 많이 준
비되어 있습니다. 자 루센쇼, 당신은 신랑 좌석에 앉아 주시오. 그리고
비앙카는 언니 좌석에 앉고.

트라니오   아름다운 비앙카에게 신부 연습을 시키는 것입니까?

밥티스타   그렇다고 해 둡시다, 루센쇼. 자 여러분, 들어가 봅시다. (모두
퇴장.)

제 4 막

제 1 장 페트루치오의 시골 별장

3층 복도로 통하는 계단. 커다란 난로, 탁자, 벤치, 걸상. 입구가 세 개. 이 중 하나는 현관으로 통하고 있다. 그루미오가 바깥에서 들어온다. 어깨에는 눈이 쌓여 있다. 다리에는 진흙이 튀어 있다.

그루미오 (벤치에 털썩 걸터앉으면서) 제기, 내 이 무슨 팔자냐! 늙어빠진 망아지들에다, 주인 내외분은 온통 발광을 하고, 길도 진창이고, 세상에 이렇게 지독한 꼴을 당한 사람도 있을까? 이렇게 혼이 나고, 이렇게 욕을 본 사람도 있을까? 나보고는 먼저 가서 불을 피워 놓으라고 하고, 자기들은 나중에 와서 몸을 녹이겠다는 배짱이지. 난 작은 항아리 같아서 금방 더워져서 다행이지만, 안 그렇다면 내 입술은 당장 얼어붙고 말았을 것 아닌가. 불을 지펴서 몸을 녹일 겨를도 없이 말야. 어쨌든 불이나 지펴서 몸을 녹여 볼까. 이런 날씨엔 나보다 덩치 큰 사람 같으면 감기에 틀림없이 걸리겠군. 여보게 커티스!

커티스 등장.

커티스　누구요, 그렇게 차가운 음성을 가진 사람이?

그루미오　얼음조각일세. 내 말을 못 믿겠거든 내 어깨를 좀 만져 보게. 금방 발꿈치까지 내려가고, 머리와 목 사이의 거리만큼도 안 되는 것 같을 테니. 여보게 커티스, 불 좀 지펴 줘.

커티스　주인 내외분이 오시는 중인가, 그루미오?

그루미오　응, 그렇다네, 커티스. 그러니까 불을 피우게. 제발 물은 끼얹지 말고.

커티스　그래 아씨는 소문같이 지독한 말괄량이던가?

그루미오　사실이야, 이번 서리가 내리기 전까지는. 하지만 자네도 알겠지만 겨울이 오면, 남자고 여자고 짐승이고 죄다 풀이 죽어 버리거든. 글쎄, 우리 주인님과 아씨도 그렇고, 나 자신도, 내짝인 자네도 그렇단 말야.

커티스　자네 친구라니, 요 세 치밖에 안 되는 바보 같으니! 내가 자네 같은 짐승인 줄 아나?

그루미오　아니, 내가 세 치밖에 안 된다고? 그럼 자네 뿔은 한 자는 된단 말이지. 그렇다면 내 뿔도 적어도 한 자는 될걸. 그건 그렇고, 불 좀 지피지 않겠나? 싫다면 아씨께 고자질 하겠네. 고자질만 해 놓으면 아씨 손에, 지금 눈앞에 다가오고 계시네만, 얻어맞고 불을 안 피워 놓은 죄로 자네 눈에서 불이 날걸세.

커티스　(난로에 불을 지피려고 하면서) 여보게 그루미오, 세상 돌아가는 얘기나 좀 하게.

그루미오　여보게, 어딜 가 보나 자네가 맡은 일 말고는 다 차디찬 세상이네그려. 그러니까 어서 불이나 지피게. 자기 할일을 다하면 복이

68

돌아온다고 하잖던가. 주인 내외분은 지금 얼어 죽게 됐어.

커티스　(일어서면서) 자, 불은 피웠어. 여보게 무슨 소식 없나?

그루미오　있고말고. 자네가 싫증날 정도로 실컷 있지.

커티스　하긴 못된 장난이라면 실컷 알고 있는 자네니까?

그루미오　(손을 불에 쬐면서) 그러니까 몸을 좀 녹여야지. 난 꽁꽁 얼어
　있으니까 말야. 그런데 요리사는 어디 갔나? 저녁은 준비됐나? 집 안
　은 치웠나? 돗자리도 깔아 놓고, 거미집도 털었나? 하인들은 새 옷으
　로 갈아 입었나? 흰 양말로 갈아 신었나? 다들 예복으로 갈아 입었
　나? 남자들은 다 안에들 있나? 여자들은 다 바깥에들 있나? 테이블보
　는 깔아 놨나? 만반의 준비는 다 돼 있나?

커티스　다 돼 있어. 그러니 제발 소식이나 알려 달라니까.

그루미오　첫째 소식인즉, 말은 지치고 주인 내외분은 떨어졌다네.

커티스　어떻게?

그루미오　글쎄, 안장에서 진창으로 떨어졌다네. 거기에는 까닭이 있지.

커티스　제발 그 얘기 좀 들려 주게나.

그루미오　그럼 귀를 좀 이리.

커티스　자.

그루미오　이거야. (커티스의 귀를 친다.)

커티스　아니, 얘길 들려 준다더니 귀로 느끼라는 건가?

그루미오　그러니까 누구나 알 수 있는 얘기란 말이야. 이렇게 자네 귀
　를 갈겨 놓으면, 귀가 정신을 차릴 것 아닌가. 자, 그럼 얘기를 시작하
　겠는데 첫째, 우리 일행은 진창 산길을 내려오고 있었지, 주인 양반은
　아씨 뒤에 걸터앉고…….

커티스　내외분이 같은 말에 탔단 말인가?

그루미오　그게 어쨌단 말인가?

커티스   그야 말은 한 필이었으니까.

그루미오   그럼 자네가 얘기해 보게나. 자네가 내 말을 가로막지만 않
  았더라면 말이 어떻게 넘어졌는지, 아씨가 어떻게 말 밑에 깔렸는지,
  내가 얘기했을 것 아닌가. 그리고 그곳이 얼마나 지독한 진창인지, 아
  씨가 얼마나 진창 속에 빠졌는지, 주인님은 아씨를 말에 깔린 채 내버
  려 두고, 말을 넘어뜨리게 했다고 얼마나 나를 때렸는지, 아씨는 나를
  못 때리게 막으려고 진창에서 어떻게 기어 나오셨는지, 주인님은 욕을
  하고, 생전 빌지 않던 아씨는 빌고, 난 울고, 말은 달아나고, 말 굴레는
  끊어지고, 내 엉덩이는 떨어져 나가고 한 것을 얘기했을 것 아닌가.
  아니 이 소중한 얘기들도 결국 죄다 망각 속에 파묻혀 버리고 말 거
  고, 결국 자네는 그런 얘길 듣지도 못한 채 무덤 속으로 사라질 것 아
  닌가.

커티스   지금 얘기로 봐선 주인님 쪽이 아씨보다 한층 더 지독한가 본
  데?

그루미오   그야 물론이지. 그야 주인님이 들어오시면 자네가 이 댁의
  아무리 거만한 하인이라도 알게 될 거야. 그러나 지금 이런 얘기를 하
  고 있을 때가 아냐. 자, 모두 이리 불러들이게. 나다니엘, 요셉, 니콜라
  스, 필립, 월터, 슈가소프 모두들 불러들이게. 머리는 반질하게 빗질하
  고, 파란 코트를 손질하고, 대님은 여간 잘 매야 하고, 인사는 왼 다리
  로 하고, 손에 키스하기 전에는 주인님의 말꼬리 털에 조차 손을 대게
  해서는 안 되네. 그럼 준비는 다 됐나?

커티스   다 됐고말고.

그루미오   그럼 다 이리 불러 오게.

커티스   (부른다.) 여보게들! 어서 이리 와서 주인님을 맞이하고 새 아
  씨의 얼굴을 살펴보세.

그루미오   아씬 원래 자기 얼굴을 가지고 계시는데.

커티스   누가 모르나?

그루미오   하지만 자네 금방 하인들 보고 아씨 얼굴을 살피라고 하잖았나?

커티스   그거야 하인들보고 새 아씨를 믿게 하자는 것이지.

그루미오   그러나 아씨가 여기 오셔서 하인들에게 아무것도 요구하지 않으실 것만은 확실하네.

하인들이 4, 5명 등장하여 그루미오를 둘러싼다.

나다니엘   잘 돌아왔네, 그루미오.

필 립   그래 어떤가? 그루미오.

요 셉   야, 그루미오.

니콜라스   여보게, 그루미오.

나다니엘   그래 어떻던가, 여보게.

그루미오   아이고, 자네들도 잘 있었나? 재미가 어떤가? 인사는 이만하고 여보게 동료들, 준비는 다 돼 있나? 만반의 준비가 되었나?

나다니엘   만반의 준비가 돼 있고말고. 주인님은 이리 오시나?

그루미오   이제 곧 오시네. 지금 말에서 내리는 중이네. 그러니 알았나, 제발 입을 딱 다물게. 들어오시는 소리가 들리네.

이때 난폭하게 문이 열리고 페트루치오와 카타리나가 들어온다. 두 사람이 다 머리부터 발끝까지 온통 진흙투성이다. 페트루치오가 방 한가운데로 걸어 들어온다. 카타리나는 거의 정신이 아찔하면서도 겉으로는 아무렇지도 않은 체하고 벽에 기대고 있다.

페트루치오   이 자식들이 다 어디 있나? 그래 문간에 마중 나와서 등자(鐙子)를 붙들고, 말을 잡아 주는 놈이 한 놈도 없단 말이냐! 나다니엘은 어디 있느냐! 그리고리와 필립은?

하인들   (달려와서) 여기들 있습니다, 주인님! 여기 있습니다!

페트루치오   여기 있습니다 주인님, 예 여기들 있습니다? 에잇, 이 멍텅구리 바보 자식들아! 아니 그래 마중도 안 나오고, 경의도 표하지 않고, 할일도 안 하고, 그래도 좋단 말이냐? 그래 내가 먼저 보낸 그 바보 녀석은 어디 있느냐?

그루미오   예, 여기 있습니다. 여전히 미련한 놈이긴 합니다만.

페트루치오   이 농군 같으니, 시골뜨기놈 같으니! 방앗간 말 같은 일이나 할 이 빌어먹을 녀석 같으니. 공원까지 마중을 나오라고 이르잖더냐, 이 망할 자식들을 모두 데리고서.

그루미오   글쎄 주인님, 나다니엘의 코트는 미처 되지가 않고, 가브리엘의 구두는 뒤축이 덜 돼 있고, 피터의 모자를 윤택낼 장작도 없고, 월터의 단도는 칼집에서 빠지지 않고, 게다가 애덤과 랄프와 그리고리 외에는 아무도 꼴이 아니고, 모두들 헌 누더기에 거지발싸개라서요. 하지만 아무튼 이렇게 다들 주인님을 맞으러 나오긴 나왔습니다.

페트루치오   어서 가서 저녁상을 가져오너라. (하인들 황급히 퇴장. 페트루치오 혼자서 노랫조로) '어제 하던 생활은 그 어디메에……' 이 자식들이 다 어디 갔나……. (입구에 서 있는 케이트를 알아보고) 자 케이트, 앉아요. 잘 와 줬어. (난롯불 곁으로 케이트를 데리고 간다.) ……이제 맛있는 음식을 먹는 거야! (하인들이 저녁상을 가지고 들어온다.) 아니, 뭘 지금까지 꾸물거리고 있었나? 이봐 케이트, 기분을 내요. (케이트 곁에 앉으면서) 이 녀석들아, 내 신이나 벗겨라! 이놈들아, 뭘 꾸물거리고 있어? (하인 한 사람이 신을 벗기려고 무릎을 꿇는다. 페트루치오

다시 노랫조로) '그 어떤 수도원의 신부가 길을 걸어갈 때에……' 내 발을 비틀어서 뽑아낼 테냐? (그 하인의 머리를 때린다.) 맛이 어떠냐? 알았거든 이쪽은 잘 벗기란 말이야. (양쪽 신을 다 벗긴다.) 이봐 케이트, 기운을 내요. 누가 물 좀 가져오너라. 여기다. (하인이 물을 가지고 들어온다. 페트루치오는 그것을 못본 체하고) 내 사냥개 트로일러스는 어디 있느냐? 넌 어서 가서 내 사촌 퍼디넌스를 이리 모시고 오너라. (하인 한 사람이 나간다.) 이봐 케이트, 그분한테 많은 키스를 해 드리고, 좀 사귀어 줘야겠어. 내 슬리퍼는 어디 있느냐? 대체 물은 언제 가져오는 거냐? (하인이 또 물 대야를 내민다.) 케이트, 이리 와서 손을 씻어요. 참 잘 와 주었어. (이렇게 말하면서 하인과 부딪쳐 물을 쏟으면서) 이 망할 자식 좀 보게, 네가 물을 엎어 버릴 작정이냐? (하인을 때린다.)

케이트 제발 용서해 드리세요. 고의로 그런 것은 아니잖아요, 네.

페트루치오 이 빌어먹을 나무 망치 같은 대가리에다 늘어진 귀를 한 녀석 좀 보게. 자 케이트, 앉아요. 배가 몹시 고플텐데. (케이트가 테이블에 앉는다.) 감사의 기도를 올려 주겠소, 케이트? 아니 내가 올릴까요? 뭐야, 이건 양고긴가?

하인 1 예.

페트루치오 누가 가져왔느냐?

하인 1 예, 제가 가져왔습니다.

페트루치오 탔구나, 음식이 죄다 그 꼴이구나. 이 개 같은 자식들 좀 보게. 요리사 녀석은 어디 있어? 그래 너희 놈들이 광에서 이걸 가지고 나와서 내가 싫어하는 줄 뻔히 알면서 일부러 이걸 먹일 심보냐? 썩 가지고 나가. 접시고 컵이고 전부. (하인 머리에 음식을 내던진다.) 이 조심성 없는 미련퉁이들 같으니! 버릇없는 쌍놈들 같으니! 그래 무슨 불평이 있어? 말해 봐라, 내 뜨거운 맛을 보여주지. (일어서서 하인 일동을 내쫓는다. 커티스만 남는다.)

케이트 제발, 그렇게 화내지 마세요, 네. 그 고긴 멀쩡하잖아요. 당신만 좋으시다면.

페트루치오 이봐 케이트, 그건 타서 너무 바삭바삭하잖소. 그런 건 입에 대지 말라고 의사가 말했단 말이오. 글쎄, 그런 걸 먹으면 답답증이 생기고 울화증이 생긴다나. 그러니까 우리는 둘 다 탄 음식을 먹느니보다 단식을 하는 편이 좋을 거야. 안 그래도 우리는 원래 화를 잘 내는 성미잖소. 그러니 그렇게 너무 탄 고기는 먹지 않는 게 좋을 거요. 그러니 참읍시다. 내일이면 어떻게 되겠지요. 오늘 밤은 둘이서 단식을 합시다. 자, 그럼 신혼방으로 갑시다.

두 사람이 계단을 올라간다. 그 뒤에 커티스가 따라 올라간다. 하인들이 발소리를 죽이고 나타난다.

나다니엘 피터, 이런 일을 본 적이 있나?

피 터 독을 독으로 다스리는 셈이지.

커티스가 계단을 내려온다.

그루미오 주인님은?

커티스 아씨 방에 계시네. 지금 금욕에 관해서 설교하시는 중인데, 어찌나 악을 쓰고 욕을 하고 고래고래 떠들고 하는지……. 가엾게도 아씨는 어디 서 있어야 좋을지, 어느 쪽을 봐야 좋을지, 무슨 말을 해야 좋을지 알지 못하고, 마치 꿈에서 갓 깨어난 사람처럼 멍하니 앉아 계실 뿐이라네. 앗! 달아나세, 달아나, 주인님이 내려오시네. (다 나가 버린다.)

페트루치오 계단 앞에 나타난다.

페트루치오　이렇게 교묘하게 지배권을 잡아 놓으면 좌우간 성공하고 말 것 아닌가. 나의 매(케이트)는 지금 매우 배가 고프겠지. 음식에 달려들 때까지는 먹이지 말아야지. 배가 부르면 마음대로 길들일 수 없으니 말이야. 또 한 가지, 아무리 사나운 매라도 길들여서 주인의 부름대로 오게 하는 방법이 있는데, 다른 게 아니라 잠을 못 자게 하는 거야. 들매로 사납게 날개만 푸드덕거리고 말을 듣지 않는 놈은 그 방법을 쓰면 되거든. 아내는 오늘 아무것도 안 먹었지. 물론 앞으로도 못 먹게 할 테야. 그리고 어젯밤은 한 잠도 자지 못했지. 물론 오늘 밤도 못 자게 해야지. 글쎄 아까 그 고기에 트집잡듯이 잠자리에 관해서도 생트집을 잡아서 베개는 저리, 이불은 이리, 시트는 저리, 죄다 내던져 버려야지. 그런데 이런 소동을 하는 것도 끔찍하게 아내를 생각해서 그러는 것처럼 보이잖 말이야. 요는 긴 밤을 눈도 못 붙이게 하고 졸기만 하면 마구 떠들고, 악을 쓰고 해서 도무지 잠을 자지 못하게 해야지. 이건 눈물을 가지고 사람을 잡는 법이랄까. 이렇게라도 해서 저 미치광이 같은 고집을 잡아야잖겠냐 말이야. 말괄량이를 휘어잡는 다른 명안이 있거든 누구든지 좀 나서서 가르쳐 주십시오. 참조가 될 테니까요. (획 돌아서서 침실로 돌아간다.)

제2장 패듀어의 광장

루센쇼와 비앙카, 나무 밑에 앉아서 책을 읽고 있다. 트라니오와 호텐쇼, 광장에 면한 어떤 집에서 나온다.

트라니오 여보, 리치오 님, 어떻게 그럴 수가 있소? 비앙카 양이 이 루센쇼 이외에 다른 남자를 사모하다니? 나에게 호의를 보이고 있는데.

호텐쇼 그럼 내가 한 말을 믿지 못하신다면 이 근처에 숨어서 저 작자가 교수하는 태도를 좀 살펴 보시오.

루센쇼 아가씨, 지금 읽은 것을 아시겠습니까?

비앙카 선생님이 먼저 무엇을 읽었는지 가르쳐 주시겠어요?

루센쇼 내 전문 과목인 연애술입니다.

비앙카 그럼 더 공부하셔서 연애 석사(碩士)가 되세요.

루센쇼 어렵지 않은 일입니다. 아가씨가 내 애인만 돼 주신다면.

호텐쇼 점점 재미있어지는구만. 여보, 이래도 비앙카에게는 루센쇼 이외는 애인이 없다고 감히 말할 수 있겠소?

트라니오 오, 더럽소, 연애란! 믿지 못할 건 여자로군요! 여보 리치오 님, 정말 어안이 벙벙하구려.

호텐쇼 이제 가면은 벗겠소. 난 리치오가 아니오. 음악가도 아니오. 그건 내 가면이었소. 그러니 나 같은 신사는, 저런 천한 녀석을 신사처럼 생각하는 계집애를 위해서 가면을 더 이상 쓸 수는 없소. 나는 실은 호텐쇼라는 사람이오.

트라니오 호텐쇼 님, 당신이 비앙카를 무척 사모하고 계시다는 얘기는 전부터 나도 듣고 있었소. 그런데 내 눈으로 저 여자의 경박함을 목격한 이상, 당신이 정 그러시다니까 나도 당신과 같이 비앙카를 포기하겠습니다.

호텐쇼 저것 좀 보시오. 저렇게 키스를 하며 사랑을 주거니받거니 하고들 있잖소. 루센쇼 님, 자 우리 악수합시다. 굳게 맹세하지만, 차후로는 절대로 구애를 하지 않고 영원히 포기하겠소. 그만한 가치가 없는 여자인 줄 모르고 오늘까지 괜히 애만 태웠구려.

트라니오 그렇다면 나도 진정으로 맹세를 하겠습니다. 저 여자와는 절대로 결혼하지 않겠습니다. 비록 저쪽에서 애원해 오더라도. 체, 더러운 계집 같으니, 저 교태 좀 보게.

호텐쇼 저 작자 외에는 천하가 저 여자를 보는 체도 하지 말았으면! 나도 틀림없이 맹세를 지키기 위하여 삼 일 이내에 어떤 부자 미망인과 결혼을 하겠소. 그 미망인은 나를 사랑해 오던 여자요. 내가 저 거만하고 사람을 업신여기는 계집년을 사랑해 왔듯이 말이오. 그럼 안녕히 계시오, 루센쇼 님. 여자는 미모보다 마음씨가 중요합니다. 이제는 마음씨에 애정이 끌립니다. 그럼 아까 그 맹세를 굳게 안은 채 이만가 보겠습니다. (퇴장. 트라니오는 두 애인 곁으로 간다.)

트라니오 비앙카 양, 축복합니다. 행복한 여인이란 당신을 두고 한 말인가 봅니다. 두 분의 정다운 모습을 보고, 나나 호텐쇼는 이제 단념했습니다.

비앙카 트라니오, 농담은 그만둬요. 하지만 정말로 두 분께서 저를 단념해 버리셨나요?

트라니오 예, 그렇습니다.

루센쇼 그럼 우린 리치오를 치운 셈이구먼.

트라니오 예, 그분은 어떤 정력적인 미망인을 찾아가서, 당장에 구혼을 해서 그날로 결혼식을 올린다나요.

비앙카   제발 잘 되기만 빌어요.

트라니오   하긴 그분은 여자를 잘 길들일 것입니다.

비앙카   글쎄, 그럴 거에요.

트라니오   그렇습니다. 훈련 학교에 들렀다 간다나요.

비앙카   훈련 학교! 그런 곳이 다 있나요?

트라니오   있고말고요. 페트루치오가 그곳 선생님이랍니다. 그분은 묘법
을 얼마든지 가르쳐 준답니다. 말괄량이를 길들여서 독설로 꼼짝달싹
못하게 해 버리는 묘법을 배운다나요.

비온델로가 달려들어온다.

비온델로   아이고 주인님, 주인님, 전 어찌나 오래 지키고 서 있었던지
고단해 죽을 지경입니다. 그러나 마침내 찾아냈습니다. 글쎄, 천사 같
은 늙은이가 산길을 내려오잖겠어요. 이제 됐습니다.

트라니오   누군데?

비온델로   글쎄, 상인인지 교사인지 잘은 모르겠습니다만 옷차림은 단
정하고, 걸음걸이며 인상이 꼭 부친과 닮았습니다.

루센쇼   그런데 트라니오, 그분을 어쩔 셈인가?

트라니오   그분이 만약 쉽사리 넘어가서 제 마음을 믿어 준다면, 그분
을 빈센쇼 님으로 가장시켜 밥티스타 미놀라 님에게 보증을 하는 부
친 역할을 하게 하겠습니다. 자, 아가씨를 모시고 먼저 들어가십시오.
(루센쇼와 비앙카는 밥티스타의 집으로 들어간다.)

교사 등장.

교 사　안녕하시오?

트라니오　아, 안녕하십니까? 잘 오셨습니다. 어디까지 가시는 길입니까? 아니면 이곳까지 오시는 중입니까?

교 사　일단 이곳에 머물렀다가, 한두 주일 후에는 다시 로마까지 갈 참이오. 그리고 죽지만 않는다면 트리폴리까지도 가 볼 생각입니다.

트라니오　고향은 어디십니까?

교 사　맨튜어요.

트라니오　맨튜어에서 일부러 패듀어까지? 안 될 말씀! 목숨이 아깝지 않습니까?

교 사　목숨요? 왜요? 그렇다면 이거 야단인데.

트라니오　맨튜어 가(家)가 패듀어로 오는 것은 죽음터로 뛰어드는 거나 마찬가집니다. 모르십니까, 그 원인을? 당신 나라의 선박들은 지금 베니스에 억류당해 있습니다. 맨튜어의 공작과 패듀어의 공작 사이에 시비가 생겨서 공공연하게 그런 포고를 내렸답니다. 하기야 지금 갓 오셨으니까 무리는 아닙니다만, 그 포고를 전혀 듣지 못하셨다는 건 참 이상한 얘깁니다.

교 사　아이고, 이거 야단났네. 난 플로렌스에서 환어음을 가지고 왔는데, 이곳의 누구에게 줘야 합니다.

트라니오　그렇습니까. 당신을 위해서입니다만, 그럼 이렇게 하시면 어떻겠습니까. 그런데 먼저 좀 물어 볼 말이 있습니다만, 혹시 피서에 가 보신 일이 있으십니까?

교 사　예, 피서엔 종종 가 봤지요. 피서는 사람들이 성실하다더군요.

트라니오　그중에 혹시 빈센쇼라는 분을 아십니까?

교 사　직접은 모릅니다만, 소문은 들었지요. 굉장한 거상이라던데요.

트라니오　실은 그분이 저의 부친입니다. 그런데 솔직히 말해서 부친 얼굴은 어딘가 좀 댁의 얼굴과 닮았습니다.

비온델로 (방백) 사과와 귤이 닮았다는 게 낫지. 하지만 피장파장이지.

트라니오 이 생사의 기로에서 당신을 위하여 이렇게 해 드리죠. 당신이 저의 부친을 닮은 일은 참 요행한 일입니다. 그러니 우리 부친의 이름과 신용을 가장하여 내 집에서 거리낌없이 묵으시고, 꼭 우리 부친처럼 행동하십시오. 아시겠습니까? 이곳에서 일을 다 보실 때까지 그렇게 머무르셔도 좋습니다. 이쪽 기분을 알아 주신다면 제발 그대로 받아들여 주십시오.

교 사 좋소, 받아들이고말고요. 그리고 일생을 두고 생명과 자유의 은인으로 은혜는 잊지 않겠소이다.

트라니오 그럼 같이 가셔서 일을 처리합시다. 그리고 말씀드리지만 다들 우리 부친이 오시길 기다리고 있는 중이랍니다. 나는 밥티스타라는 분의 따님과 결혼하기로 돼 있습니다만, 그 결혼에 재산 보증을 하러 오시기로 되어 있습니다. 그간의 사정은 차차 말씀드리겠습니다. 아무튼 같이 가셔서, 옷부터 우리 부친답게 갈아입으십시오. (일동 퇴장.)

제 3 장 페트루치오의 시골 별장

카타리나와 그루미오 등장.

그루미오 안 됩니다. 그런 일은 저로선 도저히 안 됩니다.

카타리나 내가 궁지에 빠질수록, 그이는 더 심해지는 것 같아요. 아니, 그이는 나를 굶겨 죽이기 위해서 나와 결혼했나요? 친정 아버지 집 문간에 나타난 거지들도 애걸하면 뭘 얻어 가요. 못 얻어 가더라도 다른 곳에 가면 자비를 만나요. 그런데 한 번도 애걸이라곤 해 보지 않은 내가, 아니 애걸할 필요조차 느껴 보지 못한 내가 배가 고파 죽을 지경이고, 게다가 한잠도 자지 못하여 머리는 빙빙 도는데, 그이는 줄곧 소리만 질러서 눈도 붙이지 못하게 하니……. 그러나 무엇보다도 가장 싫은 것은 그의 태도예요. 그것도 모두 애정 때문이라. 글쎄 내가 먹거나 자는 날엔 죽을 병에 걸리든가 당장에 목숨을 잃고 말 것 같은 말투란 말이에요. 제발 먹을 것 좀 갖다 줘요. 뭐든지 상관없으니까, 독만 들어 있지 않다면.

그루미오   소 다리는 어떠십니까?

카타리나   참 좋아요, 제발 어서 좀.

그루미오   그건 너무 자극적인 음식이 아닐까요. 걸쭉하게 끓인 곰국은 어떠십니까?

카타리나   그것도 좋아요. 어서 좀 가져와요.

그루미오   그것도 좀 자극적이 아닐까요. 쇠고기에 겨자를 바른 것은 어떨까요?

카타리나   그건 내가 좋아하는 요리예요.

그루미오   하지만 겨자는 좀 맵습니다.

카타리나   그럼 쇠고기만 가져오고, 겨자는 빼면 되잖아요.

그루미오   안 될 말씀입니다. 겨자를 뺄 수는 없습니다. 이 그루미오가 쇠고기만 가져올 수야 없잖습니까?

카타리나   그럼 양쪽 다 가져오든지, 한쪽만 가져오든지 마음 내키는 대로 가져와요.

그루미오   그럼 쇠고긴 빼고 겨자만 가져오겠습니다.

카타리나   가버려요, 요 거짓말쟁이 같으니. (그루미오를 때린다.) 음식 이름이나 먹일 셈이냐. 가만 안 둘 테다. 모두 덤벼들어서 나를 못살게 굴 셈이냐. 썩 가 버리라니까.

페트루치오와 호텐쇼가 고기 접시를 들고 등장.

페트루치오 아, 케이트, 아니 왜 그렇게 기운이 없소?

호텐쇼 부인, 어쩐 일이십니까?

카타리나 아, 이렇게 욕을 보다니.

페트루치오 이봐, 기운을 내고, 즐거운 얼굴을 해요. 이렇게 내가 애를 써서 손수 요리를 만들어 가지고 왔잖소. (요리를 내려놓는다. 카타리나가 그것을 집는다.) 여보, 이만하면 감사의 말씀은 받아도 좋을 것 같은데⋯⋯. (카타리나가 요리를 입에다 넣는다.) 아니, 한 마디도 없나? 그럼 맛이 없는가 보군. 괜히 난 헛수고만 했네. (요리 접시를 뺏으며) 여봐라, 요리 접시를 내가라.

카타리나 제발 거기 놔 두세요.

페트루치오 아무리 맛없는 것일지라도 고맙다는 말 정도는 하는 법이오. 내 요리만 하더라도 손을 대기 전에 고맙단 말 정도는 있어야 할 것 아니오.

카타리나 고마워요. (페트루치오 접시를 도로 내려놓는다.)

호텐쇼 여보게 페트루치오, 자네 너무하잖나? 자 부인, 제가 상대해 드리겠습니다.

페트루치오 (호텐쇼에게 방백) 여보게 호텐쇼, 나를 생각해 준다면 제발 전부 먹어 치워 주게. 자네의 그 친절한 마음씨가 효력을 나타내 주기만 바라네. (큰 소리로) 케이트, 어서 먹어요. 그리고 나서 아버님을 뵈러 가 봅시다. 가장 좋은 옷을 근사하게 차려 입고 한번 흥청거려 봅시다. 비단 코트에다 비단 모자와 금반지, 주름잡힌 깃, 소맷부리,

스커트의 버팀개 등등 그리고 목도리와 부채, 갈아입을 옷 두 벌, 호박(琥珀)팔찌, 장식용 구슬 등등 진짜 가짜 뒤섞어 가지고……. (카타리나가 얼굴을 든 틈에 페트루치오가 눈짓을 하자, 그루미오가 얼른 요리 접시를 치운다.) 벌써 다 먹었소? 재봉사가 기다리고 있소. 당신 몸매를 아주 근사하게 꾸미기 위해서 말이오. (이때 재봉사 등장.) 어디 좀 구경합시다. 그 옷을 좀 펴 보여 주시오.

재봉사가 테이블 위에 그것을 펴 보인다. 이때 잡화상이 상자를 들고 등장.

잡화상 (상자를 열면서) 나리께서 주문하신 모자를 가지고 왔습니다.

페트루치오 (모자를 잡아채면서) 아니, 이건 나무 그릇을 틀삼아서 만든 건가? 벨벳 접시랄까. 체, 체, 이따위 상스럽고 더러운 물건이 어디 있어! 마치 조개껍질이나 호두껍질 같군. 아니 노리개, 장난감, 아기 모자야. 지금 누굴 놀리는 건가? (그것을 방구석에 내던진다.) 집어치워. 좀더 큰 걸 가지고 와.

카타리나 더 큰 건 싫어요. 그것이 지금 유행이에요. 얌전한 부인네들은 다 그런 모자를 써요.

페트루치오 당신도 얌전해지면 씌워 주리다. 그때까진 안 돼.

호텐쇼 (방백) 서둘 건 없겠군요.

카타리나 뭐라고요. 이제 저도 가만히 있지는 못하겠어요. 할 말은 해야겠어요. 저도 갓난애, 어린애는 아니에요. 당신보다 더 훌륭한 분들도 제가 하고 싶은 말을 막지는 않았어요. 듣기 싫으면 귀를 막으면 되잖아요. 이 혀는 가슴 속의 분을 말해 버려야 해요. 억지로 참고 있으면 가슴이 터질 거예요. 그보다는 속시원하게 말을 하겠어요. 속시원하게 실컷 말이나 해 버릴 테에요.

페트루치오 참 그렇소. 당신 말마따나 이건 보잘것없는 모자요. 커스터
드 푸딩 같다랄까, 장난감 같다랄까, 비단 파이 같다랄까? 당신이 이
걸 싫어하니까, 난 더욱 당신이 사랑스럽구려.

카타리나 사랑스럽고 뭐고, 전 이 모자가 좋아요. 그러니 이 모자로 하
겠어요. 다른 건 싫어요.

페트루치오 그럼 의복은? 여보 재봉사, 좀 구경합시다. (테이블 쪽으로
간다. 그루미오가 잡화상을 데리고 나간다.) 아이고, 이걸 가장 무도회에
입고 나가란 말이냐? 이게 뭐냐? 소맨가? 포신(砲身) 같군. 허허! 위나
아래나 평탄한 꼴이 꼭 애플파이 같아. 여기를 싹, 저기를 동강. 온통
여기저기를 이렇게 잘라냈으니, 이건 흡사 이발소의 주전자 꼬락서니
가 아닌가. 여보 재봉사, 대관절 이건 뭐라는 물건이오?

호텐쇼 (방백) 이래 가지고는 모자고 의복이고 부인 손에 들어가질 못
할 것 같은걸.

재봉사 주문하실 때에 유행에 맞춰서 잘 만들라고 말씀하셨잖습니까?

페트루치오 물론 그렇게 말했지. 그러나 돌이켜 생각 좀 해 봐요. 그래,
누가 어디 유행에 맞춰서 물건을 못 쓰게 만들라고 그랬나? 썩 물러
가서 빈민굴이나 찾아다니라고. 이제부터 내 집엔 드나들지 마라. 그
따위 물건은 필요 없으니까. 어서 가지고 돌아가요.

카타리나 하지만 전 이렇게 좋은 물건은 처음이에요. 멋지고, 유행에도
맞고, 어디로 보나 마음에 들어요. 당신은 저를 꼭두각시 취급하실 참
이세요?

페트루치오 글쎄 말이오. 재봉사가 당신을 꼭두각시 취급을 하고 있잖소.

재봉사 아닙니다. 부인은 나리께서 부인을 꼭두각시 취급하신다고 말
씀하셨습니다.

페트루치오　요 거만한 자식 좀 보게. 거짓말 마라! 이 실오라기 같은
　　자식, 요 골무 같은 자식, 요 석 자, 두 자, 한 자 가웃, 여덟 치, 두 치
　　같은 자식, 벼룩 같은 자식, 벼룩알 같은 자식, 겨울철의 귀뚜라미 같
　　은 자식아, 그래 내 집에 와서 실타래를 휘두를 참이냐? 썩 나가, 요
　　넝마 같은 자식, 눈곱만한 오라기 같은 자식아, 어물어물하고 있으면
　　네 잣대로 갈겨 줄 테다! 그래 죽는 날까지 그렇게 서서 조잘댈 참이
　　냐? 아씨의 옷을 이렇게 못 쓰게 만들어 놓는 법이 어디 있어.

재봉사　나리께서 무슨 착각을 하고 계시나 봅니다. 이 옷은 나리께서
　　주문하신 그대로 만들었습니다. 그루미오가 그렇게 만들라는 주문을
　　전달해 왔습니다.

그루미오　난 아무 주문도 전달하지 않았습니다. 다만 옷감을 갖다 줬
　　을 뿐입니다.

재봉사　하지만 어떻게어떻게 만들라고 말하잖았소?

그루미오　그야 말했죠. 바늘과 실을 가지고 하라고요.

재봉사　하지만 재단하라고 했잖소?

그루미오　이것 저것 갖다 붙여서 꿰매기를 잘 하죠?

재봉사　그렇소.

그루미오　그러나 남의 말까지 이것저것 꿰매 붙이면 안 되지요. 당신
　　은 지금까지 여러 사람들을 얕잡아 봤겠지만, 나까지 얕보진 마시오.
　　난 만만하게 문책을 당하거나 얕잡히거나 할 사람은 아니오. 잘 들어
　　두시오. 나는 당신 주인 보고 옷을 조각내 달라고는 부탁하지 않았어.
　　그러니까 당신은 거짓말쟁이란 말이오.

재봉사　그럼 여기 증거가 있소. 어떤 식으로 만들라는 쪽지 말이오.

페트루치오　어디 읽어 봐.

그루미오　내가 그런 말을 했다고 적혀 있다면 그 쪽지는 새빨간 거짓

말이오.

재봉사　(읽는다.) '첫째 헐렁한 부인복을 만들 것'

그루미오　주인님, 제가 헐렁한 부인복을 주문했다면 저를 그 스커트 속에 꿰매 넣고, 실패로 저를 때려도 좋습니다. 전 그냥 부인복이라고 만 했습니다.

페트루치오　다음을 읽어 봐.

재봉사　'원형의 작은 케이프를 달 것'

그루미오　케이프라고는 확실히 말했습니다.

재봉사　'소매는 멋지게 재단할 것'

페트루치오　거기다. 거기가 안 됐단 말이야.

그루미오　이 쪽지는 엉터리입니다. 주인님, 쪽지는 엉터리입니다. 내가 이렇게 이르잖았어? 소매는 재단해서 다시 꿰매라고. 여보 재봉사, 당 신은 그 작은 손가락을 골무로 무장하고 있지만 겁날 것 없어.

재봉사　제가 한 말은 정말입니다. 제 작업장에 나가 보면 당신도 생각 날 겁니다.

그루미오　그럼 자, 나가 보자고. 칼 대신 그 쪽지를 갖고 잣대는 이리 줘. 자, 덤벼.

호텐쇼　아이고 여보게 그루미오! 그래서야 재봉사가 불리하잖아.

페트루치오　어쨌거나 그 옷은 내 취미에 맞지 않아.

그루미오　그러실 테죠, 그건 아씨님 것이니까요.

페트루치오　도로 가지고 가서 자네 주인 마음대로 처분하라고 해.

그루미오　빌어먹을 재단사 같으니, 그건 절대로 안 돼. 우리 아씨님 옷 을 당신 주인 마음대로 될 줄 알아!

페트루치오　아니 그건 또 무슨 뜻이냐?

그루미오　아, 거기엔 좀 까닭이 있습니다. 글쎄 아씨님 옷을 저 작자

주인이 함부로 써서야 어디 되겠습니까! 허, 당치도 않은 일이지.

페트루치오　(작은 소리로) 여보게 호텐쇼, 재봉사하고 옷값 얘기 좀 해 주게. (큰 소리로 재봉사를 보고) 자, 가지고 가요. 말도 하기 싫으니까.

호텐쇼　(작은 소리로) 여보 재봉사, 옷값은 내일 치러 드리리다. 저분의 성미와 급한 말을 과히 오해는 마시오. 자 그만 가 보시오. 그리고 당신 주인한테 안부 전하시오. (퇴장.)

페트루치오　자 그럼 케이트, 아버님께 가 봅시다. 이 옷을 그냥 입고 갑시다. 수수하지만 건실하잖소. 지갑은 두둑하고, 의복만이 빈약할 뿐이오. 육체를 풍부하게 하는 것은 뭐니뭐니 해도 정신이오. 태양이 시커먼 구름을 헤치고 비치듯이 의복이 아무리 남루해도 덕은 저절로 빛이 나는 법이오. 여치의 깃털이 아무리 곱다 해도 종달새보다 소중히 여겨지지는 않거든. 얼룩진 껍질이 화려하다고 해서 독사를 장어보다 좋다 할 사람은 없잖소! 이봐요 케이트, 그와 마찬가지로 가구가 빈약하고, 옷이 천하다고 해서 당신을 얕볼 사람은 없소. 그런 것이 창피하다면 다 내 책임으로 알구려. 자 그럼 기운을 내고 당장 친정집으로 돌아가서 한번 흥청대고 잔치를 열어 봅시다. 누구 가서 하인들을 불러 오너라. 우리 당장 떠납시다. 말은 롱 레인 길 모퉁이에다 매어 두어라. 거기서부터 타고 가겠다. 자, 그곳까진 걸어서 갑시다. 지금 일곱시쯤 됐나 본데, 우린 저녁식사 시간 때까진 도착할 거요.

카타리나　아니 지금은 벌써 두시예요. 저녁식사 전에는 도착하지 못할 거예요.

페트루치오　말 있는 곳까지 가면 일곱시가 될 거요. 원, 당신은 내 말과 내 행동과 내 생각을 일일이 트집잡는구려. 여봐라 그만두자. 오늘은 가지 않겠다. 내 시계가 몇 시가 됐던가 말하는 시간이 아니면 떠나는 건 그만두겠다.

호텐쇼   아니 이 호걸은 태양에게조차 호령을 할 생각인가. (일동 퇴장.)

제 4 장 패듀어의 광장

트라니오, 빈센쇼로 가장한 교사 등장. 교사는 이 지방에 갓 도착한
것처럼 장화를 신고 있다. 두 사람이 밥티스타의 집으로 다가간다.

트라니오   이 집이 그 댁입니다. 같이 들어가 봐도 괜찮겠습니까?
교 사   그러기 위해서 이렇게 온 것이 아닌가? 밥티스타 님이 박정한
　인간이 아니라면 나를 기억하고 있을는지도 모르지. 거의 이십 년 전
　제노아에서의 일이지만 페가서스라는 여관에 같이 든 일이 있었어.
트라니오   됐습니다. 어떤 경우라도 그런 식으로 해 주시고, 아버지같이
　위엄을 갖추십시오.
교 사   걱정 마오. (비온델로 등장.) 아, 저기 당신의 하인이 오는군. 저
　작자한테도 얘기해 두는 게 좋겠군.
트라니오   염려 마십시오. 여봐, 비온델로 부탁하네. 내가 시킨 대로 이
　분을 진짜 빈센쇼 나리같이 생각하란 말이야.
비온델로   예, 염려 마십시오.
트라니오   그런데 밥티스타 댁에 전갈을 했나?
비온델로   예, 했습니다. 아버님께서 베니스에 와 계신데, 오늘 패듀어로
　오시기로 했다는 전갈을.
트라니오   그래, 잘했어. 자, 이것 가지고 가서 술이나 마시게. (돈을 준
　다. 문이 열리고 밥티스타가 나온다. 그 뒤에 루센쇼가 나온다.) 밥티스타
　씨가 오시는구나. 자, 아버지 준비하십시오. 밥티스타 님, 마침 잘 만났

습니다. (교사에게) 아버지, 이분이 제가 말씀드린 분입니다. 자 아버지, 저의 부친으로서 유산에 대해 말씀해 주시고, 비앙카와 결혼하게 해 주십시오.

교 사   얘, 넌 좀 가만 있거라. 초면에 미안한 말씀입니다만, 이번에 빌려 준 돈을 좀 받을 것이 있어 패듀어까지 오게 됐는데, 자식놈 루센쇼의 말을 듣자니 댁의 따님과 우리 아들 사이에 사랑이라는 중대사가 벌어졌다죠. 댁의 성함은 저도 평소부터 듣고 있었습니다. 자식놈은 댁의 따님을 사랑하고 있고, 따님도 우리 애를 사랑한다고 하니까, 자식놈을 너무 애태워 주는 것도 뭣하고 하니, 아비 된 입장으로서 결혼을 시켜 주는 것이 좋지 않을까 하오. 그러니 댁에서도 별 이의가 없으시다면, 확실한 약속하에 따님에게 줄 유산의 건을 즐거이 동의하겠습니다. 명성이 자자하신 밥티스타 님이고 보니, 제가 당신의 뒤를 알아볼 필요도 없을 것입니다.

밥티스타   미안한 말씀이나 저도 한마디 말씀드릴까 합니다. 당신의 솔직하고 간명한 인사 말씀 참 기쁩니다. 사실 당신의 아드님 루센쇼는 우리 딸애를 사랑하고 있고 우리 애도 당신의 아드님을 사랑하는 것 같습니다. 그리고 둘이 다 외관상으로만 사랑하고 있는 건 아닌 것 같습니다. 그러니까 이 말씀만 해 주시면 되겠습니다. 즉 아버지로서 아드님과 합의하셔서 우리 딸애에게 충분한 유산을 주시겠다는 말씀만 해 주시면, 이 결혼은 성립된 거나 마찬가지고 만사는 이루어지겠습니다. 우리 애를 아드님에게 기꺼이 드리겠습니다.

트라니오   감사합니다. 그럼 약혼식은 어디서 하는 것이 가장 좋겠습니까? 그리고 피차간의 계약도 교환해야 하겠는데, 어디서 하면 좋겠습니까?

밥티스타   우리 집은 좀 난처합니다. 아시다시피 물 주전자에도 귀가 있다는 말마따나 집에는 하인들이 많고 게다가 그레미오 영감이 항상 엿듣고 있어서, 방해당할 우려가 없지도 않으니까요.

트라니오　그러시다면 저의 숙소는 어떠십니까? 아버지도 같이 계시니까 그럼 오늘 밤 그곳에서 남몰래 일을 치러 버립시다. 하인을 시켜서 따님을 오라고 하십시오. (루센쇼에게 눈짓을 한다.) 대서인은 내 하인을 시켜서 곧 불러오게 하겠습니다. 다만, 일이 워낙 갑작스러워서 별로 대접을 해 드리지 못할 것이 걱정입니다.

밥티스타　염려 마시오. (루센쇼에게) 캠비오, 얼른 집에 가서 비앙카보고 곧 나올 준비를 하라고 좀 전해 다오. 그리고 그간의 사정도 좀 전해 다오. 루센쇼 부친이 패듀어에 도착하고 그애는 루센쇼의 아내가 될 것 같다는 사정을. (루센쇼 퇴장. 그러나 트라니오의 눈짓으로 나무 뒤에 숨는다.)

비온델로　아이고 하느님, 제발 그렇게만 돼 주시길.

트라니오　하느님만 찾지 말고, 어서 좀 갔다 오라니까. (비온델로를 보고 루센쇼 있는 곳으로 가라고 눈짓을 한다. 하인이 트라니오의 집 문을 연다.) 밥티스타 님, 이리 따라오십시오. 요리 한 접시 정도밖에 못 내오게 되는지 모르겠습니다만, 자, 나중에 피서에 오시면 훌륭하게 접대하겠습니다.

밥티스타　그럼 따라가겠습니다. (트라니오, 밥티스타, 교사 들어간다. 루센쇼와 비온델로가 앞으로 나온다.)

비온델로　캠비오!

루센쇼　왜 그래, 비온델로?

비온델로　트라니오가 나리에게 눈짓을 하며 웃고 하는 것 보셨죠?

루센쇼　그래, 그게 어쨌단 말이냐?

비온델로　아무것도 아닙니다. 하지만 트라니오는 저를 보고 여기 남아 있다가 그 눈짓의 의미를 나리께 설명해 드리라고 하던데요.

루센쇼　그럼 그걸 좀 설명해 다오.

비온델로　이렇습니다. 밥티스타는 가짜 아들에 관해서 가짜 아버지와 회담 중입니다.

루센쇼　그래서 어쨌단 말이지?

비온델로　그분의 따님을 나리 보고 식사에 데리고 오시랍니다.

루센쇼　그래서?

비온델로　성 누가 교회의 늙은 목사님이 기다리고 있는 중입니다. 언제든지 일을 봐 드리기 위해서요.

루센쇼　그래서 대관절 어떻게 되는 거지?

비온델로　모르겠습니다. 제가 아는 건, 지금 다들 모여서 가짜 계약 작성에 바쁘십니다. 나리도 어서 아가씨와 계약하십시오. 글쎄 '판권 독점'을 해 버리십시오. 어서 교회로 목사님과 서기와 그리고 몇몇 상당한 입회인을 데리고 가십시오. 이게 나리가 바랐던 것이 아니시라면 이제 전 아무 말도 드리지 않겠으니, 비앙카 양에게 가서 영원히 작별 인사나 하시고요. (나가려고 한다.)

루센쇼　이봐, 비온델로?

비온델로　지체할 수 없습니다. 전 이런 얘길 알고 있어요. 글쎄 토끼에게 양미나리를 먹이려고 마당으로 뜯으러 간 처녀가 그날 저녁때는 벌써 시집을 갔다나요. 나리도 그렇게 하시면 좋잖아요. 그럼 안녕히 계십시오. 전 주인님 명령으로 성 누가 교회로 가 봐야겠습니다. 가서 목사님보고 나리가 하인들을 거느리고 오시기 전에, 나오실 준비를 해 놓으라고 전해야겠습니다.

루센쇼　나도 그렇게 되길 바라고말고, 그녀만 그렇게 해 줄 생각이라면. 그녀는 좋아할 거야. 그렇다면 내가 염려할 필요는 없지. 일이 어떻게 되든간에 나는 가서 그녀에게 솔직히 얘기를 해야겠어. 이제 이 캠비오는 그녀 없이는 도저히 살아나갈 수 없을 것이다. (퇴장.)

제 5 장 패듀어로 들어가는 가도의 산길

페트루치오, 카타리나, 호텐쇼, 하인들 길가에서 쉬고 있다.

페트루치오 자, 갑시다. 이제 당신 친정집도 그리 멀지 않소. 그런데, 거 참 밝고 굉장한 달이구먼!

카타리나 달이라고요? 태양이에요. 지금 이 시간에 달이 다 뭐예요!

페트루치오 글쎄 저건 밝디밝은 달이라니까그래.

카타리나 아녜요, 저건 밝디밝은 태양이에요.

페트루치오 아, 우리 어머니의 아들, 즉 나 자신에 두고 단언하지만 저 건 달이오, 별이오. 아니 내가 무엇이든 원하는 거요. 적어도 당신 친 정집에 도착할 때까지는. (하인에게) 여봐라, 말머리를 돌려라. 일일이 내게 반대하는군. 반대할 줄밖에 모르는군!

호텐쇼 (작은 목소리로 카타리나에게) 그렇다고 해 두세요. 안 그러면 어느 세월에 도착할는지 모르겠으니까요.

카타리나 제발 갑시다. 기왕에 여기까지 왔으니까요. 달이건, 태양이건, 뭐건 좋아요. 촛불이라고 하셔도 맞아요. 이제부턴 저도 그렇게 부르 겠어요.

페트루치오 글쎄, 달이라니까.

카타리나 네, 달이에요.

페트루치오 아니야, 당신은 거짓말쟁이야. 저건 태양이오.

카타리나　　아, 그러시다면 확실히 저건 태양이에요. 하지만 당신이 태양이 아니라고 말씀하시면 물론 태양이 아니고말고요. 달님은 변하니까요, 당신 마음같이. 당신이 이것이라고 이름지으시면 그것이 돼요. 그리고 저도 그렇게 부를 테에요.

호텐쇼　　(낮은 음성으로) 페트루치오, 이제 가세. 자네가 이겼네.

페트루치오　　그럼 가 보자, 앞으로! 공은 굴러 내려가는 법. (카타리나의 팔을 잡는다.) 순순히 자연을 따라야지. 가만 있자, 이게 누구냐? (빈센쇼가 산길 반대쪽에서 올라오고 있다. 빈센쇼에게) 안녕하세요. 아가씨, 어딜 가세요? 여보 케이트, 참말이지 이렇게 아름다운 귀부인을 본 적이 있소? 저 볼 좀 봐요. 흰 것과 빨간 것이 다투고 있는 것 같잖소! 천사 같은 얼굴에 저렇게도 어울리는 저 두 눈, 그 어떤 별도 저렇게 아름답게 밤 하늘을 비추진 못할 것 아니오? 아름다운 아가씨, 다시 한번 인사드립니다. 여보 케이트, 저렇게도 아름다운 분을 좀 포옹해 드리구려.

호텐쇼　　(방백) 노인을 여자 취급하다니, 사람을 미치게 할 작정인가?

카타리나　　꽃망울같이 젊은 아가씨, 예쁘고 상큼하고 아름다운 아가씨, 어딜 가세요? 집은 어디세요? 이렇게 예쁜 따님을 가진 부모님은 행복하실 거야. 그리고 별 아래 태어나서 아가씨를 침실 친구로 삼을 수 있는 남자는 얼마나 행복할까!

페트루치오　　아니 여보, 당신 미치지나 않았소? 이분은 노인이 아니오? 주름살이 잡히고, 시들고, 생기도 없잖소? 아가씨라고? 어림없는 소리요.

카타리나　　할아버지, 용서해 주세요. 어찌나 태양빛이 눈부시던지 모두가 초록으로만 보이는 바람에 그만 제가 잘못 봤어요. 자세히 보니 참 나이 든 할아버지시군요. 용서해 주세요, 네. 제가 그만 큰 실수를 했군요.

페트루치오 영감님, 용서해 드리세요. 어디까지 가시는 길인지 좀 가르쳐 주실 수 없습니까? 같은 방향이라면 기꺼이 동행해 드리겠습니다.

빈센쇼 아, 두 분은 참 재미있는 분이구려. 하도 인사가 묘한 바람에 난 깜짝 놀랐습니다. 난 (머리를 숙인다.) 빈센쇼라는 사람인데, 피서에 살고 있습니다. 지금 패듀어로 가는 중입니다. 한참 동안 만나보지 못한 자식놈을 찾아가는 길입니다.

페트루치오 아드님 이름은?

빈센쇼 루센쇼라고 합니다.

페트루치오 잘 만났습니다, 더구나 아드님을 위해서. 그런데 법적으로 봐서나 영감님의 나이로 봐서나, 나는 영감님을 친애하는 아버지라고 불러야겠습니다. 즉, 여기 있는 내 아내의 여동생과 영감님의 아드님은 지금쯤 결혼을 했을 겁니다. 놀라진 마십시오. 슬퍼지도 마십시오. 참 훌륭한 여성이랍니다. 지참금도 많고, 집안도 좋답니다. 더욱이 어떤 신사의 아내로서도 부족하지 않을 만한 자격을 갖추고 있는 여성이랍니다. 자, 빈센쇼 영감님, 우리 포옹을 합시다. (두 사람이 포옹을 한다.) 그럼 아드님을 만나러 갑시다. 아버지의 도착을 아드님은 퍽 기뻐할 것입니다.

빈센쇼 그게 정말이오? 장난은 아니오? 유쾌한 여행가들이 아무나 만나면 장난을 거는 그런 수작은 아닌가요?

호텐쇼 영감님, 제가 보증하겠습니다. 장난이 아닙니다.

페트루치오 아무튼 가 보십시다. 가 보시면 알게 될 거니까요. 만나자마자 장난을 해서 믿지 못하시는 모양이구려. (호텐쇼만 남고 다 퇴장.)

호텐쇼 음 페트루치오, 나도 이제 용기를 얻었어. 그 미망인한테 그 방법을 써 봐야지. 상대방이 고집 센 여자라면 이쪽은 자네한테 배운 대로 한층 더 억세게 나가야지. (산길을 뒤쫓아 올라간다.)

제 5 막

제 1 장 패듀어의 광장

그레미오가 나무 그늘에 앉아서 졸고 있다. 밥티스타의 집 문이 가만히 열리고 비온델로 등장. 그 뒤에 가장을 벗은 루센쇼와 몸을 싼 비앙카가 등장.

비온델로 (낮은 소리로) 조용히 얼른 오십시오. 목사님도 대기하고 계십니다.

루센쇼 난 지금 날고 있어, 비온델로. 너는 집으로 돌아가라. 누가 너를 찾을는지도 모르니까. (이렇게 말하고 비앙카와 둘이서 황급히 퇴장.)

비온델로 (뒤를 좇아가면서) 아니지, 교회로 안전하게 들어가시는 것을 보고 나서 올라가야지.

그레미오 (일어서면서) 웬일일까? 캠비오가 아직까지 돌아오지 않으니.

이때 페트루치오, 카타리나, 빈센쇼, 그루미오, 하인들 등장. 일행은 트라니오의 숙소로 다가간다.

페트루치오　　여기가 현관입니다. 루센쇼의 숙소입니다. 우리 장인 집은 시장 쪽으로 좀더 가야 합니다. 난 그리로 가 봐야겠습니다. 그럼 여기서 실례하겠습니다.

빈센쇼　　아니 한잔 드시고 가시오. 당신을 좀 대접해 드리겠소이다. 아마 그만한 대접은 준비돼 있을 것이오. (노크를 한다.)

그레미오　　(다가와서) 안에선 바쁜 모양이오. 좀더 세게 노크하셔야 될 것 같습니다. (페트루치오가 힘차게 노크를 한다.)

　　창으로 교사가 내다본다.

교　사　　누구요, 노크하는 분이? 문을 부술 작정이오?

빈센쇼　　루센쇼는 안에 있소?

교　사　　있긴 있습니다만, 아무도 만나지 못합니다.

빈센쇼　　즐겁게 살도록 일백 파운드나 이백 파운드쯤 돈을 가지고 왔는데도요?

교　사　　그런 돈은 잘 간수해 두시구려. 내가 살아 있는 동안은 그애는 그런 것이 필요 없으니까.

페트루치오　　자 보세요. 아드님은 패듀어에서 대단한 인기잖습니까? (교사를 보고) 여보세요, 그런 경솔한 짓은 그만두고 루센쇼에게 전해 주오. 피서에서 부친이 오셔서 지금 현관에서 기다리고 계시다고 말이오.

교　사　　거짓말이오. 그애 아버지는 벌써 패듀어에 도착해서, 이렇게 지금 창 밖을 내다보고 있잖소!

빈센쇼　　그럼 당신이 그애 아버지란 말이오?

교　사　　그렇소, 그애 어머니가 그렇다더군요. 어느 정도 믿을 만한 말인지는 몰라도요.

페트루치오 　(빈센쇼에게) 대체 어떻게 된 영문이오. 여보, 이건 너무 악질이오. 남의 이름을 훔치다니.

교　　사 　그 악당을 좀 잡아 주시오. 그놈이 아마 내 이름을 훔쳐 이 도시에서 누구를 사기해 먹을 속셈인 것 같소.

비온델로가 돌아온다.

비온델로 　(혼잣말로) 두 분은 무사히 교회로 들어가셨어. 제발 하느님의 복을 받으십시오. ……아니 저분은? 큰 주인님 빈센쇼 나리가 아니신가! 아이고 이제 글렀다, 글렀어.

빈센쇼 　(비온델로를 보고) 이놈, 이리 와. 이 죽일 놈 같으니.

비온델로 　(그 옆을 지나가면서) 실례하겠습니다.

빈센쇼 　(비온델로를 부른다.) 이 악당 같으니. 이리 썩 못 와? 네가 그래 나를 잊었단 말이냐?

비온델로 　잊었느냐고요. 천만에요. 잊을 리가 있겠습니까? 생전 보지도 못한 분을.

빈센쇼 　아니, 요 악질 좀 보게. 네 주인의 아버지인 나를 생전 보지 못한 분이라고?

비온델로 　제 주인님의 아버지 말씀입니까? 예, 그야 잘 알고 있지요. 저기 문으로 내다보고 계시는 바로 저분입니다.

빈센쇼 　정 그럴 테냐? (비온델로를 때린다.)

비온델로 　사람 살려, 사람 살려! 미치광이가 사람 죽인다네. (달아나 버린다.)

교　　사 　애, 아들아, 좀 도와 줘라. 밥티스타 님, 좀 도와 주시오. (창문을 닫고 들어가 버린다.)

페트루치오 이봐 케이트, 우리는 비켜 서서 어떻게 되는가 좀 보기로 합시다. (나무 밑에 앉는다.)

교사가 하인을 데리고 나온다. 그 뒤에 밥티스타, 트라니오 몽둥이를 들고 나온다.

트라니오 대관절 누군데 내 하인을 때리려고 하는 거야?

빈센쇼 누구냐! 아니 넌 누구냐? 허, 기가 막혀. 요 망할 녀석 좀 보게! 비단 윗도리에, 벨벳 바지에, 새빨간 외투에, 운두 높은 모자에! 아이고 내 신세 좀 보게, 내 신세 좀 봐! 집에서 아비가 열심히 경계하고 있는 틈에, 자식놈과 하인은 유학한답시고, 돈을 탕진하고 있다니.

트라니오 아니 이건 뭐야?

밥티스타 아니 미친 사람인가요?

트라니오 여보, 당신은 옷차림으로 봐서는 점잖은 노인 같은데, 하는 말로 봐서는 미치광이로밖에 안 보이는구려. 내가 진주와 금을 달고 있건 말건 무슨 상관이오? 이것도 우리 아버지 덕택인데, 왈가왈부할 건 없잖소.

빈센쇼 아버지 덕택이라고! 이 녀석아, 네 아비는 버가모에서 돛을 만들고 있지 않느냐?

밥티스타 사람을 잘못 보셨군요. 대체 저 사람이 누군 줄 아시오?

빈센쇼 누군 줄 아냐고요? 내가 저 녀석을 모를 줄 아시오? 난 저 녀석을 세 살 때부터 길러 왔소. 트라니오지 누구란 말이오.

교 사 가시오, 가. 미친 바보 같은 작자가! 그의 이름은 루센쇼이고,

이 빈센쇼의 외아들이며, 상속자요.

빈센쇼　루센쇼라고! 아이고 그럼 이 녀석이 주인을 죽여 버린 게로군! 자, 공작님의 이름으로 너를 체포하겠다. 아이고 내 아들, 내 아들아! 이 녀석아 말해 봐라. 내 아들 루센쇼는 어디 있냐?

트라니오　순경 좀 불러 와요. (이때 순경이 나타난다.) 이 미치광이를 감옥에 좀 처넣어요. 장인어른, 이 작자를 감옥으로 보내도록 수속 좀 해 주십시오.

빈센쇼　날 감옥으로 보낸다고?

그레미오　순경님 잠깐만. 감옥으로 데리고 갈 것까진 없을 것 같소.

밥티스타　참견 마시오, 그레미오 님은. 이자를 기어이 감옥으로 보내야겠으니까.

그레미오　조심하시오, 밥티스타 님. 괜히 속지 마시고. 내가 보기엔 이 분이 진짜 빈센쇼 같으니까.

교　사　정 그렇게 생각한다면 어디 맹세를 해 보구려.

그레미오　아니오, 맹세까진 할 수 없소.

트라니오　그렇다면 내가 루센쇼가 아니라는 말씀이신가요.

그레미오　아니오, 당신은 틀림없이 루센쇼 님이오.

밥티스타　요 영감쟁이 같으니 없어져, 감옥으로!

빈센쇼　낯선 고장에 가면 흔히 이렇게 욕을 보곤 하지. 아이고 지독한 악당 같으니!

비온델로가 루센쇼와 비앙카를 모시고 등장.

비온델로　아이고 이젠 뒤죽박죽입니다. 저기 보십시오, 아버님이! 모르는 체하시고, 남이라고 하십시오 안 그러시면 만사는 영 깨지고 맙니다.

루센쇼　(무릎을 꿇고) 용서해 주십시오, 아버지.

빈센쇼　내 아들아? 살아 있었니?

비앙카　(무릎을 꿇고) 용서해 주세요, 아버님.

밥티스타　아니 네가 무슨 잘못을 했단 말이야. 그런데 루센쇼는 어디 있는가?

루센쇼　예, 여기 있습니다. 지금 따님과 결혼식을 마치고 왔습니다. 가짜들이 장인의 눈을 속이고 있는 틈에요.

그레미오　이런 음모가 어디 있어. 우린 모두 감쪽같이 속아 넘어갔구나!

빈센쇼　어디 갔느냐, 그 망할 자식 트라니오는 언제까지 뻔뻔스럽게 나를 속일 셈인가?

밥티스타　대체 어떻게 된 영문이야? 이건 우리 집의 캠비오가 아닌가?

비앙카　캠비오가 루센쇼로 바뀌었어요.

루센쇼　사랑이 이런 기적들을 가져온 것입니다. 비앙카의 사랑이 내 신분을 트라니오와 바꾸게 하고 그 동안 트라니오는 이곳에서 내 역할을 하고 다닌 것입니다. 덕분에 난 마침내 행복의 항구에 도착했습니다. 트라니오의 소행은 모두 내가 시킨 것입니다. 그러니 아버님, 저를 용서해 주십시오.

빈센쇼　그 자식의 코를 찢어 놓을 테다. 감히 날 감옥에 보내겠다고!

밥티스타　하지만 여보, 당신은 내 승락도 없이 우리 딸과 결혼을 했단 말이오?

빈센쇼　염려 마시오, 밥티스타 님. 소원대로 해 드리리다. 그럼 안에 들어가서 그 악당 녀석을 혼 좀 내줘야지. (루센쇼의 집 문을 열고 들어간다.)

밥티스타　나도 이 음모의 밑바닥을 캐 봐야지. (자기 집으로 들어간다.)

루센쇼　이봐요, 비앙카, 그렇게 핏기 없는 안색이 되지 마오. 우리 아버지는 화내시진 않으실 거야. (두 사람은 밥티스타의 뒤를 쫓아간다.)

그레미오　내 과자만 설었구나. 하지만 나도 같이 들어가 보자. 희망은 없어졌어도 적어도 음식이나 얻어 먹자. (뒤따라 퇴장.)

　　　페트루치오와 카타리나 일어선다.

카타리나　여보, 우리도 들어가 봐요. 이 소동의 끝장을 좀 구경하게요.

페트루치오　먼저 키스를 하고 나서 가 봅시다.

카타리나　아니 이렇게 한길에서요?

페트루치오　그럼 날 창피하게 생각한단 말이오?

카타리나　아녜요. 천만에요. 키스하기가 부끄러워서요.

페트루치오　아, 그럼 집으로 다시 돌아갑시다. (하인에게) 여봐라 돌아가자.

카타리나　아녜요, 그럼 키스해 드릴게요. 제발 돌아가시진 말아 주세요, 네. (키스한다.)

페트루치오　이거 좋잖소? 자, 가요, 케이트. 무엇이든 하는 것이 하지 않는 것보다는 좋지. 망설이면서 하지 않는 것은 못 쓴단 말이야. (두 사람이 밥티스타의 집으로 들어간다. 카타리나는 페트루치오의 팔에 매달려 있다.)

제 2 장　루센쇼네 집의 어떤 방

하인이 방문을 연다. 밥티스타, 빈센쇼, 그레미오, 교사, 루센쇼, 비앙

카, 페트루치오, 카타리나, 호텐쇼, 미망인 차례로 등장. 끝으로 트라니오
와 하인들이 술상을 들고 등장.

루센쇼   상당히 끌어왔지만, 마침내 불협화음(不協和音)도 장단이 맞아
들고 격전도 끝난 이 마당에 웃으면서 구사일생을 돌이켜본다랄까요.
이봐요 비앙카, 아버지를 환영해 주시오. 나도 당신 아버지를 잘 대접
하리라. 페트루치오 동서와 카타리나 처형, 그리고 호텐쇼와 같이 오
신 아름다운 미망인, 자, 마음껏 드십시오. 다 잘 오셨습니다. 이 술상
은 아까 그 큰 법석 뒤에 위장을 좀 채우기 위해서입니다. 자 여러분,
앉으십시오. 이제 앉아서 먹으면서 얘기나 합시다. (다 좌석에 앉는다.
하인들이 술을 따르며 과실 등을 차려 놓는다.)

페트루치오   자, 이제 먹고 또 먹고 합시다.

밥티스타   여보게 사위 페트루치오, 이 호의는 패듀어가 베푸는 것일세.

페트루치오   하긴 패듀어는 호의밖에 베풀 수 없으니까요.

호텐쇼   저희들 내외를 위해서도, 그 말씀이 진실이기만 바랍니다.

페트루치오   아니, 호텐쇼, 자네가 미망인에게 겁을 내는 모양이지.

미망인   천만에요, 제가 겁을 내다뇨.

페트루치오   당신은 센스가 있으신 분인 줄 알았는데 내 말을 잘못 들
으셨군요. 내 말은 호텐쇼가 당신을 무서워한다는 뜻입니다.

미망인   현기증이 나는 사람은 세상이 돌고 있기 때문인 줄 아니까요.

페트루치오   빙 돌려서 대답을 하시는군요.

카타리나   잠깐만, 아까 그 말씀 무슨 뜻이에요?

미망인   페트루치오 씨를 보니 그런 생각이 부풀어오르는군요.

페트루치오   나를 보니 무엇이 부풀어오른다고요! 그런 말씀 호텐쇼 앞
에서 하셔도 괜찮습니까?

호텐쇼   아냐, 미망인의 말은 자네를 보니 그런 말이 생각난다는 뜻이
야.

페트루치오   오, 자네의 말이 멋지군. 그럼 미망인께서는 그에 대한 대
가로 호텐쇼 군에게 키스하시오.

카타리나   '현기증이 나는 사람은 세상이 돌고 있기 때문인 줄 아나 보
죠.' 이 말의 뜻을 좀 얘기해 주세요, 네?

미망인   글쎄, 당신의 남편은 말괄량이한테 욕을 보고 계시잖아요. 그래
서 자기의 비참한 심정으로 남의 남편의 사정도 그러려니 하고 생각
한다는 뜻이에요. 이제 아시겠어요?

카타리나   그야 난 그렇고 그렇죠, 당신에 비하면.

페트루치오   케이트, 이겨라!

호텐쇼   미망인, 이겨라!

페트루치오   백 마르크 걸겠어. 케이트는 미망인을 쓰러뜨리고 말걸.

호텐쇼   쓰러뜨리는 건 내가 할 일이야.

페트루치오   자네가 할 일이라고. 참 잘 말했어. 자, 건배나! (호텐쇼와
건배한다.)

밥티스타   어떻게 생각하오, 그레미오 님은. 기지(機智)를 속사포같이
쏘아 대는 저들을?

그레미오   정말이지, 근사하게 머리로 들이받는군요.

비앙카   머리라고요? 하지만 기지가 날샌 분 같으면 머리에 달린 뿔로
들이받는다고 할 거예요.

빈센쇼   원 아가, 너까지 기지에 눈을 떴니?

비앙카   네, 하지만 놀라서 눈을 뜬 건 아녜요. 그러니까 금방 또 잠이
들 거예요.

페트루치오   그렇게는 안 될걸요. 처제가 먼저 시작하지 않았소? 한두

개 더 좋은 기지 좀 안 받아 보시겠소?

비앙카   그럼 제가 형부의 새가 될까요? 다른 덤불로 옮겨 가겠어요. 자, 활을 들고 쫓아오세요. 여러분, 모두 잘 오셨어요. (일어나서 일동에게 인사를 하고 방을 나가 버린다. 카타리나와 미망인이 그 뒤를 따라 퇴장.)

페트루치오   보기 좋게 선수를 당했군. 여봐 트라니오, 자네가 노린 새였지. 하기야 자네는 맞히지 못했지만⋯⋯. 자, 그러니 맞힌 사람이나 못 맞힌 사람 모두를 위해서 건배다.

트라니오   아 그건, 루센쇼 님이 저를 사냥개같이 풀어 놨기 때문에 이쪽은 앞에 뛰어가서 주인님을 위해 사냥을 해 온 셈입니다.

페트루치오   근사한 속담이로군. 하지만 좀 치사스럽잖은가?

트라니오   하지만 댁은 손수 사냥을 하셨지만 사냥해 오신 그 사슴한테 물리고 계신 모양이시군요.

밥티스타   아이고 페트루치오, 트라니오한테 얻어맞았네그려.

루센쇼   고마워 트라니오, 근사하게 복수를 해 줘서.

호텐쇼   이제 손 들게. 정통으로 얻어맞았잖나!

페트루치오   약간 할퀴었다고나 해 둘까. 그런데 그 농담이 날 빗맞고 되돌아가서, 곧장 자네들 두 사람을 결단낸 걸 자네들은 모르는 모양이군.

밥티스타   이봐 페트루치오, 섭섭한 이야기지만 세상에 둘도 없이 지독한 말괄량이를 아내로 얻었어.

페트루치오   절대로 안 그렇습니다. 어디 그 증거로 각기 자기 아내를 불러 보기로 합시다. 불러서 금방 오는 아내가 가장 순한 아내입니다. 그 남편이 우리가 거는 돈을 다 갖기로 합시다.

호텐쇼   좋소. 얼마씩 걸까?

루센쇼 　이십 크라운씩.

페트루치오 　이십 크라운! 매나 사냥개한테도 그만한 돈을 걸겠네. 아 내라면 그 이백 배는 걸어야지.

루센쇼 　그럼 일백 크라운으로 하세.

호텐쇼 　좋소.

페트루치오 　좋소. 그렇게 하죠.

호텐쇼 　누가 먼저 하겠나?

루센쇼 　내가 먼저 하겠어. 여봐 비온델로, 가서 아씨보고 내가 좀 나오 시란다고 그러게.

비온델로 　예.

밥티스타 　이봐 사위, 건 돈의 절반은 내가 책임져 주겠네. 비앙카는 금 방 나올걸.

루센쇼 　반 몫은 싫습니다. 제가 전부 책임지겠습니다. (비온델로가 들어 온다.) 오, 돌아왔구나. 뭐라고 하시든?

비온델로 　예 아씨 말씀이, 지금 바쁘시니까 나갈 수 없다고 전하랍니 다.

페트루치오 　아! 바쁘다고, 그래서 나올 수 없다고! 그게 대답이지?

그레미오 　여간 친절한 대답이 아니로군. 제발 당신 아내한테서는 그보 다 더 나쁜 대답이나 받지 않도록 하느님께 기도나 드리구려.

페트루치오 　난 그보다는 좋은 대답을 받을 거요.

호텐쇼 　이봐 비온델로, 가서 내 아내보고 곧 좀 나오시란다고 전해 다 오.

페트루치오 　아이고, 나오시란다고! 그렇게 청해야 나오실까.

호텐쇼 　좀 뭣한 말이지만, 자네 아내는 청을 해도 나오지 않을걸. (비 온델로가 돌아온다.) 이봐, 내 아내는 어떻게 됐지?

비온델로 무슨 장난을 꾸미고 계시는 줄 알고 안 나오시겠답니다. 도
  리어 나리보고 들어오시라고 하시던데요.

페트루치오 갈수록 태산이로군. 그러니까 안 나오시겠단 말이지! 제기
  랄, 이거 어디 참을 수 있겠나! 여봐 그루미오, 너 가서 아씨보고 내
  명령이니 좀 나오시라고 그래라. (그루미오 퇴장.)

호텐쇼 대답은 뻔하지.

페트루치오 뭐?

호텐쇼 싫다는 대답 아니겠냐 말이오.

페트루치오 그렇게 되는 날은 볼장 다 본 거지. (이때 카타리나가 문에
  나타난다.)

밥티스타 여, 이거 카타리나가 나오잖아?

카타리나 무슨 일로 저를 부르셨어요?

페트루치오 비앙카는 어디 있어? 호텐쇼의 부인은?

카타리나 난로 곁에서 수다를 떠는 중이에요.

페트루치오 가서 좀 불러와 주오. 싫다고 하거든 때려서라도 끌고 오
  란 말이오, 남편들한테로……. 자, 얼른 가서 데리고 오라니까. (카타리
  나 퇴장.)

루센쇼 기적이 있다면 이건 정말 기적인데.

호텐쇼 정말. 이건 무슨 징조일까?

페트루치오 물론 평화의 징조, 사랑의 징조, 평온한 생활의 징조지. 위
  엄 있는 지배, 올바른 지배권의 징조지. 요컨대 다른 게 아니라, 원만
  과 행복의 징조지 뭔가!

밥티스타 아, 여보게 페트루치오, 행복을 고이 간직하게나! 건 돈은 자
  네가 땄네. 나도 이천 크라운을 더 보태 주겠네. 새 딸에게 주는 새 지
  참금일세. 글쎄 그애가 전혀 다른 사람이 되었으니 말일세.

페트루치오 아니, 난 승리에다 덧붙여서, 내 아내의 순한 모습과 새로
태어난 정숙함을 보여 드리겠습니다.

카타리나가 비앙카와 미망인을 데리고 등장.

페트루치오 저것 보게. 고집쟁이 아내들을 여자답게 설복시켜서 포로
로 해 가지고 데려오잖아. 이봐, 카타리나, 당신 모자는 어울리지 않군.
자, 그 장난감 같은 걸 벗어서 발로 짓밟아 버리구려. (카타리나가 그
렇게 한다.)

미망인 어머나, 이런 엉터리 수작을 보여 주려고 일부러 불러 냈어요?
여지껏 그런 바보짓은 처음 봤어요.

비앙카 체! 미련하게 이렇게 불러내 가지고 어쩌자는 셈이에요?

루센쇼 당신이 좀 미련해 줬으면 좋았을 것을. 당신이 너무나 약게 생
각한 덕분에 난 일백 크라운이나 손해를 봤어, 저녁 식사 후로.

비앙카 당신은 참 미련도 하세요. 저를 미끼로 내기를 거시다니.

페트루치오 이봐 카타리나, 이 완고한 부인들에게 얘기해 드리시오. 아
내된 자는 남편에게 어떻게 해야 하는지를.

미망인 아니, 사람을 조롱하시는가요? 그런 얘긴 듣고 싶지 않아요.

페트루치오 이봐, 얘기해 드리라니까. 이 부인부터 먼저.

카타리나 아, 그 험상궂은 이맛살을 좀 펴고 그렇게 멸시의 눈매를 하
지 마세요. 그건 임금님이며 지배자이신 자기 남편한테 상처를 주는
짓이에요. 그뿐 아니라 자기 자신의 미를 망치는 짓이에요. 서리가 목
장을 망치듯이 자기 이름을 더럽히는 짓이에요. 회오리바람이 아름다
운 꽃망울을 뒤흔들어 놓듯이. 어느 모로 보나 좋지 않고 애교 있는
짓이 아니에요. 성난 여자는 흐린 샘물 같다고 할까, 진흙탕이고, 보기

흥하고, 탁하고, 아름다움도 사라지고, 따라서 아무리 갈증이 나고 목이 마른 남자라도, 감히 마실 생각이나 손 댈 생각은 안 날 것 아녜요. 남편이라는 건 우리의 주인이며, 생명이며, 수호자며, 머리며, 군주예요. 글쎄 아내를 위하여 걱정하시고, 아내를 편히 해 주려는 생각으로 바다에서나 육지에서나 뼈아프게 일을 하시잖아요. 태풍 부는 밤이나 혹한에도 안 주무시잖아요. 그 덕에 우리는 집에서 안심하고 아늑하게 누워 있을 수 있는 거예요. 그러나 남편은 아내한테서 다른 공물(貢物)은 바라지 않고, 다만 사랑과 고운 얼굴과 진실한 순종밖에 바라지 않아요. 그렇게도 큰 빚에 비하면 지불은 참 하찮아요. 신하가 군주에 대해서 진 의무, 그것이 곧 아내된 자의 남편에 대한 의무랄까요. 그렇다면 아내가 고집을 부리고, 짜증을 내고, 시무룩하고, 불쾌한 얼굴을 하고, 남편의 착한 마음이나 생각에 반항하고 하는 것은 사악한 반역도, 인자한 군주에 대한 망은의 행위가 아니고 뭘까요? 평화를 구하여 무릎을 끓어야 할 경우에 감히 선전 포고를 한다든가, 사랑과 순종을 가지고 봉사해야 할 경우에 지배나 권력을 요구한다든가 하는 것은 여자로서 어리석고, 창피한 노릇이에요. 왜 여자의 살결이 부드럽고, 연약하고, 매끄럽고, 세상의 고된 일에는 적합하지 않을까요? 역시 우리들의 기분과 마음이 부드러워서 그렇게 육체적 조건과 일치한 것 아닐까요? 자, 이 무력한 고집쟁이들, 나도 원래는 당신과 마찬가지로 교만하고, 고집 세고, 말에는 말로, 고집에는 고집으로 대하곤 했지만, 마침내 깨닫고 보니, 여자의 창(槍)이란 지푸라기와 같이 힘이 약해요. 말이 되지 않을 정도로 약해요. 아무리 강한 체해 봤자, 역시 약해요. 그러니 어서 송곳들을 빼요. 그런 용기는 쓸데없으니까요. 그리고 남편 발 밑에 손을 갖다 놓아요. 남편이 원한다면 그 순종의 증거로 난 언제든지 남편 앞에 엎드릴 참이에요.

페트루치오　암, 그래야지! 자 키스해 주오, 케이트.

루센쇼　실컷 재미보렴. 승리는 자네 것이야.

빈센쇼　참 좋은 얘기야. 아이들한테 들려주고 싶군.

루센쇼　하지만 귀에 거슬릴 겁니다. 고집 센 여자한테는.

페트루치오　자 케이트, 우리 자러 갑시다. 우리 세 사람이 결혼했지만, 자네 두 사람은 낙제네. (루센쇼를 보고) 자네도 쏘아 맞히긴 맞혔지만, 우승자는 나네. 자, 승리자답게 물러가 봐야지. 그럼 안녕히들 주무시오!

호텐쇼　그럼 가서 재미 보게. 자네는 지독한 말괄량이를 길들였군.

루센쇼　참 기적 같은 일이군. 이렇게 순한 여자로 길을 들이다니. (일동 퇴장.)

뜻대로 하세요
AS YOU LIKE IT

남자란 구애할 때는 사월 같지만,
결혼하고 나면 섣달이에요.
처녀도 처녀 때는 오월 같지만
아내가 되고 나면 하늘 빛은 변하지요.

제 1 막

제 1 장 올리버의 집 뜰

올렌도와 애덤 등장.

올렌도   이봐요, 애덤, 나는 아버지께서 유언으로 하찮은 돈이나마 천 크라운을 물려 주시고, 또 자네 말마따나 형님에게 축복을 해 주시면서 나를 잘 양육하도록 유언해 놓으신 걸로 기억하고 있어. 그런데 그게 내 불행의 시초거든. 작은형 제이퀴스는 학교에 보내 주고 성적도 매우 좋다는 소문인데, 나는 시골뜨기같이 집에다 두고 있거든. 아니 그저 집에다 내팽개쳐 두고 있거든. 이것을 나 같은 태생의 신사에게 알맞는 양육이라고 할 수 있겠나? 이건 소를 우리에 가둬 두는 거와 마찬가지 아닌가? 형네 말(馬)들이 오히려 나보다 더 좋은 대우를 받고 있거든. 그것들은 잘들 먹어서 번질번질하고, 게다가 길들이기 위해서 비싼 돈을 주고 기수(騎手)까지 고용했거든. 그러나 동생인 나는 형네 집에서 사는 것뿐 아무것도 얻어지는 것이 없거든. 그까짓 은혜쯤은 쓰레기통을 뒤져 먹는 형네 가축들도 나만큼은 받고 있어. 풍족하게 주는 것은 아무것도 없을 뿐만 아니라, 자연이 내게 내려 주신 것조차 뺏아갈 것 같은 눈치란 말야. 머슴들하고 같이 식사를 시키고, 동생 대우는커녕 나를 못 쓰게 길러서 선량한 천성을 파괴하려고 들거든. 이봐요 애덤, 나는 이것이 슬프단 말야. 우리 아버지 정신이 내 몸 속에 배어 있는 것 같은데, 그 정신이 지금 같은 노예 상태에 반항하기 시작한단 말야. 이젠 더 참지 못할 것 같아. 지금 형편으로서는 어떻게 해야 이것을 피할 수 있는지 좋은 방법도 모르지만.

올리버가 뜰에 등장.

애 덤 저기 도련님의 형님이 오십니다.

올렌도 자 애덤, 저리 비켜 서서 형이 얼마나 나를 모욕하는가를 좀 들어 보게나. (애덤이 저만큼 물러난다.)

올리버 애, 넌 이런 데서 뭘 하고 있어?

올렌도 아무것도 안 했어요. 뭘 하는 것을 아무것도 배우지 않았으니까요.

올리버 그럼 뭘 부수고 있어?

올렌도 예, 하느님이 만드신 형님의 보잘것없는 동생은 빈들빈들하면서 형님을 부수고 있는 중이지요.

올리버 원, 일이나 하고 함부로 나타나지 말아라.

올렌도 그럼 난 형님네 돼지나 먹이고, 껍질이나 먹고 있으란 말입니까? 내가 무슨 낭비를 했기에 그런 궁색한 꼴을 당해야 합니까?

올리버 아니, 여기가 어딘 줄이나 아냐?

올렌도 예, 잘 알고 있어요. 형님네 마당이죠.

올리버 대체 지금 누구 앞에 있는 줄이나 아냐?

올렌도　　예, 내 앞에 있는 분이 나를 알고 있는 것보다는 더 잘 알고 있습니다. 형님이 내 큰형님임을 인정합니다. 그러니 형님도 양반집 태생답게 나를 인정해 주셔야 합니다. 물론 형님은 내 손위입니다, 가장 먼저 나셨으니까요. 그러나 그와 같은 전통도 내 혈통을 지워 버리진 못합니다. 형님과 나 사이에 형제가 이십 명 있어도 말입니다. 내 속에는 형님과 마찬가지로 동등하게 아버지가 살아 계십니다. 물론 먼저 나신 형님이 아버지와 인연이 가깝다는 것쯤은 나도 인정합니다.

올리버　　요것 보게! (동생을 때린다.)

올렌도　　허허, 큰형님 기운으론 나한테 어림없습니다. (형의 모가지를 잡는다.)

올리버　　임마, 네가 감히 내게 손을 대? 악당 같으니!

올렌도　　난 악당이 아니오. 난 롤렌도 드 보이스 경의 막내아들이오. 그분이 내 아버지신데, 그분 보고 악당을 낳았다고 하는 자가 몇 배나 더 악당이오. 정말이지 내 친형만 아니라면 이쪽 손은 목에서 떼지 않고 다른 쪽 손으로는 그런 말을 뇌까리는 혓바닥을 뽑아 놓고 싶지만……. 형님은 형님 자신에게 욕을 했어요. (애덤이 앞으로 나선다.)

애　덤　　두 분 주인 양반, 제발 아버님을 돌이켜 생각하셔서 의좋게 지내십시오.

올리버　　(몸부림을 치면서) 놔, 놓으라니까.

올렌도　　내 분이 풀릴 때까진 못 놓겠소. 좀 돌이켜 보시오. 아버지는 형님 보고 내게 좋은 교육을 시켜 주라고 유언하시잖았소? 그런데 형님은 나를 농사꾼처럼 대우하고, 신사다운 교양은 나로부터 은폐해 오잖았소? 아버지의 기질이 내 안에 강해져서, 이젠 더 이상 참을 수가 없어요. 그러니까 신사에 알맞는 교양을 습득케 해 주시오. 싫으시다면 아버지가 유언으로 남겨 주신 얼마 안 되는 내 몫이나마 주시오.

그걸 가지고 난 내 자신을 개척하러 나가 볼 테니까요. (형을 놓아 준다.)

올리버 그래, 그 돈을 가지고 뭘 할 참이냐? 그 돈이 다 떨어지면 구걸하려고? 좋다. 아무튼 안으로 들어가자. 이젠 더 이상 너하고 시비하기 싫다. 유산의 네 몫은 좀 나누어 주겠다. 제발 나를 괴롭히지 마라.

올렌도 내 몫만 찾으면 더 이상 괴롭히지는 않을 테요. (가려다 돌아선다.)

올리버 자네도 같이 가, 이 늙은 개 같으니.

애 덤 '늙은 개'가 제 몫인가요? 그렇죠. 전 나리네 시중드느라고 이도 빠져 버렸으니까……. 하느님, 돌아가신 큰 나리을 보호해 주십시오! 큰 나리는 그런 말을 쓰지 않았습니다. (올렌도와 애덤 퇴장.)

올리버 사태가 어떻게 이렇게까지 됐나? 나한테 이렇게 뻔뻔스러워졌단 말인가? 오냐 두고 보자, 따끔한 맛을 보여 줄 테니. 그래 일천 크라운을 누가 줄까 보냐. 여봐라, 데니스!

데니스가 안에서 나온다.

데니스 부르셨습니까?

올리버 공작님의 씨름꾼 찰스가 나를 만나러 오지 않았더냐?

데니스 예, 그분이 지금 문간에 와서 주인님을 뵙고 싶어합니다.

올리버 들어오시라고 해라. (데니스 퇴장.) 거 좋은 생각이야. 내일 씨름이 있거든.

데니스가 찰스를 데리고 등장.

찰 스   안녕하셨습니까?

올리버   아, 찰스 씨. (서로 인사를 한다.) 대궐에는 무슨 새 소식이라도 있소?

찰 스   새 소식은 없고 묵은 소식뿐입니다. 전 공작님이 동생인 새 공작님한테 쫓겨 나고, 전 공작을 경애하는 서너 명의 귀족들이 그 뒤를 따라 자기네 스스로 추방당한 신세가 됐답니다. 그분들의 토지와 수입은 자연 새 공작님의 수중으로 들어오므로, 새 공작님은 그분들의 방랑을 오히려 방임하고 계십니다.

올리버   혹시 전 공작님의 따님 로잘린드의 소식은 아시오?

찰 스   아, 예. 새 공작님의 따님 그 사촌 동생이 어린 시절부터 같이 자라 놔서, 어찌나 사촌 언니를 사랑하는지 자기도 같이 언니를 따라 가든가 혼자 남게 되면 차라리 죽어 버리겠다는 겁니다. 그래서 그 아가씨도 대궐 안에 머무르고, 삼촌한테 친딸과 마찬가지로 귀여움을 받고 있답니다. 아무튼 그 두 여성같이 서로 사랑하는 여성은 이 세상에 없습니다.

올리버   전 공작은 대체 어디에 살고 계실 것 같소?

찰 스   소문에는 벌써 아어덴의 숲에 가서 명랑한 여러 부하들과 같이 지낸다고 하던데요. 저 옛날 영국의 의적(義賊) 로빈후드처럼 그곳에서 사신데요. 또한 많은 젊은 신사들이 매일같이 모여들고, 흡사 황금세계(행복한, 즐거운 신화적 시대)같이 한가하게 시간을 보내고들 있다나요.

올리버   그런데 당신은 내일 새 공작님 앞에서 씨름을 하신다죠?

찰 스   그렇습니다. 실은 그 일에 관해서 좀 여쭐 것이 있어서 찾아왔습니다. 소문을 듣자니, 댁의 동생 올렌도가 이름을 바꿔 가지고 나와 승부를 겨루어 볼 모양입니다. 그런데 내일 난 내 명예를 걸고 승부에

나설 생각인데, 팔다리를 안 부러뜨리고 나한테서 빠져 나간다는 건 여간한 명수가 아니고서는 불가능할 것입니다. 댁의 아우님은 아직 어리고 연약한 데다가 댁에 대한 호의를 봐서도 넘어뜨릴 생각은 없습니다만 도전해 온다면 내 명예상 어쩔 수 없습니다. 그래서 댁에 대한 친절심에서 이렇게 사정을 알려 드리러 온 것입니다. 그러니까 아우님 계획을 막아 주십시오. 못 막으신다면 아우님이 받을 치욕을 견디어 주시기 바랍니다. 그건 아우님이 스스로 사는 치욕이지, 저의 본의는 아니니까요.

올리버　　그 호의는 참 고맙소. 머지않아 깊이 보답해 드리겠습니다. 내 아우의 의도를 벌써 알고, 사람을 시켜서 하지 말도록 손도 써 봤습니다만, 그애는 어찌나 결심이 굳던지요. 찰스 씨, 말해 두지만…… 그앤 프랑스에서 제일가는 고집쟁이오. 야심에 불타고, 남의 장점만 보면 시기해서 겨루려고 하고, 혈육을 나눈 이 형한테도 은밀히 나쁜 음모까지 꾸미고 있소. 그러니까 댁의 처분대로 하시구려. 손가락은 고사하고 모가지라도 부러뜨려 줬으면 시원하겠소. 그러나 조심하셔야 합니다. 만약 당신이 그애를 섣불리 창피주거나 혹은 그애가 당신을 넘어뜨리고 충분히 명예를 내거나 하지 못하는 경우, 그앤 당신을 독살할 음모를 꾸미거나 무슨 음험한 계략 속에 몰아 넣거나 해서 어떤 수단으로든지 당신의 목숨을 뺏아 버릴 때까지는 절대로 당신을 가만히 두지 않을 것이니까. 눈물 나올 애깁니다만, 정말이지 요즘 젊은이들 가운데 이렇게까지 나쁜 놈은 처음 봤습니다. 그래도 형제간이라고 두둔해서 말하는 게 이 정도지 그애의 정체를 사실대로 말하는 날이면, 나는 얼굴이 붉어지고 울음이 터질 것이며, 당신은 파랗게 질릴 것입니다.

찰　스　　댁을 찾아뵙기를 참 잘했습니다. 내일 씨름을 하러 나오면 톡

톡히 맛을 보여 줘야겠습니다. 그 사람이 제 발로 일어서는 날이면, 나는 상금타기 씨름은 다시는 하지 않겠습니다. 그럼 신의 은총이 내리시길!

올리버　그럼 잘 가오, 찰스 씨. (찰스 인사를 하고 퇴장.) 이제 그 애송이 씨름꾼을 선동해야지. 제발 이것으로 그 자식이 사라졌으면 좋겠어. 그 자식만큼 진심으로 미운 놈은 없거든. 그러나 그 자식은 점잖고, 학교에도 안 다녔는데 유식하고, 훌륭한 분별력을 가지고 있고, 누구한테나 무척 귀여움을 받아서 사실 완전히 세상의 인기인이 되어 있고, 더구나 내 하인들도 그 자식을 잘 따르고들 있거든. 덕분에 난 완전히 무시를 당하고 있지. 그러나 그것도 이제 오래는 가지 않겠지. 아까 그 장사가 만사를 청산해 줄 것이니까. 이제 내가 할일은 그 애송이 놈을 선동해서 시합에 나가게 하는 일뿐이다. 그럼 시작해 볼까. (안으로 들어간다.)

제2장　공작 저택 앞의 잔디밭

로잘린드와 실리아 등장.

실리아　로잘린드 언니, 명랑해지세요, 네.

로잘린드　애, 실리아야, 난 늘 명랑하잖니. 여기서 더 명랑해지란 말이니? 추방당한 아버지를 잊는 방법을 가르쳐 주지 않는 한, 아무리 굉장한 기쁨을 느끼도록 가르쳐 주어도 안 될 말이야.

실리아　그렇다면 알아요. 언니는 내가 언니를 사랑하는 만큼 나를 사랑하지 않는군요. 만약 내 큰아버지, 추방당한 언니 아버지가 언니의 작은아버지이며 공작이신 우리 아버지를 추방했더라도 언니만 나하고 같이 있어 준다면 난 언니에 대한 사랑으로 인해 언니 아버지를 친아버지처럼 생각할 수 있을 거예요. 그러니까 언니도 나같이 생각해 주세요. 나에 대한 사랑이 내가 언니에 대한 사랑처럼 진실로 순수하다면 말예요.

로잘린드 그럼 난 내 신세를 잊고, 네 처지를 기뻐하기로 하겠어.

실리아 우리 아버지는 나밖에 자식이 없고, 앞으로 더 낳을 것 같지도 않잖아요. 그러니까 우리 아버지가 돌아가시면 틀림없이 언니가 상속자가 될 거예요. 우리 아버지가 언니 아버지한테서 강제로 빼앗은 것을 난 사랑으로 언니에게 돌려드릴 테니까요. 내 명예를 걸고 하는 말이지만 난 기어이 그렇게 할 테야. 내가 이 맹세를 깨뜨리는 날이면, 난 괴물로 변해도 좋아요. 그러니까 자, 로즈 언니, 우리 로즈 언니, 명랑해지세요. 응?

로잘린드 응, 이제부터 그렇게 하겠어. 그런데 무슨 심심풀이가 있을지 생각해 보자꾸나. 저…… 연애를 하는 건 어떻게 생각하니?

실리아 해 보세요, 그걸 심심풀이로 생각하신다면. 하지만 정말 깊게 남자를 사랑해선 안 돼요. 그리고 좀 얼굴을 붉힐 뿐 순결성은 안전하게 지키고서 되돌아올 수 있는 정도의 심심풀이를 넘어선 안 돼요.

로잘린드 그럼 우린 무슨 심심풀이를 하면 좋을까?

실리아 이렇게 앉아서 저 착한 주부, 운명의 여신을 조롱하여 그녀의 수레바퀴를 잡아매 놓고, 이제부터는 그녀의 혜택을 누구나 고루고루 입게 되나 봅시다.

로잘린드 그렇게라도 해 봤으면 좋겠어. 운명의 여신의 혜택은 조금도 공평치가 못해. 관대한 그 맹목의 여신이 여자들한테 주는 혜택은 정말 엉터리니 말이야.

실리아　정말 그래요. 글쎄 그 여신이 예쁘게 만들어 놓은 여자들은 거의 다 얌전치가 못하고 얌전하게 만들어 놓은 여자들은 몹시 추녀인걸 보세요.

로잘린드　아냐, 그건 운명의 역할이 아니라 자연의 역할이야. 운명의 여신은 이 세상의 혜택이나 지배하지 자연의 용모와는 관계가 없어.

터치스톤 등장.

실리아　그럴까요? 자연이 미인을 만든다고 할지라도, 그 미인이 운명 때문에 불 속에 떨어지는 수도 있잖아요? 자연은 우리에게 운명조차 조롱하는 지혜를 부여하고 있지만, 운명 역시(터치스톤을 보고) 저 바보를 이리 보내서 이 논의를 방해하지 않겠어요?

로잘린드　글쎄, 운명이 자연의 바보를 시켜 자연의 지혜를 방해한다면, 운명이 자연보다는 훨씬 더 힘이 세지 않을까?

실리아　그러나 어쩌면 이건 운명의 소치가 아니라 자연의 소치인지도 몰라요. 우리의 타고난 지혜가 둔해서 운명의 여신들에 관해서는 도저히 하지 못할 것을 자연은 알아채고, 저 바보를 우리의 숫돌 대신 보내신 것이 아닐까요. 바보의 둔함은 항상 지혜의 숫돌이니 말예요. 이 봐요, 영리한 양반, 어딜 가시는 거예요?

터치스톤　아가씨, 아버님께로 가 보셔야 합니다.

실리아　그럼 심부름을 오신 건가요?

터치스톤　천만에요. 내 명예에 두고 맹세하지만 그렇진 않습니다. 그러나 아가씨를 불러 오라는 명령을 받았습니다.

로잘린드　그런 맹세는 어디서 배웠어요? 바보 양반.

터치스톤　어떤 기사(騎士)한테서 배웠습니다요. 그분이 이렇게 맹세하

더군요. '이건 내 명예를 걸고 좋은 핫케이크다, 내 명예를 걸고 이 겨
자는 엉터리다' 라고 말이에요. 그런데 난 그 핫케이크는 엉터리고 겨
자가 좋았다고 주장합니다. 그렇다고 그 기사가 거짓 맹세를 한 건 아
니었습니다요.

실리아   그걸 어떻게 다 증명하세요, 당신의 그 엄청난 지식 더미 속에
서?

로잘린드   아, 당신의 그 지혜를 자유로이 활동을 시켜 보세요.

터치스톤   그럼 두 분 다 앞으로 나오셔서 턱을 만지며 턱수염에 두고
맹세를 하십시오. 나보고 악당이라고 말이오.

실리아   우리들이 턱수염만 가졌다면 그 턱수염에 두고 맹세하지만, 당
신은 악당이에요.

터치스톤   가령 그렇다고 하면, 그 악당의 소행에 두고 난 악당이라고
맹세하죠. 그러나 당신네 두 분이 갖지도 않은 것에 두고 맹세한다면,
그건 거짓 맹세는 아닙니다요. 그리고 물론, 자기 명예를 걸고 맹세했
다는 그 기사도 거짓 맹세는 아니었습니다요. 그분은 명예를 가지고
있지 않았으니까요. 혹은 설사 그가 명예를 가졌다치더라도 그 핫케이
크나 겨자를 보기 이전에 벌써 맹세를 박살내 버렸으니까요.

실리아   그건, 누구를 두고 말하시는 거예요?

터치스톤   (로잘린드를 보고) 아가씨네 아버지 프레더릭님이 사랑하시
는 분이지 누구겠소?

로잘린드   저의 아버님이 사랑하시는 분이라면, 그것만으로도 충분히
그분의 명예가 아닌가요. 이제 그만둬요. 더 이상 그분에 관해서 이러
쿵저러쿵하면 남을 욕한 죄로 언젠가는 벌을 받을 테니까.

터치스톤   현명한 분네들이 바보짓을 하고 있는 이때에, 바보보고 현명
한 말을 하지 말라는 건 너무나 무정한 일인데요.

실리아 정말이지 그 말이 맞아요. 바보들이 갖고 있는 하찮은 지혜가 봉쇄를 당한 후로 현인이 하는 사소한 바보짓이 엄청나게 눈에 띄게 됐으니 말예요. 오, 저기 리 보우 님이 오네.

리 보우가 이쪽으로 바삐 오고 있다.

로잘린드 입에다 소식을 가득 물고서 오는군.
실리아 그걸 비둘기가 새끼들에게 먹이듯이 우리에게 집어 넣을 테지.
로잘린드 그럼 우린 소식으로 가득 차게 되게.
실리아 그것도 좋잖아요, 덕분에 우린 더 잘 팔리게 될 테니까. 안녕하 세요, 리 보우 님! 무슨 소식이라도 있어요?
리 보우 아름다운 공주님들, 참 좋은 심심풀이를 놓치셨습니다.
실리아 심심풀이? 무슨 빛깔의 심심풀이죠?
리 보우 무슨 빛깔이라뇨? 뭐라고 말씀드려야 좋을지?
로잘린드 지혜와 운이 명하는 대로 말씀하시죠.
터치스톤 (조롱조로) 혹은 숙명이 명하는 대로 하시든지.
실리아 말씀 잘하셨어요. 흙손으로 딱 치는 격이랄까요.
터치스톤 아닙죠. 만약 내가 내 지혜를 못 지키는 날에는⋯⋯.
로잘린드 당신의 그 냄새가 없어지게요.
리 보우 기가 막혀, 원 공주님들도. 그건 그렇고 좋은 씨름이었는데, 그 구경을 놓치셨다는 말씀을 드리고 싶었습니다.
로잘린드 그럼 어떻게 씨름을 하던가 그 얘기 좀 해 보세요.
리 보우 시작을 얘기해 드릴 테니, 마음에 드시거든 그 결말을 구경하 십시오. 가장 중요한 승부는 지금부턴데, 바로 이곳에 와서 하기로 돼 있으니까요.

실리아　그럼 시작은 끝나고 매장된 셈인가요?

리 보우　글쎄 어떤 노인과 그 세 아들이…….

실리아　시작부터 옛날 얘기를 들고 나와도 좋을 것 같네요.

리 보우　체격이 늠름하고 풍채가 당당한 청년 세 사람이…….

로잘린드　목에다 '이 당당한 포고로서 만인에게 알리고자 함' 하고 표
　　딱지라도 붙어 있던가요?

리 보우　그중 제일 손위가 공작님의 장사 찰스와 겨루었는데, 찰스는
　　눈 깜박할 사이에 그 상대방을 내던져 늑골을 세 대나 부러뜨려서 살
　　가망이 거의 없게 해 놨습니다. 그리고 둘째도, 셋째도 같은 꼴로 만
　　들어 놨습니다. 죄다 쓰러져 있고, 늙은 아버지는 그런 자식들을 어찌
　　나 가엾게 슬퍼하던지, 주위 사람들도 모두 같이 눈물을 쏟았습니다.

로잘린드　어머나!

터치스톤　하지만 아가씨들이 놓치셨다는 심심풀이란 대체 어떤 것이
　　오?

리 보우　방금 내가 말씀드리잖았소.

터치스톤　사람은 매일매일 더 현명해지는가 보군. 늑골을 부러뜨리는
　　것이 아가씨들의 심심풀이란 말은 금시초문인걸.

실리아　저도 그래요.

로잘린드　하지만 그 밖에 또 누가 자기 옆구리를 부러뜨려서 엉터리
　　음악을 연주하고 싶어하는가요? 실리아, 우리 그 씨름을 구경하러 갈
　　까?

리 보우　여기 그냥 계시면 구경하시게 됩니다. 이곳이 씨름판으로 정
　　해진 장소니까요. 이제 곧 와서 시작할 것입니다.

실리아　아, 정말, 저기 오네요. 그럼 그냥 여기 있다가 구경하기로 하
　　죠.

나팔 소리. 프레더릭 공작과 그의 귀족들, 올렌도, 찰스, 시종들이 씨름판으로 정해 놓은 장소를 향하여 잔디밭을 가로질러 온다.

프레더릭 공작 그럼 시작하라. 아무리 타일러도 그 젊은이는 듣지를 않으니, 제 고집으로 제 위험을 맞이하게 되었구나.

로잘린드 저분이 그분인가요?

리 보우 그렇습니다, 미치광이입니다.

실리아 어머나, 너무나 젊은데요. 하지만 이길 것같이 보이는데요.

프레더릭 공작 아, 딸애와 조카딸이로군! 씨름을 구경하려고 몰래 이곳에 왔느냐?

로잘린드 네, 부디 용서해 주세요.

프레더릭 공작 그리 재미있진 않을 게다. 한쪽이 원체 장사라 놔서 도전하는 쪽의 젊은이가 가엾어서 못하게 권해 보고 싶어도 막무가내니……. 너희들이 좀 권해 보렴. 혹시 들을는지도 모르니.

실리아 리 보우 님, 저분을 이리 좀 불러 주세요.

프레더릭 공작 그게 좋겠다, 난 좀 비켜 있을 테니. (자리를 떠난다.)

리 보우 이보시오 도전자, 공주님이 당신을 부르오.

올렌도 (앞으로 나오면서) 예, 경의와 의무를 다하여 경청하겠습니다.

로잘린드 여보세요, 젊은 분. 그래 감히 찰스 장사한테 도전하다니요?

올렌도 (절을 하면서) 아닙니다. 아름다운 공주님, 그쪽에서 누구한테나 도전해 온 것입니다. 난 남처럼 그자와 싸워서 내 젊음의 힘을 시험해 보자는 것뿐입니다.

실리아 젊은 분, 당신의 기질은 나이치고는 너무도 대담하세요. 상대방의 기운에 관해서는 당신도 잔인한 실례를 보셨잖아요. 만약 당신이 자기 눈으로 자기를 살펴보거나, 이성으로 자기를 알아보시면 이 모험이 무서워서 좀더 알맞는 일에 마음이 쏠리게 되실 거예요. 제발 당신 자신을 위하여, 자기 몸의 안전을 생각하시고, 아예 그런 모험은 하지 마세요.

로잘린드 그렇게 하세요. 그렇게 해도 댁의 명예는 손상되지 않아요. 저희들이 공작님께 말씀드려 씨름을 이것으로 그만두게 하겠어요.

올렌도 제발 나쁘게 생각하셔서 나를 책하지 말아 주십시오. 아름답고 훌륭하신 분들의 뜻을 조금이라도 어긴다는 것은 죄가 된다는 것을 저도 잘 알고 있습니다. 예쁜 눈과 상냥한 마음으로 이번 승부에 나가는 저를 지켜 봐 주시기를 바랍니다. 이 승부에 지더라도 보잘것없는 사내 한 사람이 창피를 당할 뿐이고, 죽더라도 오히려 그것을 원하고 있던 사내가 하나 죽는 것뿐입니다. 친구한테 폐를 끼칠 일도 없는 이 사람입니다. 나를 슬퍼해 줄 사람은 아무도 없으니까요. 세상에 해가 될 리도 없습니다. 재산이라곤 없는 사람이니까요. 이 세상에서 다만 하나의 자리를 메우고 있는 존재에 불과하니까, 그 자리를 비우게 되면 더 좋은 사람으로 메워질 수 있을 것 아닙니까.

로잘린드 하찮은 제 힘이지만, 당신께 그 힘이라도 보태 드렸으면 해요.

실리아 제 힘도 함께 보태 드렸으면 해요.

로잘린드 그럼 또 뵙겠어요. 제발 제가 당신을 잘못봤다면 좋겠어요.

실리아 제발 당신의 뜻대로 돼 주시기를!

찰 스 (큰 소리로) 여, 자기 어머니인 땅과 눕고 싶어하는 그 젊은 호걸은 어디 있소?

올렌도 여기 있소. 하지만 생각만은 좀더 점잖은 짓을 할 작정이오.

프레더릭 공작 일회전으로 승부를 결정짓겠다.

찰 스 예, 염려 마십시오. 첫 승부조차 그렇게도 못하게 막으신 공작님께서 이회전까지 청하실 필요까진 없으실 것이니까요.

올렌도   나중에 조롱할 생각이라도 시합 전엔 조롱하지 말아야 할 것 아니오. 아무튼 자, 시작합시다.

로잘린드   허큘리스 장사가 저 젊은 분을 도와 주셨으면!

실리아   난 남의 눈에 안 보이게 돼 가지고 저 장사의 다리를 잡아 주었으면! (씨름을 시작한다. 올렌도가 유리한 자세를 취한다.)

로잘린드   어쩌면! 훌륭한 분이시네!

실리아   내 눈에 벼락만 가졌다면! 어느 쪽이 쓰러질진 정한 일일 텐데. (두 씨름꾼이 이리저리 밀리고 다니다가 별안간 찰스가 땅바닥에 털썩 나가떨어진다. 갈채)

프레더릭 공작   (일어서면서) 이제 그만, 이제 그만.

올렌도   아닙니다. 공작님, 제발⋯⋯. 아직 전 기운이 솟기 전입니다.

프레더릭 공작   자네는 어떤가, 찰스?

리 보우   말을 못 합니다. 공작님.

프레더릭 공작   저리 데리고 나가라. (찰스를 들어내 간다.) 그런데, 젊은이 이름은 뭔가?

올렌도   올렌도라고 합니다. 롤렌도 드 보이스 경의 막내아들입니다.

프레더릭 공작   다른 사람의 아들이었으면 좋았을 것. 세상은 자네 부친을 훌륭한 분이라고 칭찬하지만, 그 사람은 언제나 내 적이었어. 다른 가문의 태생이었더라면 이번 일은 좀더 내 마음에 들었을 게 아닌가. 그럼 잘 있게. 젊은이가 참 용감하네. 그러나 다른 분을 아버지라고 말해 줬으면 싶었어. (공작, 리 보우, 귀족들 퇴장.)

실리아   언니, 내가 아버지라면 저렇게 할 수 있을까?

올렌도   난 롤렌도 경의 아들, 그 막내아들임을 한층 더 자랑으로 삼고, 가령 프레더릭의 상속자가 된다고 하더라도 이름을 바꾸고 싶지는 않아.

로잘린드   우리 아버진 롤렌도 경을 자기 영혼처럼 사랑하시고, 세상도
모두 아버지와 같은 마음이었어. 이 젊은 분이 그 어른의 아드님인 줄
미리 알았더라면 그런 모험을 하시기 전에 눈물을 흘리며 하지 마시
라고 권했을 것을.

실리아   언니, 우리 가서 그분에게 치사와 격려를 해 줍시다. 우리 아버
지의 심술궂은 화풀이가 내 마음을 찌르네요. (두 처녀는 일어서서 올
렌도에게로 다가간다.) 여보세요, 참 훌륭했어요. 사랑에 있어서도 이와
같이 말씀을 지키신다면 아니, 이와 같은 말씀보다 훨씬 더 훌륭하시
다면, 당신의 애인은 참 행복할 거예요.

로잘린드   (목에서 목걸이를 풀어 가지고) 이봐요, 저를 위해서 이것을
받으세요. 운명에게 버림받은 제가, 손에 부족만 느끼지 않는 처지라
면 좀더 훌륭한 선물을 드릴 수도 있을 것을……. 실리아, 그만 돌아
가자. (돌아서서 가기 시작한다.)

실리아   (올렌도를 보고) 그럼 안녕히 계세요. (언니를 따라간다.)

올렌도   내 입에선 고맙단 말도 나올 수 없다는 말인가? 내 좋은 부분
은 죄다 나가떨어지고, 여기 서 있는 것은 허깨비에 불과하단 말인가?
생명도 없는 나무 토막에 지나지 않는단 말인가?

로잘린드   저분이 우리를 부르는구나. 이젠 이런 신세에다 자부심마저
없어졌나 봐. 무슨 용무인지 물어 볼까……? (돌아서서) 부르셨어요?
참 훌륭했어요. 나가떨어진 건 당신의 적만이 아니었어요. (두 사람이
서로 마주본다.)

실리아   (언니의 소매를 잡아당기면서) 그만 가요.

로잘린드   음, 갈게. (올렌도를 보고) 안녕히 계세요. (서둘러 퇴장, 실리
아 그 뒤를 따라 퇴장.)

올렌도　무슨 감정이 내 혀를 이렇게 무겁게 짓누르는 것일까? 한마디
　　도 하지 못하다니, 그녀는 말을 재촉했는데.

　　리 보우 다시 등장.

올렌도　아 불쌍한 올렌도, 너야말로 나가떨어졌어! 찰스가 아닌, 그보
　　다 약한 누군가가 너를 정복해 버렸어.
리 보우　아 여보, 호의에서 하는 말이지만 어서 이곳을 떠나시오. 당신
　　은 물론 절찬과 갈채와 경애를 받을 만하지만, 공작님의 지금의 기분
　　으로서 당신의 공적이 모두 오해되고 있소. 공작님은 변덕이 심한 분
　　입니다. 그것이 어떤 것인지는 사실 내가 말하는 것보다 당신이 생각
　　해 보는 것이 더 나을 것이오.
올렌도　감사합니다. 그런데 저, 물어 볼 말이 있습니다. 아까 씨름을 구
　　경한 두 처녀 중 어느 쪽이 공작님의 따님입니까?
리 보우　그 품행으로 봐선 어느 쪽도 공작님의 따님이 아니지만, 실은
　　작은 쪽이 따님입니다. 다른 쪽은 추방당한 공작님의 따님인데, 찬탈
　　자인 삼촌 곁에 붙들려서 그분 따님과 같이 있게 되었지만 두 사람의
　　사랑은 친자매보다 깊습니다. 그러나 사실을 말하면 요사이 공작은 그
　　얌전한 조카딸이 마음에 들지 않는 모양입니다. 다른 이유가 있어 그
　　런 것이 아니라, 다만 사람들이 그녀의 정숙함을 칭찬하고, 그 선량한
　　부친을 위하여 그녀를 동정하기 때문입니다. 그런데 정말이지 그 아가
　　씨에 대한 공작님의 심술이 언제 느닷없이 폭발할는지 모르는 일입니
　　다. 자, 이제 가 보시오. 나중에 이보다 살기 좋은 세상이 되면 당신과
　　좀더 친하게 사귀어 보고 싶습니다.
올렌도　참으로 감사합니다. 안녕히 계십시오. (리 보우 퇴장.) 그럼 이

제 나는 연기로부터 불 속으로 뛰어들어야 한단 말인가. 포악한 공작으로부터 포악한 형한테로 돌아가야 한단 말인가. 그건 그렇고 오, 천사 같은 로잘린드! (명상에 잠겨서 퇴장.)

제 3 장 프레더릭 공작 저택 안의 한 방

로잘린드는 의자에 앉아서 얼굴을 벽에 기대고 있다. 실리아는 몸을 구부리고 로잘린드를 내려다보고 있다.

실리아   아 언니도, 로잘린드 언니도……. 큐피드의 동정이 내려 주시길! 그래 한마디도 않을 테야?
로잘린드   개한테나 던져 줄 말은 하기 싫어.
실리아   음, 언니 말은 개한테 던져 주기엔 너무나 아까워요. 하지만 나한테 던져 줄 순 있잖아. 자, 이치를 따져서 나를 옴쭉달싹 못하게 해 봐요.
로잘린드   그럼 두 사촌 자매는 바보가 되게. 한쪽은 사연을 들은 후 벙어리가 되고, 다른 쪽은 까닭도 없이 실성할 판이니 말야.
실리아   하지만 이건 다 언니네 아버지 때문이지?
로잘린드   아냐, 어느 정도는 미래의 아이 아버지 때문이야……. (일어선다.) 아, 이 쓰라린 세상에는 왜 이렇게 가시덤불투성일까!
실리아   이 정도는 명절날 장난삼아 바보들이 내던지는 밤송이 정도에 지나지 않아. 닦여진 길을 가지 않으면 우린 속치마까지 찢기는걸.
로잘린드   옷에 붙은 것이라면 털어 낼 수도 있지만……. 이 밤송이는 내 심장 속에 있단다.

실리아   에켁 하고, 기침을 해서 치워 버려.

로잘린드   그렇게 해서 그일 만날 수 있는 일이라면 그렇게라도 해 보겠지만.

실리아   그럼 자, 언니의 연정하고 씨름을 하세요.

로잘린드   하지만 그 연정이 나보다도 장사란 말이야.

실리아   어머, 잘해 보세요! 쓰러짐에도 불구하고 언니는 잘할 수 있을 거야. 하지만 이런 농담은 그만두고 좀더 진정으로 얘기해요. 그래 이렇게 난데없이 언니가 저 롤렌도 경의 막내아들을 그렇게까지 열렬히 좋아하게 되다니, 대체 그럴 수도 있을까요?

로잘린드   우리 아버지는 그분 아버지를 무척 좋아하셨어.

실리아   그래서 언니가 그분의 아드님을 사랑해야 한다는 결론인가요? 그런 논법으로 가면, 우리 아버지는 그분의 아버지를 미워하셨으니까 나도 그분을 미워해야겠네요. 하지만 난 올렌도를 미워하진 않아요.

로잘린드   제발 날 위해서 미워하진 말아 다오.

실리아   미워할 수 없잖아요. 그만한 까닭이 없잖아요.

로잘린드   그러니까 내가 그분을 사랑하게 놔 둬. 그리고 내가 사랑하니까 너도 그분을 사랑해 줘. (문이 활짝 열리고 프레더릭 공작이 시종들과 귀족들을 거느리고 나타난다.) 어머나, 공작님이 들어오시네.

실리아   화가 나셔서 두 눈에 불을 켜시고.

프레더릭 공작   (문 앞에 망설이고 서서) 로잘린드, 몸의 안전을 위하려거든 어서 짐을 챙겨 이 집에서 떠나는 게 좋을 게다.

로잘린드   정말이세요, 숙부님?

프레더릭 공작   그렇다, 애야. 지금부터 앞으로 열흘이 지나서도 네가 우리 대궐 이십 마일 이내에서 발각되는 날이면, 목숨이 없어질 줄 알아라.

로잘린드　애원합니다. 부디 제 죄목을 좀 가르쳐 주세요. 제가 제 자신을 알고 있는 한, 제가 꿈결이거나 실성해 있지 않는 한—— 절대로 그럴 리는 없습니다만—— 숙부님, 전 싹도 안 튼 이 마음 속에서조차 숙부님께 거역해 본 적은 없어요.

프레더릭 공작　반역자들은 다 그렇게 말한다. 그 죄가 말로 씻어지는 것이라면 반역자들도 미덕 그 자체같이 결백할 게 아니냐. 내가 너를 믿지 않는다고만 말해 주면 충분하잖느냐.

로잘린드　하지만 숙부님의 불신만 가지고는 제가 반역자가 될 수 없어요. 어떤 점이 의심스러운지 말씀해 주세요.

프레더릭 공작　넌 네 아버지의 딸이다. 그것으로 충분하다.

로잘린드　숙부님이 우리 아버지의 영토를 빼앗았을 때도 저는 아버지의 딸이었어요. 혈통으로 반역을 하는 건 아니에요. 설사 친한 사람들로부터 옮아 받는다치더라도 저와는 관계없는 일이잖아요? 우리 아버지는 반역자가 아니었어요. 그러니 숙부님, 제가 궁색하다 해서 반역을 하리라고 오해는 말아 주세요.

실리아　아버지, 제발 좀 들어 주세요.

프레더릭 공작　실리아야, 너 때문에 저애를 여기 있게 했던 거다. 너 때문만 아니라면, 진작 제 아버지와 함께 방랑하게 되었을 게다.

실리아　그 당시엔 언니를 있게 해 달라고 청하지 않았어요. 그건 아버지의 마음에서 우러나셔서 하신 일이었어요. 그때만 해도 저는 너무 어려서 언니의 가치를 몰랐어요. 하지만 이제는 알았어요. 만약 언니가 반역자라면 저도 반역자예요. 우린 항상 잠도 같이 자고, 같이 일어나고, 같이 공부하고, 놀고, 먹고, 어딜 가나 주노 여신의 백조처럼 항상 둘이서 같이 다니고 떨어지질 않았어요.

프레더릭 공작　저애는 워낙 교활해 놔서 너는 모른다. 그 번질한 가면

하며 바로 그 침묵하며 그 인내성이 민중들에게 호소하고, 민중들은 저애를 동정한단 말이다. 넌 바보다. 저애가 네 명성을 뺏고 있단 말이다. 네가 더 빛을 내고 덕을 나타내기 위해서는 저애가 없어져야 한다. 그러니 넌 가만 있거라. 내 생각은 확고부동하다. 그 선고가 저애한테 내렸다. 저애는 추방이다.

실리아   정 그러시다면 그 선고를 제게도 내려 주세요. 저는 언니하고 떨어져서는 살 수 없어요.

프레더릭 공작   바보 같은 소리. 로잘린드, 준비를 해라. 지체하고 있으면 내 명예에 두고, 내 말의 위대성에 두고, 네 생명은 없다. (돌아서서 귀족들을 데리고 방을 나간다.)

실리아   아 가엾은 우리 언니, 어디로 가죠? 아버지를 바꿀 생각은 없으세요? 우리 아버지를 드릴게요. 제발 나보다도 더 많이 슬퍼하진 마세요.

로잘린드   슬퍼할 까닭이 내게 더 많이 있는걸.

실리아   아녜요, 언니. 제발 기운을 내세요. 모르세요, 공작님은 친딸인 나를 추방하셨는데?

로잘린드   그런 일은 없었어.

실리아   그런 일은 없었다고요? 그렇다면 로잘린드는 사랑이 부족한가봐. 언니와 난 일심동체라고 자신께 말해 주는 사랑이. 우리가 갈라지고, 헤어져도 좋단 말예요? 안 돼요, 우리 아버지보고 다른 상속자를 물색하라고 해요. 그러니까 우리는 같이 도망갈 방법이나 생각해요. 어디로 뭘 지니고 갈 것인지 말예요. 그리고 언니는 불행을 혼자서 짊어지려고 하고, 슬픔을 언니 혼자서만 참고, 나를 버려 두려고 하지는 마세요. 지금 우리의 슬픔 때문에 창백해져 있는 저 하늘에 두고 맹세하지만, 언니가 뭐라고 말하든 나는 언니를 따라가겠어요.

로잘린드 그렇지만, 어디로 가야 좋을까?

실리아 우리 큰아버지를 찾아 아어덴의 숲으로 가요.

로잘린드 아, 얼마나 위험할까. 여자의 몸으로 그렇게 먼 데까지 가다니! 미인은 황금보다 더 쉽게 도둑을 자극시킨다잖아.

실리아 난 초라한 옷으로 천하게 변장하고, 얼굴에는 밤색 칠을 하겠어요. 언니도 그렇게 하세요. 그러면 습격을 받을 염려 없이 무사히 갈 수 있을 거예요.

로잘린드 난 키가 큰 편이니까, 차라리 말쑥하게 남자같이 변장하는 것이 낫지 않을까? 용감하게 단도를 차고, 손에는 넓적한 창을 들고, 가슴 속에는 여자다운 어떠한 공포가 숨어 있을망정, 겉모습만은 뽐내는 용사처럼 보이자꾸나. 글쎄 세상의 수많은 겁쟁이들처럼 겉모습으로 공포를 무안하게 해 주잔 말이야.

실리아 언니가 남자로 변장하면 이름은 뭐라고 부르지?

로잘린드 조브신의 시동(侍童)보다 못한 이름은 싫어. 그러니 나를 개니미드라고 불러 줘. 그럼 네 이름은 뭐라고 부르면 좋을까?

실리아 내 처지와 관계 있는 이름이 좋을 거예요. 이제부터는 실리아가 아니라, 앨리너예요.

로잘린드 하지만 얘, 너의 아버지네 대궐에서 저 어릿광대 바보를 꾀어내 보기로 할까? 그분이 우리 여행에 좋은 위안이 되지 않을까?

실리아 그분은 나와 함께라면 넓은 세계라도 같이 가 줄 거예요. 그분을 설득하는 일은 나한테 맡겨 두세요. 그럼 자, 가서 보석과 패물을 챙기고, 가장 좋은 시기와 가장 안전한 길을 택해 가지고, 뒤를 쫓아오더라도 잡히지 않을 길을 강구해요. 우린 즐겁게 자유를 향해 가는 거예요, 추방으로가 아니라. (두 사람 퇴장.)

제 2 막

제 1 장 아어덴의 숲

동굴 입구, 그 앞에는 가지를 펼친 나무 하나가 서 있다. 추방당한 전 공작, 에미언스, 사냥꾼 같은 차림새를 한 두세 명의 귀족들이 동굴에서 나온다.

전 공작 추방 생활의 내 동료, 동포들이여, 습관이 되고 보니 이런 생활이 저 화려한 영화(榮華)보다 더 상쾌하지 않은가? 이 숲이 저 사악한 대궐보다는 위험이 없잖은가? 이곳에서는 애덤이 받은 사철의 변화라는 형벌도 안 느껴지잖는가? 겨울철 한풍의 얼음 같은 어금니가 살을 에일 듯이 우리 몸에 불어 오고, 추워서 몸이 오그라드는 그런 때조차 나는 웃으면서 이렇게 말하잖는가. '이건 아첨이 아니지. 이야말로 나의 진정한 간언이랄까, 내 위치를 뼈저리게 가르쳐 주는 것이야.' 라고. 아름답도다, 역경의 교훈. 이는 두꺼비와 같다 할까? 보기에는 흉하고 독이 있지만, 그 머리에는 귀한 보석을 지니고 있단 말이야. 그런데 속세와 떨어진 우리의 생활은 숲에서 말을 듣고, 흘러가는 개울에서 책을 보고, 돌에서 설교를 느끼고, 온갖 것에서 선(善)을 보잖냐 말이야. 난 이 생활을 바꾸고 싶지 않아.

에미언스 　공작님은 행복스럽게도, 운명의 완고함을 그렇게 한가하고 아름다운 문장으로 번역하실 수 있으시군요.

전 공작 　그럼 사슴이나 잡으러 나가 볼까? 그런데 가엾게도 그 얼룩진 바보들이 이 쓸쓸한 도읍 안의 토착민이면서도, 자기네 영역에서 두 갈래진 화살에 통통한 넓적다리를 뚫는다는 것이 나로선 참 괴로운 일이거든.

귀족 1 　사실 공작님, 저 우울한 제이퀴스도 그것을 슬퍼하고 있습니다. 그 점에서 본다면, 공작님을 추방한 아우님보다 공작님이 한술 더 뜬 찬탈자라나요. 오늘도 우리 에미언스 경과 저는, 그 사람이 오크나무 밑에 누워 있을 때에 그 뒤로 살금살금 가 봤습니다. 그런데 그 오크 나무의 해묵은 뿌리는 이 숲을 둘러싸고 넘나드는 개울가를 내다보고 있습니다만, 그때 마침 가엾게도 외떨어진 사슴 한 마리가 사냥꾼의 화살에 상처를 입고 그곳에 와서 고민하고 있었습니다. 아 공작님, 불쌍한 그 짐승이 어찌나 신음을 하던지, 탄식이 그놈의 가죽외투를 찢어버릴 지경이었습니다. 그리고 구슬 같은 눈물방울은 그 죄없는 코에 내리쏟아지고 있었지요. 이렇게 털 많은 바보는 우울한 제이퀴스 눈에 환히 띈 채 세차게 흘러가는 개울가에 서서 눈물로 개울물을 불리고 있었지요.

전 공작 　그래 제이퀴스가 뭐라고 말하던가? 그 광경을 보고 무슨 교훈을 말하지 않던가?

귀족 1 　아 예, 수많은 비유를 하더군요. 첫째 사슴이 울어서 쓸데없이 개울물을 불리는 데 대해서는 이렇게 말했습니다. '불쌍한 사슴 같으니, 너도 세상 사람들처럼 유산 분배를 하고 있으나, 안 그래도 너무 많은데 네 몫까지 덧붙여 주고 있단 말이냐?' 라고. 그리고 벨벳 가죽을 한 친구들한테서 홀로 떨어져 거기 있는 데에 대해서는 '옳지, 이래서 불행은 친구들을 잃는 법이지.' 라고 말했지요. 이때 실컷 풀을 뜯어먹은 한 떼의 사슴들이 아무 관심도 없이 아까 그놈 곁을 뛰어가는 것을 보고 제이퀴스는 이렇게 말했습니다. '아, 어서들 가라, 이 살찌고 기름진 것들아! 세상사 다 그렇더라. 글쎄 저 불쌍하고 비참한 패배자를 무엇 때문에 돌아다볼 필요가 있단 말이냐?' 라고요. 이렇게 그 사람은 있는 독설을 다하여 국가를, 도시를, 궁정을 관통하더군요. 아니 우리들의 이 생활에 대해서조차 욕을 했답니다. 우리는 순전히 찬탈자요, 폭군이라고요. 이보다 한층 더 나쁜 점은 짐승들을 위협하여 죽이려고 그것들이 난 영역에까지 침입해 와 있다고요.

전 공작　그래 자네는 그 작자를 그와 같은 명상 속에 그냥 두고 왔단 말이지?

귀족 2　예, 울고 있는 그 사슴을 보고 울며 비평하고 있는 채 그냥 두고 왔습니다.

전 공작　그곳으로 나를 좀 안내해 다오. 그와 같이 우울증에 걸려 있을 때에 그 사람과 얘기해 보고 싶구나. 그 사람은 그런 때에 가장 재미있으니 말이야.

귀족 1　예, 곧 안내해 드리겠습니다. (일동 퇴장.)

제 2 장　프레더릭 공작 저택 안의 한 방

프레더릭 공작, 귀족들, 시종들 등장.

프레더릭 공작 그래 아무도 그것들을 보지 못할 수가 있단 말이냐? 그
　건 있을 수 없는 일이다. 이건 이 저택 안에 어떤 나쁜 놈이 있어 공
　모하여 도망가게 한 것이다.
귀족 1 공주님을 봤다는 사람은 한 사람도 없습니다. 공주님 방에 시
　중드는 시녀들은 공주님이 잠자리에 드시는 걸 봤는데, 새벽녘에 보
　니 이부자리 속에 공주님이 안 계시더라는군요.
귀족 2 공작님, 공작님께서 평소에 흔히 조롱하시던 그 야비한 어릿광
　대도 보이지 않습니다. 공주님의 시녀 히스페리어가 몰래 엿들었다는
　얘기를 고백합니다만, 공주님과 조카 따님은 저번에 찰스를 쓰러뜨린
　용사의 힘과 덕을 무척 칭찬을 하더라는군요. 그러니까 두 분이 어디
　를 가든 그 젊은이가 필시 동행해 있을 거라고 히스페리어는 믿고 있
　습니다.
프레더릭 공작 그자의 형 집에 사람을 보내서, 그 녀석을 곧 데려오너
　라. 그 녀석이 없거든 그 형이라도 데려 오너라. 형을 시켜서 찾아내
　게 해야겠다. 어서 해. 수색과 탐색을 소홀히 하지 말고 철저히 하란
　말이야. 어서 빨리 이 어리석은 도주자들을 다시 데려오도록 해라. (일
　동 퇴장.)

제 3 장 올리버의 집 정원

　올렌도와 애덤 등장.

올렌도 누구요?
애 덤 아! 도련님이십니까? 아, 친절한 도련님, 상냥한 도련님. 아, 돌

아가신 롤렌도 경의 기념이신 분……. 그래, 어쩌자고 이곳에? 도련님은 어쩌자고 덕이 높으실까? 어쩌자고 사람들은 도련님을 좋아들 할까? 글쎄 어쩌자고 도련님은 점잖고, 힘이 세고, 용감하실까? 어쩌자고 미련하게도 변덕이 심한 공작님의 장사를 쓰러뜨렸을까? 칭찬은 도련님보다 먼저 벌써 와 있습니다. 정말 도련님은 모르십니까? 사람에 따라서는 그 미덕이 도리어 원수가 된다는 것을? 도련님이 그렇습니다. 글쎄 도련님, 도련님의 미덕은 보기에는 거룩한 것 같아도 역시 도련님께는 해가 됩니다. 아, 세상 돌아가는 꼴 좀 보게. 좋은 것이 도리어 그걸 지니고 있는 사람에게 화가 되다니!

올렌도　아니, 대체 무슨 일이야?

애　덤　오, 불행한 도련님, 이 집 문에 들어서지 마십시오. 이 집 지붕 밑에는 도련님의 미덕을 시기하는 적이 살고 있습니다. 글쎄 형님이…… 아냐, 형님도 아니지. 글쎄 아드님이, 아드님도 아냐, 난 아드님이라고 부르지도 않을 테야. 원 하마터면 그 어른의 아드님이라고 내가 입 밖에 낼 뻔한 그분이 도련님을 칭찬하는 소리를 듣고서 도련님이 주무시는 집에다 오늘 밤 불을 지를 계획이랍니다. 만약 이 일이 실패하면 다른 수단을 써서라도 도련님을 죽일 계획이랍니다. 제가 엿들었습니다. 그분의 흉계를…… 이곳은 있을 곳이 못 됩니다. 이 집은 흡사 도살장과 같습니다. 이곳은 더러운 곳입니다. 무서운 곳입니다. 제발 발을 들여 놓지 마십시오.

올렌도　애덤, 그럼 난 대체 어디로 가야 좋을까?

애　덤　어디라도 좋습니다. 이곳만 아니라면.

올렌도　뭐, 그럼 나보고 떠돌아다니면서 밥을 빌어먹으란 말인가? 아니면 비열하고 난폭한 칼을 가지고 큰길에 나가서 강도질을 하란 말인가? 그럴 수밖에 없을 테지. 달리 어떻게 해야 좋을지 모르니까 말야. 하지만 비록 무슨 짓을 하더라도 그런 짓은 하지 않겠어. 차라리 패륜(悖倫)의 저 잔인한 형의 흉계에 이 몸을 맡길 테야.

애 덤 하지만 안 됩니다. 제 수중에 오백 크라운이 있습니다. 아버님 밑에서 급료를 모은 돈입니다. 제가 늙어서 손발도 말을 듣지 않고, 아무도 거들떠보지 않고, 구석에 치워지게 될 때를 대비해서 저축해 놓은 돈입니다. 자, 이걸 받으십시오. 까마귀들에게조차 먹을 것을 주시고 참새들조차 염려해 주시는 하느님이시여, 저의 노후를 위로해 주십시오. (올렌도에게 돈주머니를 준다.) 자, 여기 있습니다. 이걸 모두 드리겠습니다. 그리고 저를 하인으로 데려가 주십시오. 비록 늙은이처럼 보이긴 하지만, 아직도 기력은 왕성합니다. 젊은 시절에 핏속을 뜨겁게 하는 술은 전혀 입에 대지 않았고, 몸을 수척케 하는 쾌락을 뻔뻔스럽게 구하지도 않았으니까요. 그래서 이런 나이지만 왕성한 겨울이랄까, 서리는 맞았어도 순조롭습니다. 제발 같이 가게 해 주십시오. 젊은이 못지않게 도련님의 주위를 잘 돌봐 드리겠습니다.

올렌도 오 착한 영감님, 옛 세상의 종살이는 의무를 위해서 땀을 흘린 것이지 보수를 위해서가 아니었다는데. 그와 같은 성실성을 바로 영감님 속에서 볼 수 있구료. 영감님은 지금의 세상에는 맞지가 않습니다. 지금은 누구나 다 출세만을 노려서 땀을 흘리고 있고, 일단 목적만 달성되면 달성되는 그 즉시 봉사하기를 그만둬 버리니 말이오. 그러나 영감님은 그렇지가 않구료. 그렇지만 불쌍한 영감님, 영감님이 가꾸는 나무는 썩은 나무라 고생해서 돌보아 줘도 꽃 한 송이 피지 못합니다. 하지만 아무튼 같이 나가서 영감님이 젊었을 때 모은 돈이 없어지기 전에, 천하더라도 만족할 만한 일자리를 구해 봅시다.

애 덤 그럼, 도련님 가 봅시다. 숨이 끊어질 때까지 성의와 충성을 다하여 따라가겠습니다. 열일곱 살 때부터 여든 살이 다된 이 나이까지 이곳에서 살아왔습니다만, 이젠 이곳에서는 그만 살겠습니다. 일흔 살이 되면 누구나 자기네 신세를 펴게 해 보려고 합니다만, 여든 살이 되고 보면 때는 너무나 늦습니다. 그래도 저로서는 좋게 죽어서, 주인한테 빚을 지지 않는 것보다 더 좋은 팔자는 없다고 생각합니다. (두 사람 정원을 떠난다.)

제 4 장 아어덴의 숲 변두리의 빈터

개니미드라고 이름을 바꾼 로잘린드는 산중의 소년처럼 변장을 하고, 앨리너라고 이름을 바꾼 실리아는 양치는 소녀처럼 변장을 하고, 터치스톤과 함께 서서히 들어와서 나무 밑에 털썩 주저앉는다.

로잘린드   오, 주피터신이여! 마음이 고단해라!

터치스톤   난 두 다리만 고단하지 않다면 마음은 어떻게 돼도 상관없습니다.

로잘린드   난 이 사내 복장을 무안케 해도 상관없으니 여자처럼 울고 싶어요. 하지만 조끼와 바지를 입은 이상 치마 앞에서는 용감하게 보여야 하니까, 약자인 여자를 위로해 줘야겠어요. 그러니 기운을 내요, 착한 앨리너!

실리아   제발 부탁이니 저를 좀 잡아 주세요. 이젠 더 이상 가지 못하겠어요.

터치스톤   아가씨를 업어 드리기보다는 잡아 드리겠습니다. 업어 드려도 좋지만, 어디 돈이 생겨야죠. 아가씨 돈지갑은 비어 있을 테니 말입니다.

로잘린드   아, 여기가 아어덴의 숲이로군.

터치스톤   예, 아어덴의 숲에 왔습니다. 참 나도 바보지, 집에 있었더라
  면 좀더 편했을 텐데. 하지만 여행하는 사람은 참아야죠.

로잘린드   음 그래야 해요, 착한 터치스톤. (코린과 실비어스가 다가오고
  있다.) 보세요, 누가 오네요. 젊은이와 노인이 심각한 얘기를 하면서.

코 린   그렇게 하면 그 여자한테 더욱더 멸시만 당하네.

실비어스   아 코린 노인, 내가 얼마나 그 여자를 사랑하는지 당신도 좀
  알아 주셨으면.

코 린   짐작은 가지. 나도 여자를 사랑한 경험이 있으니까.

실비어스   아니오, 코린 노인. 당신은 늙어서 짐작도 못 하시오. 당신도
  젊어서는 누구보다도 여자한테 넋을 잃고, 밤중에 베개를 안고 한숨을
  지으셨을 테죠. 하지만 당신도 나같이 사랑에 넋을 잃어 보셨다면
  —— 아니, 세상에 나만큼 넋을 잃어 본 사람은 없을 것입니다만——
  대관절 어느 정도 연정에 이끌려 터무니없는 바보짓을 해 보셨단 말
  이십니까?

코 린   그야 무수히 해 봤지. 지금은 다 잊어버렸지만.

실비어스   아, 그러시다면 진정으로 하신 연애가 아니었습니다. 연정 때
  문에 저지른 바보짓을 자세히 기억하지 못하신다면, 그건 연애를 해
  보신 것이 아니죠. 혹은 지금의 나같이 이렇게 앉아서 애인 칭찬으로
  듣는 사람을 싫증나게 해 줄 정도가 아니셨다면, 그건 연애를 하신 것
  이 아니죠. 혹은 지금의 나같이 열정 때문에 별안간 친구들로부터 달
  려나오곤 하지 않으셨다면, 그건 연애를 해 보신 것이 아니죠. 아, 피
  비, 피비, 피비! (얼굴을 두 손에 파묻고 숲 속으로 달려간다.)

로잘린드   아, 가엾은 목동! 네 상처를 살피고 있는 사이에 내 자신의
  상처를 뼈저리게 느끼고 말았어.

터치스톤 나도 그렇습니다. 잊혀지지도 않습니다. 연애하던 시절, 난 칼로 돌을 치면서 밤에 제인 스마일한테 가는 놈에게는 그 돌을 먹이겠다고 했습니다. 그리고 지금도 기억하고 있습니다. 그애의 빨랫방망이에는 물론, 그애의 예쁘장한 손으로 짠 젖소의 젖통에도 모두 키스를 했습니다. 그리고 완두깍지를 그애로 가상하여 구애(求愛)를 하고, 그 깍지에서 알맹이 두 개를 꺼냈다가 도로 넣어 놓고 눈물을 쏟으면서 나를 위하여 이걸 넣고 있으라고 말했습니다. 진정으로 연애를 하는 사람들은 묘한 행동을 하기도 합니다. 만물은 무상하다더니 연애를 하면 만물도 무상(無上)으로 바보짓을 합니다그려.

로잘린드 당신은 자기 자신이 의식하고 있는 것보다 썩 재치 있는 말을 하시네요.

터치스톤 아닙니다. 난 정강이를 재치에다 부딪쳐도 부러뜨릴 때까지는 절대로 내 자신의 재치를 의식하지 못합니다.

로잘린드 조브신, 조브신이여! 저 목동의 정열은 꼭 내 정열과 같아요.

터치스톤 아, 내 정열과도 같습니다. 하긴 내 정열은 좀 낡아빠진 것 같지만.

실리아 제발 두 분 중에 누가 저기 저 남자에게 음식을 좀 팔 수 있는지 물어 보세요. 난 실신해서 죽을 것만 같아요.

터치스톤 여, 바보 양반!

로잘린드 쉬, 바보! 저분은 당신과 같은 부류는 아니잖아요.

코 린 누구요, 나를 부르는 분이?

터치스톤 당신보다는 훌륭한 사람이오.

코 린 나보다도 못해서야 얼마나 비참하게요!

로잘린드 쉬, 저…… 안녕하십니까, 노인.

코 린 젊은 분, 그리고 여러분.

로잘린드　여보세요, 목자 양반, 애정이나 금전으로 이 쓸쓸한 곳에서 환대를 살 수 있는 일이라면, 우리가 좀 쉬고 음식을 먹을 수 있는 곳으로 제발 좀 안내해 주세요. 여기 이 젊은 처녀는 여행에 어찌나 지쳤던지, 실신하여 원조를 구하고 있어요.

코　린　참 안됐구료. 내 욕심을 위해서가 아니라 이 처녀를 위해서 내가 도와줄 수 있는 처지라면 좋겠지만, 난 남의 양을 기르고 있는 사람으로 내가 먹이는 양털도 내 차지가 되지 않소이다. 그리고 주인이란 작자는 성질이 인색해 놔서 자선을 해서 천당에 갈 생각은 거의 없는 분이고, 더구나 양(羊) 우리며, 양이며, 목장이며를 팔려고 내놓은 데다가, 지금은 주인조차 없으니 우리네 양 우리에는 먹을 만한 것이 아무것도 없습니다. 하지만 뭐가 있는지 일단 가 봅시다. 그리고 나로서는 성의를 다하여 환영해 드리리다.

로잘린드　그분의 양과 목장을 사시겠다는 분은 어떤 분인가요?

코　린　아까 그 젊은 친군데, 실은 살 의욕은 없는 모양이오.

로잘린드　그럼 지장만 없다면 당신이 그 양 우리며 목장이며 양떼를 좀 사 주시겠습니까? 그 대금은 우리가 치러 드리겠습니다.

실리아　그리고 임금도 올려 드리겠어요. 난 이곳이 마음에 들어요. 이곳에서라면 즐거이 시간을 보낼 수 있을 것 같아요.

코　린　정말이지, 팔려고 내놓은 물건이랍니다. 그럼 함께 가 보시죠. 얘기를 들어 본 다음 토지며 수입이며 이런 생활이 마음에 드신다면, 나는 당신들의 충실한 양치기가 되기로 하고, 당장 당신의 돈으로 그걸 사기로 하죠. (코린 퇴장, 세 사람은 일어서서 그 뒤를 따라 퇴장.)

제 5 장 추방당한 공작의 동굴 앞

에미언스, 제이퀴스 등 나무 아래 앉아 있다.

에미언스   (노래)
> 푸른 나무 밑에
> 나와 함께 누워서,
> 새들의 달콤한 노랫소리에 맞추어
> 즐겁게 노래를 부르고 싶은 사람은
> 오라, 오라, 이리로 오라.
> 이곳에는 적도 없고,
> 적이라고는
> 겨울철의 한풍 뿐.

제이퀴스   한 곡 더, 한 곡 더, 어서 한 곡 더.

에미언스   여보 제이퀴스 씨, 한 곡 더 하면 당신이 우울해할 텐데요.

제이퀴스   그게 고맙단 말이오. 한 곡 더, 부디 한 곡 더. 족제비가 달걀 속을 빨아먹듯이 나는 노래에서 우울증을 빨아먹을 수 있거든. 한 곡 더, 제발 한 곡 더.

에미언스   내 음성은 쉬어서 당신 마음에 들지 않을 거요.

제이퀴스   내 마음에 들어주길 바라는 것이 아니라, 난 노래를 불러 주길 바라오. 자, 한 곡 더, 다른 것으로. 요즘 말로 유행하는 스탄자〔節〕라든가 뭐라든가를 말이오.

에미언스   제이퀴스 씨, 명칭은 당신 마음대로 하시오.

제이퀴스   아니오. 명칭은 나도 상관 않겠소. 무슨 대차 관계라도 있는
    건 아니니까요. 그래 노래는 해 주겠소?
에미언스   별로 생각은 없지만, 요청하시니 한 곡 하겠소.
제이퀴스   하긴 나도 남에게 치사하고 싶지는 않지만 당신에게 치사해
    드리죠. 하지만 인사라는 건 원숭이 두 마리가 길에서 만나는 것 같다
    고나 할까요. 하지만 나한테서 두 펜스 받고 고맙다고 하면 나는 거지
    같이 감사를 해 오는구나, 이렇게 생각하거든요. 자, 노래를 불러 주시
    오. 노래를 부르고 싶지 않은 분은 입들 다물고 있으시오.
에미언스   그럼 노래를 끝내겠소. 여러분, 술상 준비를 하시오. 공작님이
    이 나무 밑에서 한잔 드시기로 돼 있으니까요. 공작님은 오늘 온종일
    당신을 찾고 계셨습니다. (몇 사람이 나무 밑에 술상을 준비한다.)
제이퀴스   그런데 난 온종일 공작님을 피해 다녔지요. 그 어른은 입심
    이 세서 어디 같이할 수가 있어야죠. 나도 그 어른만큼 이치를 따지는
    사람이지만, 그러나 하느님께 감사하고, 그까짓 것을 자랑삼지는 않소
    이다. 자 노래를, 자. (노래, 일동 합창을 한다.)

    야욕을 버리고
    즐거이 양지 속에 살며
    내 손으로 음식을 찾아,
    그것으로 만족하는 사람들아
    오라, 어서 이리로 오라.
    이곳에는
    적도 없고, 다만
    겨울의 한풍이 있을 뿐이로다.

제이퀴스 이 곡조에 맞는 노래를 한 곡 더 들려 드리죠. 이제 흥도 나
　지 않는데, 억지로 만든 곡입니다.
에미언스 그건 내가 부르죠.
제이퀴스 그건 이렇소.
　　만약에 누가
　　바보가 되어 가지고
　　돈도 안락도 버리고,
　　고집을 만족시키려거든,
　　덕대미, 덕대미, 덕대미,
　　이곳에 와서 보라.
　　바보들 천지다.
　　와서 이 나를 봐도 알지.
에미언스 덕대미란 뭐지?
제이퀴스 그건 그리스의 주문인데, 바보들을 무리하게 불러 낼 때 쓰
　는 거요. 이제 가서 잠이나 청해 볼까. 잠을 청하지 못한다면, 이집트
　의 장자(長子)들을 죄다 욕이나 해 줘야지.
에미언스 나는 공작님을 찾으러 가 봐야겠소. 술상은 다 준비가 됐으
　니까. (제각기 다른 방향으로 퇴장.)

제 6 장 숲 변두리의 빈터

　올렌도와 애덤 등장.

애 덤 도련님, 전 더 이상 한 발짝도 더 가지 못하겠습니다. 배가 너

무 고파요. (쓰러진다.) 전 여기 누워서 내 무덤의 크기나 재고 있겠습니다. 그럼 안녕히 가세요, 도련님.

올렌도 아니, 왜 이러오, 애덤 영감! 정말 기운이 없단 말이오? 좀더 기운을 내요. 만약 이 한적한 숲에 맹수 같은 것이라도 있다면 내가 그놈의 밥이 되든가, 아니면 그놈을 잡아다가 영감께 먹게 해 드리든가 할 테니까. 영감은 지친 것이 아니라 기분상 죽어 가고 있는 것이오. (애덤을 일으켜 세워서 나무에 기대어 준다.) 나를 봐서라도 기운을 내고 죽음은 쫓아 버려요. 금방 다녀오겠소. 무엇이라도 먹을 만한 것을 안 가져오면, 그때는 죽어도 좋소. 하지만 내가 돌아오기 전에 죽으면 영감은 내 수고를 조롱한 것이 되오. (애덤 웃는다.) 어디 숨을 만한 곳으로 데려다 드리죠. 이 한적한 곳에 무엇이라도 생물이 있는 한은 영감을 굶어 죽게 내버려 두지는 않겠소. 기운을 내요, 착한 애덤. (애덤을 데리고 퇴장.)

제 7 장 추방당한 공작의 동굴 앞

나무 밑 식탁에는 과실과 술이 놓여 있다. 공작과 귀족들이 식탁 앞에 앉아 있다.

전 공작 그 친구는 짐승으로 둔갑해 버렸는가 보지. 사람 모습을 한 그 친구의 꼴은 그림자도 찾아볼 수 없으니 말이야.

귀족 1 공작님, 그분은 지금 금방 이곳에서 달아났습니다. 쾌활하게 노래를 듣고 있다가요.

전 공작 부조화로 꽉 짜인 그 작자가 음악을 좋아하게 되다니, 그럼 이젠 천체(天體)의 조화가 깨질 판이로군. 가서 찾아봐. 내가 할 얘기가 있다고.

제이퀴스가 나무 사이로 오고 있는 것이 보인다. 얼굴에는 미소를 짓고 있다. 그 뒤에는 에미언스가 따라오고 있다. 에미언스는 다가와서 공작 옆 식탁 앞에 조용히 앉는다.

귀족 1   저렇게 자기 발로 오니 제 수고는 덜어졌습니다.

전 공작   아니, 여봐! 대체 어찌된 세상인가? 불쌍하게도 사람들이 자네와 같이 있고 싶어들 하니. 원, 자넨 퍽 즐거운 모양이네!

제이퀴스   (웃음을 터뜨리면서) 바보가, 바보가! 숲 속에 바보가 있잖아요, 얼룩 옷을 입은 바보가……. 아이고, 비참한 이 세상 좀 보게! 이 눈으로 바보를 하나 봤습니다. 누워서 햇볕을 쬐고, 멋들어진 말투로 운명의 여신을 욕하고 있었는데, 그게 여간 명문구가 아니었습니다. 하지만 얼룩 옷 입은 바보임엔 틀림없습니다. '안녕하시오. 바보 양반' 하고 내가 말을 거니까, 그 친군 '아니오, 하느님이 복을 내려 주실 때까진, 나를 바보라고 부르지 마시오.' 하고 대답하겠지요. 그리고 곧 주머니에서 시계를 꺼내 광채 없는 눈으로 들여다보면서, 아주 영리하게 이렇게 뇌까리겠지요. '지금 열시로구나. 이것만 봐도 알지만 세계는 움직이고 있다. 한 시간 전만 해도 겨우 아홉시였는데, 한 시간 후에는 열한시가 되겠구나. 이래서 우린 한 시간 한 시간 익어 가며, 또한 한 시간 한 시간 우린 썩어 가는구나. 이래서 문제가 생기는 거야.' 얼룩 옷 입은 바보가 시간에 관하여 그렇게 설법하는 것을 듣고, 바보도 그렇게까지 명상적인가 하고 내 허파는 수탉같이 우렁차게 웃음을 터뜨리고 냅다 웃어 댔지요. 그 작자의 시계로 한 시간을

쪽……. 고상한 바보 같으니! 훌륭한 바보 같으니! 얼룩 옷만이 입을 만한 옷입니다.

전 공작 　대체 어떠한 바보던가?

제이퀴스 　훌륭한 바봅니다. 대궐에도 있어 봤다는데요, 젊고 아름다운 부인들만 있다면, 곧 그걸 알아볼 수 있다나요. 그런데 그 작자의 머리는 항해 후에 남은 비스킷처럼 바싹 말라 있지만, 관찰해 온 기묘한 얘기들을 잔뜩 처넣어 가지고 뒤죽박죽 토해 놓고 있습니다. 오, 나도 바보가 돼 봤으면! 그 얼룩진 바보 옷을 입어 보고 싶어.

전 공작 　한 벌 입혀 주겠네.

제이퀴스 　그야말로 저의 소원입니다. 그러나 공작님의 생각 속에 무성하고 있는 것들 중에서, 저를 군자로 보시는 견해만은 뽑아내 버리십시오. 저는 자유를 가져야겠습니다. 바람처럼 크나큰 특권을 가지고서, 바보처럼 마음대로 누구한테나 불어 봐야겠습니다. 바보가 그렇습니다. 그런데 내 바보짓에 심히 욕을 보는 사람들이 가장 많이 웃어야 합니다. 예, 그 까닭이라뇨? 그 까닭은 마을 교회 길보다도 더 환합니다. 글쎄 멋들어지게 바보한테 얻어맞은 사람이 아파도 그저 안 아픈 체하지 않으면, 정말 바보 취급을 당하니까요. 안 그러면 군자의 미욱함이 바보의 마구 쏘는 눈총에조차 샅샅이 드러나고 말 테니까요. 제게도 바보의 얼룩 옷을 입혀 주시고, 마음대로 말을 하게 해 주십시오. 그러면 저는 이 병든 세계의 더러운 몸뚱어리를 속속들이 치워 버리겠습니다. 제 처방을 순순히 받아 준다는 조건 아래 말입니다.

전 공작 　체! 자네가 무얼 하고 싶어하는지는 나도 짐작할 수 있지.

제이퀴스 　그럼 한 푼 걸어도 좋습니다만, 그래 제가 좋은 일 말고 다른 짓을 할 것 같습니까?

전 공작 　죄를 비난하는 것이 곧 가장 흉악한 죄지. 원래 자네는 건달이고, 짐승의 본능처럼 관능적이고, 부은 상처며 곪은 병으로, 모두 자네가 방탕해서 몸에 지니게 된 것이면서 이제는 일반 세상에 토해 놓고 싶어하다니.

제이퀴스 원, 오만을 비난한다고 해서 그 어떤 특정인을 책하는 것은 아니거든요. 오만은 바닷물같이 엄청나게 흘러서 마침내는 자기의 재산까지 썰물같이 쓸어 버리고 말잖습니까. 이를테면 내가 도시 여자보고, 주제넘게 어깨에다 왕후 같은 사치를 걸치고 있다고 말한다고 해서 내가 도시의 어떤 특정한 여자를 지목한 것은 아니잖습니까? 누가 나서서 이건 자기를 두고 한 것이라고 말할 수 있겠습니까? 그 여자 이웃에도 같은 여자가 있으니까요. 또는 직업이 천한 어떤 사내를 보더라도, 그자는 자기를 두고 말하는 줄 알고, 나를 보고 이 호화스런 옷은 네 돈으로 산 것이 아니잖느냐고 따지고서, 내 의도대로 자기의 미련함을 나타낼 사람은 없잖습니까? 자 그럼…… 어떻습니까…… 의견을 좀……. 어떤 점에서 내 독설이 남에게 해를 줬지요? 내 독설이 옳다면 그건 상대방 자신이 나쁘다는 증거인 것이며, 비난받을 까닭이 없다면 내 설은 아무한테도 시비를 받지 않고 들거위처럼 그냥 날아갈 뿐이죠. 그런데 저기 누가 오나?

올렌도가 칼을 빼들고 나타난다.

올렌도 가만 있어, 먹지 말아라.
제이퀴스 아니, 난 아직 먹지 않았는데.
올렌도 앞으로도 먹지 말고, 이쪽 만족이 채워질 때까지 기다려라.
제이퀴스 대관절 이 수탉 새긴 어디서 나온 씨야?
전 공작 여봐, 그대가 이렇게까지 당돌하게 나오는 것은 궁색함 때문인가? 또는 이렇게까지 예절을 어기는 것은 예의 범절을 무시하는 천한 마음씨 때문인가?

올렌도　처음 말이 내 맥박에 맞았어. 가시같이 날카로운 궁색 때문에 예절도 체면도 잊어버렸지만, 이래봬도 문안〔城內〕 태생으로 교육도 받은 사람이야. 하지만 가만 있으란 말야. 내 욕망과 내 용무가 만족되기 전에 이 과일에 손을 대는 놈은 죽을 줄 알아라.

제이퀴스　(건포도 송이를 하나 들고서) 이치로 따져 봐도 소용없는 분이라면 나는 죽어도 할 수 없지.

전 공작　그래 뭘 원하는가? 완력을 가지고 친절심을 강요하는 것보다는 점잖게 하는 것이 더 효과적일 것 아닌가.

올렌도　나는 배가 고파 죽을 지경이오. 먹을 것을 좀 주오.

전 공작　앉아서 먹구려. 자 식탁으로 오구려.

올렌도　그렇게 친절하게 말씀하십니까? 제발 용서해 주십시오. 실은 이런 곳은 죄다 야만적인 줄만 알고 표면상으로나마 그만 엄한 명령조로 나왔습니다. 하지만 어떤 분들인지는 모르지만 인적이 드문 이 한적한 곳, 음산한 가지의 그늘 밑에서 지나가는 시간도 잊고 한가하게 지내는 당신들도 한때는 좋은 날을 보고, 종소리가 교회로 이끄는 곳에 살고, 선인들의 잔치에 가 보고, 또는 그 눈까풀에서 눈물을 씻고, 동정과 연민의 정을 알고 한 경험이 있으시다면 난 점잖은 말을 가지고 내 욕망을 이루기로 하고, 이를 바라며 얼굴을 붉히면서 칼을 도로 집어 넣겠습니다.

전 공작　사실 한때는 좋은 날도 보고, 거룩한 종소리에 교회도 나가고, 선인들의 연회에도 가 보고, 신성한 연인의 정에서 나오는 눈물을 눈에서 씻고 한 경험을 우리는 가졌었지. 그러니 자 그대로 점잖게 앉아서 우리의 대접을 그냥 받아들이고, 만족을 채우도록 함이 어떠시오.

올렌도   그럼 잠깐만 기다려 주십시오. 나는 암사슴처럼 새끼 사슴을 찾아가서 음식을 먹여 주고 오겠습니다. 실은 불쌍한 노인이 한 사람 있는데, 순정에서 나를 따라 고단한 발을 끌고 온 노인입니다. 고령과 굶주림이라는 두 가지 불행에 지친 그분에게 먼저 먹이기 전까지는 한 입도 입에 대지 않겠습니다.

전 공작   그럼 가서 데려와요. 돌아올 때까지 우리도 손을 대지 않을 테니까.

올렌도   감사합니다. 그와 같은 친절에 복이 내리시길! (퇴장.)

전 공작   알고 보니 불행한 것은 우리만이 아니로군. 이 넓은 세계의 무대는 우리가 맡아 하는 장면보다 한층 더 비참한 광경을 보여 주고 있구나!

제이퀴스   세계는 온통 무대올시다. 그리고 남녀는 모두 배우에 불과합니다. 퇴장했다 등장했다 하는 남자는 생전에 여러 역을 맡아 하며 일생은 7막으로 구분됩니다. 처음은 아기로서 유모 팔 안에 안겨 으앙으앙 울고 침을 질질 흘리고 합니다. 다음은 투덜거리는 학교 아동인데 가방을 메고 아침에는 빛나는 얼굴을 하고 달팽이가 가듯 마지못해 학교에 갑니다. 그 다음은 연인. 용광로처럼 한숨을 쉬고 애인의 이마를 보고 슬픈 노래를 짓습니다. 다음은 병정인데 기묘한 맹세들을 늘어놓고 수염은 표범 같고 체면은 몹시 차리고 싸움은 번개처럼 재빠르고 거품 같은 공명을 위해서는 대포에라도 뛰어듭니다. 다음은 법관으로, 살찐 식용 닭이란 뇌물 덕분에 배는 제법 뚱뚱해지고 눈초리는 매섭고 수염은 격식대로 기르고 현명한 격언과 진부한 문구도 많이 알고 있습니다. 이래서 자기 역을 맡아 합니다. 그런데 제육기(期)에 들어서면 슬리퍼를 신은 말라빠진 어릿광대로 변하는데, 코 위에는 안경을, 허리에는 돈주머니를 차고, 젊은 시절 간직해 놓은 긴 양말은

말라빠진 다리에, 크고 사내다운 굵직한 음성은 아이 같은 높은 음성
으로 되돌아가서 피리 같은 소리를 냅니다. 그리고 파란 많은 이 일대
기의 끝장인 마지막 장면은 제이의 어린아이랄까, 오직 망각이 있을
뿐 이도 없고 눈도 없고 미각도 없고, 일체 무(無)입니다.

올렌도가 애덤을 팔에 안고 돌아온다.

전 공작   어서 오시오. 그 노인을 내려놓고 음식을 먹여 주구료.
올렌도   이 노인을 대신하여 깊이 감사 드립니다.
애 덤   물론 그러셔야죠. 저 자신은 고맙다고 말할 기운조차 없습니다.
전 공작   자, 어서 드시오. 괴로울 테니 지금은 그대들의 신세를 묻지
    않겠소. 자 음악을 좀, 그리고 여보게 노래를 한 곡.
에미언스   (노래한다.)
    불어라 불어, 그대 겨울 바람아,
    네가 아무리 박정하기로서니
    은혜를 망각한 무리들보다 더하겠느냐.
    네 호흡은 사나워도
    너는 사람 눈에 보이지 않으니,
    네 이는 날카롭지도 않도다.
    헤이 호, 헤이 호, 노래부르자,
    푸른 광나무에게.
    우정은 허위요, 애정은 추태로다.
    그러니 헤이 호, 광나무여,
    이 세상이 낙원이로다.
    얼어라 얼어, 그대 독한 하늘아,

네가 아무리 독하게 물기로서니
배은망덕한 무리들보다 더하겠느냐.
네가 물을 얼릴망정
배반한 친구만큼이야
네 침이 아프겠냐.
헤이 호, 헤이 호, 노래부르자,
푸른 광나무에게.
우정은 허위요, 연애는 추태로다.
그러니 헤이 호, 광나무여,
이 세상이 낙원이로다.

전 공작   자네가 지금 진정으로 말한 바와 같이 그리고 자네 얼굴 안에
그분의 면모가 정말 내 눈에 선하게 생생히 비쳐 보이네만, 과연 자네
가 저 선량한 롤렌도 경의 아들이라면 진정으로 환영하네. 나는 자네
부친을 사랑했던 공작일세. 나머지 신세 얘기는 내 암실로 가서 들어
보세. 그리고 착한 노인, 주인과 함께 자네도 잘 왔네. 자, 이분의 팔을
좀 부축해 드려라. (올렌도에게) 자, 손을 이리 다오. 자네 신세를 하나
도 빠짐없이 들어 보세. (일동 동굴로 들어간다.)

제 3 막

제 1 장 프레더릭 공작 저택 안의 한 방

프레더릭 공작, 귀족들, 올리버, 시종들 등장.

프레더릭 공작 그 후에 보지 못했다고? 그럴 리가 없어. 내 천성이 관
대하지만 않았던들 행방불명이 된 자 대신 너에게 복수를 해야 마땅
할 것이다. 그러나 정신을 차리고 네 동생을 찾아보아라. 어디 가 있
는지 말이다. 촛불을 켜고 찾아봐. 죽었건 살았건 열두 달 안으로 찾
아와. 못 찾아오는 날이면 이 영토 안에서 살 생각은 하지 말아라. 네
소유라고 일컫는 네 토지와 그 밖의 일체는 몰수할 만한 가치가 있는
한 다 몰수할 테다. 너에 대한 내 혐의가 네 동생의 입으로 풀리기 전
에는.

올리버 아, 공작님께서 제 속을 좀 알아 주셨으면! 전 아우 놈을 사랑
해 본 적이 절대로 없습니다.

프레더릭 공작 더욱더 악질이로구나. 이놈을 문 밖으로 몰아 내라. 그
리고 담당 관리를 시켜 이놈의 가옥과 토지를 몰수하도록 조치를 취

해라. 즉시 행동을 취하고 이놈을 추방시켜라. (일동 퇴장.)

제2장 숲 변두리의 빈터, 양 우리 부근

올렌도가 종이 한 장을 들고 등장하여 그것을 나무 줄기에다 붙인다.

올렌도   내 노래여, 거기 걸려서 내 사랑의 증거가 되어 다오. 그리고
세 가지 관(冠)을 쓰는 밤의 여왕 달님이여, 천상의 파리한 궤도에서
순결한 눈으로 봐 주십시오. 내 생명을 완전히 지배하는 그대의 여자
사냥꾼 로잘린드 이름을……. 오 로잘린드여, 이 나무를 수첩삼아 껍
질에다 내 생각을 새겨 놓겠소. 이 숲 속에 있는 눈들이 모두 당신의
미덕이 도처에 증명돼 있는 것을 알아 보도록……. 달려라 올렌도야,
어느 나무에나 아름답고 정숙하고 말로는 표현 못할 그녀의 이름을
새겨 놓자꾸나. (퇴장.)

코린과 터치스톤 등장.

코 린   터치스톤 양반, 그대는 이 양치기 생활이 마음에 드시오?
터치스톤   음, 이 생활 자체로선 썩 좋지만 양치기 생활이란 점에 있어
선 형편없소. 고독한 점에서는 퍽 마음에 들지만 적적한 점에 있어선
아니오. 그리고 또 전원 생활이란 점은 재미나지만 궁정 생활이 아닌
점은 지루하단 말이오. 검소한 생활이라 놔서 내 기분에 썩 맞지만,
그러나 풍족하지 못해서 내 배는 쪼르륵 소리가 나니 말이오. 그런데
여보 양치기, 당신은 무슨 철학이라도 갖고 있소?

코 린   나야 뭘 알겠습니까만, 이 정도는 알고 있습니다. 사람은 병이 심할수록 고통이 심해지고, 돈과 힘과 만족이 없는 사람은 세 가지 좋은 친구가 없는 것이 되고, 비[雨]의 본질은 적시는 것이오, 불의 본질은 태우는 것이오, 좋은 목장에서는 양들이 살찌고, 밤의 큰 원인은 해님이 없는 탓이오, 천성으로나 교육으로나 지혜를 지니지 못한 사람은 좋은 교육을 받지 못한 탓이거나, 멍청한 종자이기 때문이지요.

터치스톤   거, 거, 천성의 바보 철학자가 아닌가. 여보 양치기, 궁정에 가 봤소?

코 린   가 보다뇨, 천만에요.

터치스톤   그렇다면 당신은 지옥행이로군.

코 린   설마, 원……

터치스톤   정말 지옥행이오. 한쪽만 구워진 달걀처럼 말이오.

코 린   궁정에 가 보지 못했다 해서 말인가요? 그 까닭을 좀 들어 봅시다.

터치스톤   글쎄 궁정에 가 보지 않았다면 예절을 보지 못했을 것 아니오. 예절을 보지 못했다면 당신의 예의 범절은 나쁠 것 아니오. 그런데 나쁘다는 것은 죄악이오. 죄악은 곧 지옥행이오. 여보 양치기, 당신은 지금 위험한 상태에 놓여 있소.

코 린   천만에요, 터치스톤 양반. 궁정의 예의 범절은 시골에 오면 우습게만 보이오. 시골스럼이 궁중에 가면 영 조롱거리가 되는 것처럼 말이오. 당신 말마따나 궁정에서는 인사를 하는데 손에 키스를 한다지만, 만약 궁정인이 양치기라면 그런 인사는 더러운 것 아니겠소.

터치스톤   왜 그렇게 생각하죠?

코 린   그야, 우린 항상 양을 만지고 있잖습니까. 그런데 아다시피 양 피는 기름지거든요.

터치스톤   하지만 궁정인의 손에선 땀이 안 나는가? 양기름이나 사람의
    땀이나 마찬가지잖소? 천박한 생각이오. 더 좋은 예를 말해 보시오.

코 린   게다가 우리네 손은 딱딱하거든요.

터치스톤   그렇다면 입술의 촉감은 더욱 빠를 것 아닌가? 역시 천박해,
    좀더 건실한 예를 말해 보시오.

코 린   그리고 양을 수술하기 때문에 손은 송진투성이인데, 그래 송진
    에 키스하란 말씀입니까? 궁정인의 손은 사향으로 좋은 향기가 난다
    잖습니까?

터치스톤   참, 천박한 사람이로군! 좋은 고깃덩이에 비하면 사실 당신
    은 구더기 밥이로군! 현인한테 배워 가지고 분별 좀 차리시오. 사향은
    송진보다도 천한 물건이잖소. 그건 고양이의 더러운 배설물이오. 여
    양치기, 다른 구체적인 예를 말해 봐요.

코 린   당신은 워낙 궁정식의 기지를 가지고 있어서 나는 손 들겠소
    이다.

터치스톤   그럼 지옥행도 불사하겠단 말인가? 하느님, 이 천박한 자를
    도와 주십시오! 하느님 이자에다 접목(接木) 좀 해 주십시오! 원체 나
    쁜 바탕이니까요.

코 린   난 진짜 노동자입니다. 내가 벌어서 먹고, 벌어서 입고, 누굴 미
    워하지도 않고, 남의 행복을 샘내지도 않고, 남의 좋은 일을 기뻐하며,
    내 고통일랑 참는 사람입니다. 그리고 나의 가장 큰 기쁨은 암양들이
    풀을 뜯고 새끼양들이 젖을 빨고 하는 것을 보는 것입니다.

터치스톤   그게 당신의 또 하나의 어리석은 죄란 말이오. 암양과 숫양
    을 한군데다가 몰아붙여 놓고 밥을 먹다니. 방울 단 거세양의 뚜쟁이
    노릇을 하고, 새끼 밴 열두 달짜리의 어린 암양을 당치도 않게 속여
    가지고, 머리는 구부러지고 암양한테는 버림받는 늙은 숫양을 갖다 붙

이고. 그래, 이래도 지옥행이 아니라면 악마조차도 양치기에게는 딱 질색일걸. 그렇게라도 않고서는 당신은 피할 길이 없잖느냔 말이오.

코 린 아, 우리 새 주인의 오빠되는 젊은 개니미드 나리가 오십니다.

로잘린드가 이들이 있는 것을 몰라보고 다가와서 나무에 걸린 종이를 보고 떼어 가지고 읽기 시작한다.

로잘린드 　(읽는다.)
　　'동인도에서 인도를 찾아봐도
　　그녀 같은 보석은 없도다, 로잘린드.
　　그녀의 가치는 바람을 타고
　　온 천하에 전해지도다, 로잘린드.
　　아무리 잘 그린 화상도
　　그녀에 비하면 추하도다, 로잘린드.
　　아무 얼굴도 마음에 두지 말고
　　그녀의 미모만 생각하자꾸나, 로잘린드.'

터치스톤 　(지팡이로 로잘린드의 팔을 가만히 치면서) 그런 식의 노래라면 나 같으면 여덟 해라도 계속해서 지어내겠는걸. 다만 식사 시간과 잠잘 시간만 빼놓고. 그건 마치 버터 장수 아낙네들이 시장으로 가는 식의 노래가 아닌가.

로잘린드 　저리 가요, 바보 같으니…….

터치스톤 　(노랫조로)
　　예를 하나 듭시다.
　　수사슴이 암사슴 그리울 때면
　　와서 찾아라, 로잘린드.

고양이와 고양이가 연애를 하면
못지않게 연애를 한다, 로잘린드.
겨울옷은 안을 넣어야지.
홀쭉한 그녀도 안을 넣어야지, 로잘린드.
베어서 볏단으로 묶어서
마차에 싣자꾸나, 로잘린드.
달디단 알맹이는 쓰디쓴 껍질,
그런 알맹이로다, 로잘린드.
향긋한 장미꽃 만난 남자는
사랑의 가시 만나리라, 로잘린드.
　　이건 아주 엉터리 노래요. 대체 어쩌자고 그 따위 나쁜 물이 드셨소?

로잘린드　　쉬, 미련한 바보 같으니……. 그건 내가 나무 위에서 발견한 거예요.

터치스톤　　그것 참, 나쁜 열매가 여는 나무로군.

로잘린드　　그 나무를 당신한테 접붙여 가지고, 다시 또 산사나무에다 접붙일 테요. 그렇게 하면 이 땅에서 가장 일찍 열매를 맺을 것 아니오. 그러면 당신은 채 반도 익기 전에 썩어 버릴 것이고, 그것이 곧 산사나무의 본성이잖아요.

터치스톤　　드디어 말해 버리셨군. 그러나 그 말을 잘하셨는지 못하셨는지는 이 숲보고 판단하라고 합시다.

　　실리아가 다가오며, 역시 종이 쪽지를 읽고 있다.

로잘린드　　쉬! 동생이 뭘 읽으면서 와요. 우린 좀 비켜 서요. (두 사람이

나무 뒤로 숨는다.)

실리아   (읽는다.)

　　'왜 이렇게도 쓸쓸한 곳일까?
　　사람이 살지 않기 때문에? 아니다.
　　나무마다 혀〔舌〕를 걸어서
　　세련된 말들을 노래하게 해야지.
　　혹은 짧은 인생
　　방랑의 순례 끝나도
　　한 뼘밖에 안 되는
　　인생을 노래하게 하고,
　　혹은 친구간의
　　영혼의 깨어진 맹세를 노래하게 하자.
　　그러나 예쁜 나뭇가지에다가는
　　혹은 마디마디 끝에다가는
　　로잘린드 이름을 적어 놓고,
　　읽는 사람 누구에게나 알리자꾸나,
　　하늘이 그 작은 몸에 보여 주시는
　　온갖 정령의 정수를.
　　그러니 하늘은 자연에게 명하여
　　세상의 온갖 미(美)를 모아다가
　　단 한 몸만을 채우게 했도다.
　　그러자 자연은 이내 정수를 빼냈도다.
　　헬렌의 마음 말고 그 볼을,
　　클레오파트라의 존엄을,
　　애터랜터의 미모를,

류크리셔의 정조를,

이렇게 훌륭한 로잘린드는

신(神)들의 모임으로 말미암아

낯하며 눈하며 마음하며

다시없이 귀중하게 만들어져 있도다.

하느님은 그녀에게 그런 미덕을 주시고,

나는 그녀의 노예로서 살다 죽으리라.'

로잘린드 오, 친절한 설교사여, 사랑의 설교를 가지고 그렇게 지루하게 교구민들을 괴롭히고서도 '좀 참아 주시오, 여러분!'이라고조차 말을 않다니.

실리아 (깜짝 놀라서 돌아다보며, 종이 쪽지를 떨어뜨린다.) 어머나, 이렇게 뒤에서들! 양치기 양반, 당신은 좀 저리 가 있어요. 그리고 바보 양반도 좀 저리 가 있어요.

터치스톤 여 양치기, 우리 정정당당하게 퇴각합시다. 행상이 아니라 배낭을 들고서. (터치스톤이 종이 쪽지를 주워 들고 코린과 함께 퇴장.)

실리아 그 노래 들었어요?

로잘린드 음, 모두 들었어. 너무 많이 들었어. 글쎄 그 중 어떤 부분은 운각(韻脚)이 너무 지나칠 정도구나.

실리아 그건 상관없잖아요. 운각이 뜻을 살리잖아요.

로잘린드 하지만 운각이 절름발이라서 뜻을 전하지 못하고, 따라서 그 노래 안에서 절름거리고 있잖아.

실리아 하지만 언니 이름이 근처 여러 나무에 걸려 있고, 새겨 있는 것을 보고서도 언니는 놀라지 않아요?

로잘린드 네가 오기 오래 전부터 놀라고 있었어. 글쎄 좀 봐라. 여기 이 종려나무 위에도 걸려 있잖니. 윤회 생사설(輪廻生死設)을 주장한 피타고라스의 시대부터 내가 이렇게 노래불려진 건 처음이야. 그 당시 난 아이레의 쥐였었는지도 모르지만, 지금은 거의 기억이 없어.

실리아 누가 이런 짓을 하는지 알아요?

로잘린드 남자일까?

실리아 그리고 전에 언니가 차고 있던 목걸이를 그분은 하고 있어요! 아니 안색이 달라지시네?

로잘린드 애, 누구지?

실리아 오 하느님! 친구와 친구가 만나기는 어려운 일이에요. 하지만 산과 산은 지진에 움직여서 만날 수도 있어요.

로잘린드 애, 정말 누구냐 말이야?

실리아 설마 언니가 모를라고?

로잘린드 아냐, 정말 간절히 부탁하니 좀 말해 다오.

실리아 어머 이상해라, 어쩌면 이렇게 이상할까! 아, 이상해라. 뭐라고 말할 수조차도 없네!

로잘린드 어머 내 얼굴빛 좀 보게! 내가 남자 복장을 하고 있다고 해서 그래 마음까지 조끼와 바지로 변해 있는 줄 아니? 한 치만 더 지체하면 남양 항해라도 불사할 테야. 제발 어서 좀 말해 다오. 누구니, 응? 더듬더듬 네 입에서 그 비밀의 이름이 쏟아져 나와 줬으면 좋겠구나. 좁다란 병 입구에서 술이 한꺼번에 쏟아져 나오든가 꽉 막혀 버리든가 하듯이 말이야. 자, 입의 마개를 좀 봐라. 그래야 그 소식을 내가 마실 수 있을 것 아니냐.

실리아 그분을 언니 뱃속에다 넣어 버리게 말인가요.

로잘린드 하느님이 만드신 분이시지? 그분은 대체 어떤 분이야? 머리에 모자가 어울릴 만한 분인가? 턱에는 수염이 어울릴 만한 분인가?

실리아 아니에요. 수염이 조금 나 있을 뿐예요.

로잘린드   하지만, 그분이 감사하는 마음만 가졌다면 수염은 하느님이 더 많이 주실 것 아니냐. 난 그분의 수염이 자랄 때까지 기다리겠어. 네가 그분 턱 얘기만이라도 지체 않는다면 말이야.

실리아   젊은 올렌도라는 분이에요. 그때 그 장사 뒤꿈치와 언니의 염통을 한꺼번에 걷어찬 분 있잖아요.

로잘린드   거짓말 말아라. 조롱하면 죄를 받는다. 얌전한 얼굴로 정직한 처녀답게 말해 봐라.

실리아   정말이야 언니, 그분이에요.

로잘린드   올렌도?

실리아   음, 올렌도.

로잘린드   어머나, 이 같은 조끼와 바지의 남장을 어떻게 하면 좋을까? 네가 만났을 때 그분은 뭘 하고 계시든? 뭐라고 하시든? 표정은? 무슨 옷을 입고 계시든? 이곳엔 무슨 일로? 내 소식은 물으셨어? 어디 계시다든? 너와는 어떻게 작별했지? 한마디로 대답해 봐라.

실리아   그러자면 먼저 거인 가갠튜어의 큰 입을 빌려야 해요. 지금 세상의 입의 크기를 가지고서는 도저히 얘기할 수 없으니까요. 질문의 낱낱에 대해서 긍정하거나 부정하기는 교의 문답(教義問答)하기보다도 어려워요.

로잘린드   하지만 내가 이 숲 속에서 남자 복장을 하고 있는 걸 그분은 알고 있을까? 그분은 씨름하던 그때같이 활발하시든?

실리아   연애하는 사람의 질문에 대답하기보다는 먼지 수를 세기가 더 쉬워요. 하지만 내가 그분을 발견한 것을 고맙게 생각하시고 잘 감미하세요. 내가 나무 밑에서 발견했을 때, 그분은 떨어진 도토리 같았어요.

로잘린드   그런 열매가 떨어지는 나무라면, 그 나무가 조브신의 나무일는지도 몰라.

실리아　내 말 좀 들어 봐요.

로잘린드　어디 말해 봐.

실리아　그곳에 그분은 쭉 뻗고 누워 있었어요. 상처 입은 기사처럼.

로잘린드　보기엔 딱한 광경일지라도 그 배경엔 잘 어울릴 거야.

실리아　언니 혀를 좀 나무라 줘요. 불쾌하게 너무 날뛰잖아. 그분은 사
　냥꾼의 복장을 하고 있었어요.

로잘린드　아, 불길해라! 그분은 내 심장을 죽이러 왔나.

실리아　그렇게 반주 넣지 마세요. 언니 장단을 깨뜨려 버리잖아.

로잘린드　난 여자이잖니? 그러니 생각을 말하지 않을 수 없잖아. 애,
　어서 계속해 봐.

　올렌도와 제이퀴스가 나무 사이로 오고 있다.

실리아　언니도 참……. 쉬, 그분이 오시나 봐요.

로잘린드　그이로구나. 좀 비켜 서서 지켜 보자꾸나.

　실리아와 로잘린드는 나무 뒤에 숨어서 엿듣는다.

제이퀴스　이렇게 나와 같이 있어 주셔서 고맙소. 하지만 실은 나는 혼
　자 있고 싶었소.

올렌도　나 역시 같소. 하지만 예의상 당신하고의 교제를 감사하게 생
　각합니다.

제이퀴스　그럼 안녕히 계세요. 앞으로 되도록 만나지 맙시다.

올렌도　제발 서로 되도록이면 낯설게 지냅시다.

제이퀴스   그러나 제발 나무 껍질에 연가(戀歌)를 새겨서 나무를 상하
  게는 하지 마오.
올렌도   당신도 제발 엉터리로 읽어 가지고 내 노래를 상하게 하지 마
  시오.
제이퀴스   로잘린드가 당신 애인 이름이오?
올렌도   예, 그렇습니다.
제이퀴스   그 이름이 내 마음에 들지 않는군.
올렌도   그런 이름이 지어질 때 당신 마음에 들고자 한 것은 아니었으
  니까.
제이퀴스   키는 얼마나 크오?
올렌도   꼭 내 심장에 닿는 키요.
제이퀴스   대답이 참 근사하군. 그건 대장장이네 아낙네들과 사귀어 반
  지의 명(銘)에서 외어 담은 문구 아니오?
올렌도   천만에요. 그저 드림 천에 있는 대로 대답하고 있을 뿐입니다.
  댁의 질문도 거기에서 배운 것 아니십니까?
제이퀴스   머리가 어지간히 빠르신데! 발이 빠른 애터랜터의 뒤축으로
  될 모양이시군. 자, 우리 같이 앉아서 우리의 여자 주인이라고나 할
  이 세상과 우리의 불행을 욕이나 해 줍시다그려.
올렌도   이 세상에서 나는 나 이외는 아무도 책하고 싶지 않습니다. 나
  자신이야말로 가장 많이 비난받을 사람입니다.
제이퀴스   당신의 가장 큰 실수는 연애를 하고 있는 점이오.
올렌도   그 실수를 당신의 가장 좋은 미덕하고도 바꾸지 않을 테요. 당
  신은 지루한 사람이구료.
제이퀴스   실은 당신을 만났을 때 난 어떤 바보를 찾고 있던 중이었지
  요.

올렌도　　그 바보는 개울에 빠져 있습니다. 들여다보시오, 보일 테니.

제이퀴스　　그야, 내 자신의 모습이 들여다보일 테지.

올렌도　　그것이 곧 바보 아니면 영(零)이란 말입니다.

제이퀴스　　당신과는 그만 지체하겠소. 안녕히 계시오, 연애하는 양반. (인사를 한다.)

올렌도　　떠나 주신다니 고맙습니다. (인사를 한다.) 그럼 또 뵙시다, 우울한 양반. (제이퀴스 퇴장.)

로잘린드　　(실리아에게) 난 건방진 시동처럼 저분한테 말을 걸고, 장난 좀 쳐볼 테야. (큰 소리로) 여보세요, 사냥꾼 양반!

올렌도　　아, 무슨 용무요?

로잘린드　　저, 지금 몇 신가요?

올렌도　　차라리 지금이 며칠인가나 물어 보시지. 숲 속에는 시계가 없으니까요.

로잘린드　　그럼 숲 속에는 진짜 연인은 없는가 보죠. 있다면 일분 일분의 한숨과 시간 시간의 신음이 시간의 느린 걸음을 시계처럼 맞춰낼 것 아녜요?

올렌도　　시간의 빠른 걸음이라면 안 되는가요? 그런 표현이 더 알맞잖을까요?

로잘린드　　절대로 안 그래요. 시간의 걸음걸이는 사람마다 달라요. 시간이 어떤 분과 천천히 걷는가, 어떤 분과 빠르게 걷는가, 어떤 분과 빠르게 달리는가, 어떤 분과 가만히 서 있는가 얘기해 드릴까요?

올렌도　　대체 어떤 사람의 경우에 시간은 천천히 걷는가요?

로잘린드　　젊은 처녀의 약혼과 결혼 날짜 사이에서는 천천히 걷지요. 그 사이가 칠일밖에 안 되는 경우도, 시간의 속도는 어찌나 느리던지 칠 년같이 길게 생각되는 법이에요.

올렌도　　그럼 어떤 사람의 경우에 시간은 빨리 걷는가요?

로잘린드　　라틴 어를 모르는 목사나, 통풍병을 앓지 않은 부자의 경우가 그래요. 그런 목사는 공부할 수 없으니 잠을 잘 자고, 그런 부자는 아프지 않으니까 즐겁게 살잖아요. 전자는 살을 깎아 가며 쓸데없는 공부를 할 필요가 없고, 후자는 비참하고 지루한 가난의 고생을 모르거든요. 그런 경우에 시간은 빨리 가는 법이에요.

올렌도　　그럼 어떤 사람의 경우에 시간은 마구 질주하나요?

로잘린드　　교수대로 끌려가는 강도가 그래요. 아무리 천천히 발을 옮겨도 너무 빨리 도착하는 것만 같거든요.

올렌도　　그럼 어떤 경우에 시간은 가만히 서 있는가요?

로잘린드　　휴가를 보내는 변호사가 그래요. 개정(開廷)과 개정 사이는 잠을 자고 있으니까, 시간이 어떻게 움직이는지를 모르거든요.

올렌도　　귀여운 젊은이여, 어디 사시오?

로잘린드　　누이동생인 저 양치기와 함께 이곳 숲 변두리, 속치마 가장자리 같은 곳에 살고 있지요.

올렌도　　이곳 태생인가요?

로잘린드　　글쎄, 토끼는 태어난 곳에 살잖아요. 그와 같아요.

올렌도　　하지만 이렇게 구석진 곳에서 습득할 수 있는 말씨치곤 좀 고상한데?

로잘린드　　흔히들 저보고 그런 말을 해요. 하지만 실은 저의 아저씨 한 분 중에 늙은 목사님이 계시는데 그 어른한테 말을 배웠어요. 그 어른은 젊은 시절 성 안에서 지내셨는데 그곳에서 연애도 해 봐서, 그런 격식도 잘 알고 계세요. 나는 그 어른이 연애에 대해서 욕설하시는 것을 여러 번 들었어요. 그리고 그 어른은 여성 전체를 비난하며, 소름이 끼치는 죄악을 뒤집어씌웠는데, 난 여자가 아닌 것을 하느님께 감사하고 있어요.

올렌도 그럼, 그분이 여자의 죄악이라고 비난한 결점들 중에 중요한 것을 좀 기억하고 있나요?

로잘린드 중요한 것이라곤 하나도 없어요. 죄다 반 푼짜리 동전처럼 똑같고 각각의 결점은 망측하게 보이나, 다음 결점이 또한 못지않게 망측하거든요.

올렌도 그 중 몇 개를 좀 얘기해 줄 수 있나요?

로잘린드 싫어요. 괜히 환자 아닌 사람한테까지 내 치료법을 알려 주기는 싫어요. 글쎄 어떤 남자가 이 숲을 돌아다니면서 나무 껍질에다 '로잘린드'라는 이름을 새겨 가지고 어린 나무들을 망치고, 또는 산사나무에다 시를 걸어 놓고 가시 덤불에다 비가(悲歌)를 걸어 놓고 하는데, 정말 죄다 로잘린드의 이름을 찬미하는 노래들이에요. 그 연애쟁이를 만나면 좋은 처방을 좀 해 줄 생각입니다. 그분은 연애의 열병에 걸려 있는 모양이니까요.

올렌도 내가 바로 사랑의 열병에 걸린 그 사람이오. 제발 치료법을 알려 주시오.

로잘린드 우리 아저씨가 말씀하신 증세를 당신한테선 전혀 볼 수 없는걸요. 연애하는 남자를 알아보는 방법을 아저씨가 가르쳐 주셨어요. 그런데 당신은 확실히 사랑의 동심초 바구니 속의 포로가 될 사람 같지가 않은걸요.

올렌도 그 증세란 건 어떤 겁니까?

로잘린드 볼이 여위는데, 당신은 안 그렇잖아요. 얘기도 싫어하는데, 당신은 안 그래요. 수염을 깎지 않는다는데, 당신은 안 그래요. 하지만 이 점은 용서해 드리겠어요. 당신 수염의 분량은 오직 막내 몫밖에 안 되어 그런 것이니까요. 그러니까, 당신의 긴 양말은 매어 있지 않고 모자끈은 풀어지고 소매 단추는 끌러져 있고 구두끈도 풀어져 있고, 그래야 할 것 아녜요? 그런데 당신은 그렇지가 않잖아요. 아니 오히려 말쑥한 옷차림에다가, 남을 사랑하고 있는 사람 같다기보다는 당신 자신을 사랑하는 사람 같은걸요.

올렌도   내가 연애하고 있다는 것을 그대가 믿어 줬으면 좋겠어요.

로잘린드   내가 그걸 믿어요? 차라리 당신이 사랑하는 그 여자보고 믿으란 것이 더 빠를 거예요! 그 점에 대해서는 내가 보증하지만 그 여자는 입으로는 말 안 해도 실상은 쉽게 믿어 줄 거예요. 이런 점이 여자들이 줄곧 자기 양심을 속이고 있는 점이랄까요? 하지만 정말로 당신이 나무에다 로잘린드를 찬미하는 노래를 걸어 놓은 그분이신가요?

올렌도   로잘린드의 하얀 손에 두고 맹세하지만, 내가 바로 그 사람이오. 불행한 바로 그 사람이오.

로잘린드   당신은 노래의 내용같이 그토록 그녀를 사랑하시나요?

올렌도   노래나 이론을 가지고는 그 양(量)을 표현할 수 없어요.

로잘린드   사랑은 미치광이에 불과해요. 그러니 미치광이와 함께 암실에 가두어서 매로 때려야 해요. 그런데 연인을 왜 그렇게 벌을 줘서 치료하지 않느냐 하면, 이 미친 병이 너무 흔해 놔서 매를 드는 사람 역시 사랑에 빠지고 마니까. 하지만 난 충고를 가지고 치료할 수 있어요.

올렌도   그렇게 치료해 본 경험이 있소?

로잘린드   한 사람 있어요. 이렇게 말했지요. 그 남자보고 나를 자기의 애인, 연인으로 생각하라고 하고, 매일 내게 구애를 하게 했어요. 그런데 난 변덕쟁이라 놔서, 그때그때 경우에 따라서 슬퍼도 해 보고, 나약해져도 보고, 변덕스럽게 굴어 보고, 그리워하며 좋아해도 보고, 교만해져도 보고, 별나게 군다, 장난을 친다, 천박해진다, 부실해진다, 눈물을 쏟는다, 벙실벙실 웃는다 등등 온갖 감정을 조금씩, 그러나 어떤 감정도 진짜가 아닌 그런 것 말예요. 소년들이나 여자들은 대개 그런 종류의 동물이기 때문에 이제 곧 누구를 좋아하는가 하면 금방 싫어하고, 환대하다가도 금세 모르는 체하고, 그 사람 때문에 울다가도 금방 침을 뱉고 하잖아요. 이렇게 해서 난 그 구애자를 사랑의 미치광이 같은 기분으로부터 진짜 미치광이로 몰아넣지요. 그래서 그 사람은 분주한 세상사를 버리고서 완전히 절간 같은 구석에 살게 됐으니 말이에요. 결국 그렇게 치료를 해 주었지요. 역시 같은 처방으로 당신의 간도 건강한 양 심장처럼 말끔히 씻어, 사랑의 티는 한 점도 없게 해 드릴게요.

올렌도   난 치료받고 싶지 않소.

로잘린드   나를 로잘린드라고 부르시고, 날마다 내 양 우리로 오셔서, 구애를 하세요. 그러시면 치료해 드릴게요.

올렌도   그럼 내 사랑에 맹세하고 그렇게 하겠소. 그래 어디에 살고 있소.

로잘린드   같이 가세요, 안내해 드릴 테니.

올렌도   아무렴 즐거이 가 보고말고요, 친절한 청년.

로잘린드   아녜요, 나를 로잘린드라고 부르셔야 해요. (실리아에게) 얘, 가 보자. (세 사람 퇴장.)

며칠이 경과한다.

제3장 양 우리 근처의 빈터

터치스톤과 오드리가 들어온다. 뒤에 좀 떨어져서 제이퀴스가 따라

들어온다.

터치스톤 이봐 오드리, 어서 와. 염소는 내가 끌어다 줄게. 오드리, 역
　시 내가 호남자지? 조촐한 내 용모가 마음에 들지?

오드리 당신의 용모가, 어머나! 어떤 용모 말예요?

터치스톤 내가 여기 너와 네 염소하고 같이 있는 건, 저 가장 염소 같
　은 변덕쟁이 시인 정직한 오비드와 함께 염소 같은 야만종 고트 인과
　같이 있는 격이랄까.

제이퀴스 (방백) 당치도 않은 소릴 하는 자식 좀 보게! 조브신이 초가
　집에 내려와서 사는 격이랄까!

터치스톤 내 노래가 이해되지 못하거나, 내 좋은 기지가 영리한 아이
　같은 이해로 뒷받침되지 않는 경우는, 그건 작은 여관 방에서 큰 호텔
　값을 치르는 것과 마찬가지로 지독한 일이지. 정말이지, 하느님이 너
　를 좀 시적으로 만들어 주셨더라면 좋았을 것을.

오드리 시적이란 건 뭔가요. 행동이나 언어가 정직한 것 말인가요? 겉
　보기만이 아닌 진짜 말인가요?

터치스톤 아니야, 그렇지 않아. 시도 진짜는 가장 거짓이니 말이야. 연
　인은 시에 빠지고, 시에 두고 맹세를 하지만, 그건 연인들이 거짓 맹
　세를 하는 것이 돼.

오드리 그래서 당신은 하느님이 저를 시적으로 만들어 주셨더라면 하
　시는군요.

터치스톤 응 그래. 넌 품행이 단정하다고 내게 맹세하지만, 네가 시인
　이라면 네 말이 거짓말이라는 희망도 가져 볼 수 있을 것 아냐?

오드리 품행이 단정하면 안 되나요?

터치스톤 안 되고말고, 네 얼굴이 못생기지 않는 한은 말이야. 잘생긴

얼굴에다 품행까지 단정해 놔서는 설탕에다 꿀을 가미하는 셈이거든.

제이퀴스　(방백) 여간 아닌 바보인걸!

오드리　하지만, 전 예쁜 얼굴이 아니잖아요. 그러니까 전 하느님 덕택에 정숙한 여자이길 바래요.

터치스톤　사실이지, 추녀한테 정숙을 주는 건 더러운 접시에다 좋은 고기를 담는 격이랄까.

오드리　전 추녀는 아니에요. 하느님 덕분에 못생기긴 했지만요.

터치스톤　그럼, 네가 못생긴 데 대해서 하느님을 찬미하자꾸나! 차차 추녀로도 될 수 있을 테지. 그건 그렇고, 너와 결혼을 하기 위해서 이웃 마을의 올리버 마텍스트 목사님께 부탁해 놨는데, 이곳으로 나를 찾아오셔서 우리를 결혼시켜 주기로 돼 있어.

제이퀴스　(방백) 그 집회를 좀 구경하고 싶구나.

오드리　아, 하느님 기쁨을 내려 주십시오!

터치스톤　아멘. 겁 많은 사내 같으면 대개는 망설이고 이런 일을 하지 않을 거야. 여긴 절간도 없고 나무만 있고, 뿔이 난 짐승들밖에는 모임도 없으니 말야. 하지만 그게 다 뭐냐? 용기를 내자고! 뿔이란 징그럽긴 하지만 필요한 물건이거든. 다들 헤아릴 수 없을 만큼 부자가 되고 싶어한다는 속담도 있잖나. 사실 좋은 뿔은 헤아릴 수 없을 만큼 가지고 있는 사내들도 많고말고. 하지만 그건 여편네의 지참금이지 자기 자신의 물건은 아니거든. 새 서방질 당해서 돋친 뿔이라? 옳지, 그럼 가난뱅이들의 독점물인가? 아냐, 아냐, 아무리 고상한 사슴 양반도 초라한 사슴과 마찬가지로 거대한 뿔을 가지고 있잖은가. 그럼 홀아비가 가장 행복하단 말인가? 아니지, 성벽 있는 도시가 마을보다는 가치가 있듯이, 결혼한 사내의 뿔난 이마가 총각의 맨송 맨송한 이마보다는 더 훌륭하지. 그리고 맨손보다는 방어물이 있는 편이 나은 것처럼,

뿔도 없는 것보다는 있는 것이 훨씬 더 좋고말고. (올리버 마텍스트 목
사가 다가온다.) 아, 올리버 목사님이 오시는구먼. 올리버 마텍스트 목
사님, 잘 오셨습니다. 그럼 이 나무 밑에서 일을 마쳐 주시겠습니까,
아니면 목사님의 교회까지 동행해 드릴까요?

올리버 목사 신부를 인도해 주는 사람은 아무도 없소?

터치스톤 난 누구한테 넘겨 받기는 싫습니다.

올리버 목사 사실이지, 넘겨 줄 누군가가 있어야 하오. 없다면 결혼은
합법적이 아니오.

제이퀴스 (앞으로 나와서 모자를 벗고) 그러면 내가 줄 사람 역이 되어
드리죠.

터치스톤 누구신지 모르지만, 안녕하시오? 참 잘 만났습니다. 하느님
덕택에 요전에도 봤지만 이렇게 또 만나서 참 기쁩니다. 뭐, 하찮은
장난인데요. 자, 모자는 쓰시죠.

제이퀴스 결혼할 참인가요, 바보 양반?

터치스톤 소는 멍에를, 말은 재갈을, 매〔鷹〕는 방울을 갖고 있듯이 사
람은 욕정을 갖고 있거든요. 비둘기들도 입을 맞추잖습니까. 부부끼리
도 역시 그러거든요.

제이퀴스 그래 당신 같은 교양 있는 분이 거지같이 덤불 밑에서 결혼
을 할 참이오? 교회로 가서 좋은 목사님께 부탁하여 결혼이 뭔지 좀
들어 보도록 하시오. 이 목사님은 널빤지를 붙이듯이 당신네를 붙여
놓을 뿐이니, 내외 중 어느 쪽의 정체는 널빤지같이 오그라들고, 생강
무같이 영 휘어 버리고 말 거요.

터치스톤 (방백) 그래도 난 다른 분보다는 이 목사보고 결혼시켜 달라
는 게 좋을 것 같아. 이분은 정식 결혼을 안 시켜 줄 테니 말야. 정식
결혼이 아니면 나중에 여편네를 버리더라도 좋은 구실이 될 것 아닌가.

제이퀴스 자, 같이 가 봅시다. 충고할 얘기가 있어요.

터치스톤 애, 예쁜 오드리야, 우린 결혼해야 한다. 안 하면 야합(野合)
생활을 할 수밖에 없으니. 그럼 또 뵙시다, 올리버 목사님. 아니……
(노래하며 춤을 춘다.)
오, 달콤한 올리버여,
오, 용감한 올리버여,
나를 버리지 말아 다오.
하지만……
가 버려라,
없어져라,
네게 결혼 부탁은 않을 테니.
(춤을 추면서 퇴장. 제이퀴스와 오드리도 따라 퇴장.)

올리버 목사 체, 상관없어. 저런 미친 것들이 다 대들며 모욕한다고 내
성직이 모욕당할까 보냐? (퇴장.)

제4장 숲 속

로잘린드와 실리아가 오두막집 앞길을 오고 있다. 로잘린드가 오다가
둑에 주저앉는다.

로잘린드 아무 얘기도 마라. 난 울고만 싶으니까.

실리아 우세요, 제발. 하지만 눈물은 남자에게 어울리지 않는다는 생각
쯤은 가져 보세요.

로잘린드 하지만 울 만한 원인이 없단 말이니?

실리아   울만한 원인이야 넉넉히 있고말고요.

로잘린드   그분 머리칼 빛깔부터가 거짓이란 말이야.

실리아   그분의 머리칼은 예수님을 팔아먹은 가룻 유다의 빨간 머리칼
보다도 더 진해요. 그리고 그분의 키스는 가룻 유다의 자식들과 똑같
이 허위예요.

로잘린드   그분 머리칼 빛깔은 좋은 빛깔이야. 정말이야.

실리아   좋은 빛깔이고말고요. 글쎄 밤〔栗〕 빛보다 더 좋은 빛깔은 없
으니까요.

로잘린드   그리고 그분 키스는 성찬의 빵에 닿는 것같이 신성한걸.

실리아   그분은 다이애나〔月神〕가 내버린 입술을 사셨나 보죠. 차디찬
수녀원의 수녀도 그렇게까지 정숙하게 키스하진 않아요. 그분 키스엔
얼음 같은 정숙이 들어 있어요.

로잘린드   하지만 그분은 오늘 아침에 오겠다고 맹세했는데, 왜 아직까
지 오지를 않을까?

실리아   그것 봐요. 성실치 않은 분이지 뭐예요.

로잘린드   넌 그렇게 생각하니?

실리아   음, 설마 소매치기나 말〔馬〕 도둑 따위는 아니겠지만, 그러나
사랑의 진실성에 있어서는 그분은 뚜껑이 있는 빈 잔이나 벌레 먹은
호두처럼 속이 비어 있나 봐요.

로잘린드   사랑이 부실하단 말이냐?

실리아   음, 사랑을 하고 있을 때는요. 그렇지만 아마도 지금 그분은 사
랑을 하고 있진 않아요.

로잘린드   너도 그분이 사랑을 하고 있다고 굳세게 맹세하는 걸 들었으
면서.

실리아   듣긴 들었지만 지금 들은 건 아니잖아요. 더구나 애인의 맹세

란 건 술집 종업원의 말과 같아서, 어차피 틀린 계산서를 가지고 어거지 쓰는 격이지요. 그분은 이 숲 속에서 언니의 아버지 공작님께 시중들고 있다네요.

로잘린드 나도 어제 공작님을 만나서 여러 가지 문답을 해 봤어. 공작님은 내 가문을 물으셨지. 나도 공작님께 지지 않는 가문이라고 대답했더니 웃으시며 나를 보고 잘 가라고 하셨어. 하지만 가문 얘길 해서 뭘 한담? 올렌도 같은 남자분이 있는 이런 때에.

실리아 아, 근사한 남자분이기도 하시지. 그분은 근사하게 노래도 짓고, 입심도 근사하고, 근사한 맹세를 해 놓고는 근사하게 깨뜨리고, 애인의 가슴을 스쳐놓고—— 미숙한 기사처럼 한쪽 배때기에만 박차를 넣고, 점잖은 기러기 양반같이 창을 부러뜨리고 말예요. 하지만 젊은이가 타고 바보가 안내하는 건 근사하단 말이죠. 어머, 누가 오나?

코린이 다가와서 인사를 한다.

코 린 아가씨 그리고 도련님, 두 분께서 늘 물으시던 목동, 사랑에 고민하는 그 목동 말입니다만, 언젠가 잔디밭에 나하고 앉아서 사람을 업신여기는 저 교만한 양치기 처녀를 애인으로 찬양하고 있는 것을 보셨지요?

실리아 아니, 그분이 어쨌단 말인가요?

코 린 진정한 사랑의 창백한 얼굴빛과 건방지고 뻐기는 행동 사이에 진짜로 벌어지는 굿을 보고 싶거든 좀 가 보세요. 안내하겠습니다. 가 보시겠습니까?

로잘린드 아, 가 보자. 연인들을 구경하는 건 연애하는 사람의 눈요기가 되거든. 그곳으로 안내해 다오. 정말이지 나도 그 굿에 한몫 끼어 봐야지. (일동 퇴장.)

제5장 숲의 다른 곳

실비어스가 피비 뒤를 따라오면서 애걸을 하고 있다.

실비어스 (무릎을 꿇고) 예쁜 피비, 나를 비웃지 말아요. 음, 피비. 나를 사랑하지 않는다고 말해도 좋으니, 말만은 매정하게 하지 말아 줘요. 천한 살인 집행인은 어찌나 사형에 익숙해 있는지 마음은 돌같이 돼 있으면서도, 죄인 목에 도끼를 갖다 댈 때는 먼저 용서를 청한다잖아요. 어디 당신이 핏방울로 밥을 빌어먹는 사형 집행인보다 더 무자비할 수야 있겠어요?

로잘린드, 실리아, 코린, 뒤로 해서 몰래 다가온다.

피 비 전 당신의 사형 집행인은 되고 싶지 않아요. 전 당신을 피하고 있잖아요. 당신께 해를 주고 싶지 않아서 그러는 거예요. 제 눈에 살인력이 있다고 하시지만 재미있고, 근사하고, 참 그럴듯한 말씀이시네요. 너무나 연약하고 부드러운 이 눈이, 티끌조차 겁이 나서 문을 닫는 이 눈이, 폭군이니 백정이니 살인자의 이름을 받다뇨! 그럼 있는 힘을 다하여 당신을 노려볼 테에요. 이 눈이 상처를 입힐 힘이 있다면 당신을 죽여 놓고도 싶어요. 자, 기절한 체 가장하고 나자빠져 보세요. 제 눈을 가지고 살인자니 하는 거짓말은 마세요! 어디 제 눈 때문에 생긴 상처 좀 봐요. 바늘에 긁히기만 해도 그 자국은 남는 법이에요.

동심초 위에 기대 눕기만 해도 상처 자국이나 눈에 띌 정도의 눌린 자국이 잠시 동안 손바닥에 남는 법이에요. 그러나 내 눈은 당신을 쏘아봐도 상처는 내지 않아요. 그뿐 아니라 정말이지 눈에는 상처를 낼 힘이 없는걸요.

실비어스   아 그리운 피비, 만약에 당신도 머지않아 어떤 싱싱한 볼의 사랑의 마력에 걸려 보면 그땐 눈에는 안 보이는 사랑의 예리한 화살 촉이 내는 상처를 알게 될 거요.

피 비   하지만 그때까진 내 곁에 오지 말아요. 그리고 그때가 오면 조롱하고 비웃고 저를 동정하지 않으셔도 좋아요. 그때까진 나도 당신을 동정하지 않을 테에요.

로잘린드   (앞으로 나오면서) 아니 대체 당신 어머니가 누구이기에, 저 불쌍한 남자를 그렇게 단숨에 모욕하고 뻐긴단 말인가? 그래 예쁜 얼굴이 아니기로서니——사실 내가 보기엔 촛불 없이 어둠 속의 침실로 가야 할 미모밖에 못가진 주제에—— 어째서 그렇게 거만하고 잔인하게 굴어야만 하는가? 요것 보게? 왜 나를 그렇게 쳐다보는가? 내가 보기에 당신은 자연의 보통 상품밖에 아니면서! 요것 보게, 이 여잔 내 눈까지 사로잡아 놓을 셈이구먼. 천만에, 건방진 계집애 같으니, 그 따위 생각은 아예 하지 마라. 당신의 그 먹 같은 눈썹이며, 시커먼 비단실 같은 머리칼이며, 흑색 유리알 같은 눈이며, 크림빛 볼 같은 것을 가지고 내 마음을 사로잡겠다고? 어림없는 소리지. 이보시오, 어리석은 목동, 왜 저런 여자의 꽁무니를 따라다니는가, 안개 자욱한 남풍 같이 한숨과 눈물을 쏟아 가면서? 저 여자가 여자로서보다는 당신이 천 배나 더 남자답잖은가. 당신 같은 바보들 때문에 이 세상에 못생긴 아이들이 득실거리게 되는 거야. 저 여자가 잘난 체하는 건 거울 탓이 아니라 당신 때문이오. 자기 자신도 알 만한 그 얼굴 모양을 실제보다 더 잘생겼다고 생각한 것도 당신 때문이오. 하지만 여봐 색시, 분수를 알아야지. 무릎을 꿇고 단식이라도 해 가며, 좋은 남자의 사랑을 얻었노라고 하느님께 감사나 해요. (피비가 로잘린드에게 무릎을 꿇는다.) 당신 귀에다 대고 친절하게 얘기해 주는데, 팔 수 있을 때 팔아요.── 당신은 어느 시장에서나 손쉽게 팔릴 물건은 아니니까. 이분한테 용서를 구하고 이분을 사랑하며, 순순히 말을 들으란 말이오. 못생긴 주제에 남을 비웃다니, 천하에 못난 짓이거든. 그러니 목동, 이 여자를 당신 것으로 만들란 말이오. 그럼 안녕히.

피 비   아, 사랑스러워라. 제발 일 년 동안이라도 그렇게 꾸짖어 주세요. 전 당신의 꾸지람이 저이의 구애를 듣기보다 좋아요.

로잘린드   (피비에게) 저분은 당신의 못생긴 점에 반해 있고, (실비어스에게) 저 여자는 내 분개에 반한 모양인데, 그렇다면 저 여자가 눈살을 찌푸리고 당신에게 대하는 것과 마찬가지로, 나도 독설을 가지고 저 여자를 욕보여 줄 테요. (피비에게) 왜 나를 그런 눈초리로 보는 거냐?

피 비   당신을 나쁘게 생각하지 않기 때문이에요.

로잘린드   제발 나한테 반하진 마라. 난 술자리에서 하는 맹세보다도 믿지 못할 사람이니까. 더구나 난 당신이 싫단 말이야. 내 집을 알고 싶거든 바로 이 근처 올리브 나무 곁을 찾아와. (실리아에게) 가자, 애. 이봐요 목동, 최선을 다해서 구애를 해 봐요. 가자, 애…… 이봐 양치기 처녀, 저 사람을 좀더 잘 보고 그렇게 도도하게 굴지 마라. 온 천하 사람들이 눈을 가지고 있지만 저 사람 눈만큼 속고 있는 눈은 없단 말이야. 자, 우리 양떼한테 가 보자. (로잘린드 활발하게 걸어 나간다. 그 뒤에 실리아와 코린 따라 나간다.)

피 비   (나가는 사람들의 뒤를 빤히 바라보면서) 돌아가신 전원 시인 양반, 이제서야 당신 시 구절의 위력을 알겠어요. '사랑하는 자, 그 누가 첫눈에 사랑 않겠던가?' 라죠.

실비어스 　이봐, 피비…….

피 비 　뭐라고 하셨나요, 실비어스?

실비어스 　이봐 피비, 나를 좀 동정해 달라니까.

피 비 　참 안되셨어요, 실비어스.

실비어스 　동정이 있는 곳엔 구제가 있는 법이오. 내 사랑의 쓰라림을 동정하신다면, 나를 사랑해 주심으로써 당신의 미안한 마음도 내 마음의 쓰라림도 가시게 될 것 아니오.

피 비 　사랑해 드리죠. 이웃간의 정의로써 말예요.

실비어스 　난 당신을 갖고 싶어.

피 비 　어머나, 욕심쟁이……. 이봐요, 당신이 미웠던 시절도 있었어요. 그리고 지금도 당신을 사랑하지는 않아요. 하지만 당신이 사랑에 관해서 참 좋은 얘기를 해 주시니까, 이제까지는 귀찮았지만 앞으로는 참고 당신과 같이 놀아 드리겠어요. 그리고 심부름도 시키겠어요. 하지만 제 심부름을 하는 정도로 만족하시고 더 이상의 욕심을 내진 말아요.

실비어스 　내 애정은 너무나 신성하고 완전한데다가, 난 너무나 애정에 굶주려 있어서, 주인이 추수한 뒤에 이삭을 줍는 것만으로도 크나큰 수확으로 알겠습니다. 그러니 이따금 이삭 같은 웃음이나 던져 주시면 난 그거나 믿고 살겠습니다.

피 비 　아까 제게 말을 한 그 젊은이를 아세요?

실비어스 　잘은 모르지만, 가끔 만났지요. 그 영감쟁이 소유의 오두막집과 목장을 그분이 샀다나 봐요.

피 비 　물어 본다고 해서 제가 그분을 사랑한다곤 생각 말아요. 건방져. 그래도 말은 잘 하더구먼. 하지만 말이 어쨌담? 그래도 말을 무시

할 순 없지요. 말하는 사람이 듣는 사람을 즐겁게 해 주니 말예요. 예쁘장한 청년이로군—— 그리 예쁠 것도 없지만. 그러나 확실히 자존심이 센 것 같은데—— 그래도 그 자존심이 꼭 어울리는군. 근사한 청년이 될 것 같아요. 그이의 취할 점은 얼굴이에요. 독설에는 화가 나도 눈을 보면 금방 화가 가라앉으니 말예요. 그리 큰 키는 아니나—— 나이치곤 큰 편이에요. 다리는 그저 그렇지만—— 그래도 훌륭하잖아요. 입술은 꽤 빨갛고, 붉은 혼합 빛보다는 좀더 진하고 싱싱한 빨강이잖아요. 진홍빛과 장밋빛의 차이랄까요. 이봐요 실비어스, 어떤 여자가 나처럼 그이를 자세히 바라봤다면, 그이한테 반했을 거예요. 하지만 저로선 그분을 사랑도 미워도 하지 않아요. 그래도 사랑보다는 미워할 까닭이 더 많아요. 그인 뭣 때문에 나를 그렇게 비난해야 하느냐 말예요? 그분은 내 눈이 까맣고 머리카락이 새까맣다고 했어요. 이제 생각해 보니 나를 모욕한 것이에요. 왜 내가 대꾸를 해 주지 않았을까? 하지만 상관없어요. 잊고 있었다고 해서 용서해 준 것은 아니니까요. 그이에게 몹시 조롱하는 편지를 쓰겠어요. 좀 전해 주시겠어요, 실비어스?

실비어스   전해 드리고말고요.

피 비   곧 쓰겠어요, 머릿속과 가슴 안에 있는 사연을요. 표독하고도 아주 간단하게 써야지. 저하고 같이 가요, 실비어스. (두 사람 퇴장.)

제 4 막

제 1 장 양 우리 부근의 빈터

로잘린드, 실리아, 제이퀴스 등장.

제이퀴스 여봐 아름다운 청년, 나와 좀 친하게 지내 보자고.

로잘린드 당신은 우울한 분이라고들 하던데요.

제이퀴스 사실이야. 웃는 것보다 우울한 것이 난 더 좋거든.

로잘린드 어느 쪽도 지나친 분은 밉살스럽고, 주정꾼보다 더한 악평을
받는 법이에요.

제이퀴스 하지만 슬퍼하고 침묵을 지키는 건 좋은 건데.

로잘린드 그렇다면 기둥이 되는 것도 좋게요.

제이퀴스 내 우울증은 경쟁에서 오는 학자의 우울증은 아냐. 음악가의
미치광이 같은 그것도 아니요, 벼슬아치의 거만한 그것도 아니요, 군
인의 야심적인 그것도 아니요, 변호사의 술책적인 그것도 아니요, 귀
부인의 뾰로통한 그것도 아니요, 애인의 이 모든 것을 뒤범벅한 그것
도 아닌, 온갖 물건에서 뽑아내 가지고 여러 요소로 되어 있는 독특한

184

우울증인데, 사실 인생 여로의 갖가지 명상이랄까? 그 안에서 돌이켜 생각하면 난 곧잘 슬프디슬픈 우울증에 쌓이고 만단 말이야.

로잘린드　나그네랄까요! 정말 당신은 슬퍼하실 이유가 많이 있어요. 당신은 자기 토지는 팔아 버리고 남의 토지나 바라보고 있는 사람 같아요. 그런데 바라만 보고 자기 것이 없어서는, 눈요기만 되고 손은 가난하지 뭐예요.

제이퀴스　아무렴, 덕분에 경험만 풍부해졌어.

올렌도가 다가온다.

로잘린드　글쎄 그 경험이 당신을 슬프게 해 놓은 거예요. 나 같으면 경험 때문에 슬퍼지느니보다는 차라리 바보라도 곁에 놔 두고 쾌활해져 보고 싶어요. 더구나 여행까지 해서 슬픔을 사다니!

올렌도　안녕하십니까, 잘 있었소? 로잘린드! (로잘린드가 아는 체하지 않는다.)

제이퀴스　아니 당신이 노랫조로 말을 한다면 난 그만 하직하겠소. (제이퀴스는 돌아선다.)

로잘린드　안녕히 가세요, 나그네 양반. 말은 외국어조로 하고 옷은 기묘한 것을 입으시구료. 그리고 제 나라의 좋은 점을 실컷 욕이나 하고, 모국에 태어난 일을 한탄하고, 자기 생김새에 대해서 하느님에게라도 욕을 하시구료. 안 그러면 곤돌라에 타 보셨다는 인정을 안 해 드릴 테니까요. (이젠 멀어져 제이퀴스 귀에는 들리지 않는다.) 어머, 올렌도 님이시네! 그 동안 어디에 가 있었어요? 그래도 애인이라고요! 한 번만 더 이렇게 나를 굶려 주시려거든 다신 눈앞에 나타나지 말아요.

올렌도　아름다운 로잘린드, 약속보다 채 한 시간도 늦지 않았소.

로잘린드　사랑의 약속을 한 시간이나 어기시다뇨? 일 분을 천으로 나누어 가지고, 그 천분의 일 분이라도 사랑의 약속을 어기는 남자라면 큐피드한테 어깨를 맞았을 정도지. 정말이지 심장은 멀쩡한 거예요.

올렌도　용서해 주오, 로잘린드.

로잘린드　싫어요. 그렇게 늦게 오시려거든 이젠 눈앞에 나타나지 말아요. 차라리 달팽이한테 구애받는 편이 나으니까요.

올렌도　달팽이한테?

로잘린드　그래요, 달팽이한테요. 달팽이는 오는 건 느리지만 머리에 집을 이고 오잖아요. 글쎄, 그건 당신이 여자에게 해 주는 재산보다 나을 것 같아요. 게다가 달팽이는 제 운명까지 가지고 오거든요.

올렌도　아니, 뭐 말이지? (로잘린드는 앉는다.)

로잘린드　글쎄 말 뿐이에요. 당신 같은 분이 부실한 부인 덕택에 돋쳐 가지고 좋아하실 물건 말예요. 그러나 달팽이는 제 운명을 미리 지니고 오니까, 아내 때문에 욕을 볼 것도 없지요.

올렌도　정숙한 여자는 뿔을 돋치게 하지 않아. (생각에 잠겨서) 글쎄 나의 로잘린드는 정숙하거든.

로잘린드　음, 내가 당신의 로잘린드예요. (올렌도의 목을 감는다.)

실리아　저분은 정말 로잘린드라고 불러보고 싶을 거예요. 하지만 저분의 로잘린드는 좀더 잘생겼어요.

로잘린드　자, 그럼 구애해 보세요, 네? 난 지금 기분이 참 좋고, 금방 응할 것만 같아요. 만약 내가 정말 당신의 로잘린드라면 무슨 말부터 하시겠어요?

올렌도　말보다 먼저 키스를 할 테야.

로잘린드　아녜요. 먼저 말을 하시는 게 좋을 거예요. 그리고 할 얘기가 없어 난처해지시면 그 기회에 키스를 하실 수 있잖아요. 훌륭한 웅변가는 말문이 막히면 침을 뱉는답니다. 연인들은—— 하느님, 보호해 주십시오!—— 말문이 막히면 키스를 하는 것이 가장 좋은 모면책이에요.

올렌도　만약 키스를 거절당하면?

로잘린드　그러면 당신은 애원하게 될 것이고, 따라서 새로 할 말이 생기지요.

올렌도　애인 앞에서 말문이 막히는 남자도 있을까?

로잘린드　글쎄, 만약 내가 당신의 애인이라면 당신이 그래 주었으면 싶어요. 안 그러시면 내 지혜가 내 얌전함에게 지는 셈이 될 테니까요.

올렌도　그런데 내 의향은?

로잘린드　의복은 근사하셔도 사랑의 의향은 좀 난처해요. 그래 난 당신의 로잘린드가 아닌가요?

올렌도　그렇다고 해 두는 것도 조금은 기쁘지. 그녀 얘기를 하는 것이 되니 말이오.

로잘린드　그럼 그녀를 대신하여 난 거절하겠어요.

올렌도　그럼 난 당사자로서 죽습니다.

로잘린드　천만의 말씀, 죽으시려거든 대신 죽으세요. 이 가엾은 세상은 개벽 이래 거의 육천 년이나 됐지만, 그 동안 당사자가 사랑 때문에 죽은 일은 한 번도 없었어요. 사랑 때문에 죽은 일같은 건 말예요. 트로일러스는 크레시더에 대한 실연 때문에 죽은 것이 아니라 희랍 인의 몽둥이에 맞아 죽은 것이에요. 그래도 그분은 죽어도 좋을 만큼 할 짓은 했으니까 연애의 표본의 한 사람인 거예요. 리앤더를 보더라도 그 무더운 여름밤만 아니었더라면, 히로우스가 수녀가 되건 말건 더 오래 살았을 거예요. 그 젊은이는 헬레스폰트에 수영을 하러 가서 쥐가 나서 죽은 것인데, 당대의 어리석은 역사가들은 '세스토스의 히로우' 때문에 죽었다고 했거든요. 하지만 다 거짓말이에요. 자고로 남자들이 죽어서 구더기의 밥이 되어 왔지만 사랑 때문에 죽은 남자는 한 명도 없어요.

올렌도 나의 진짜 로잘린드는 그런 마음이 아니길 바라오. 정말이지 그녀가 얼굴만 찌푸려도 난 죽을 것이니 말이야.

로잘린드 이 손에 두고 맹세하지만, 얼굴을 찌푸려도 파리 한 마리 죽지 않아요. (바싹 다가오면서) 그럼, 이제 좀더 은근한 기분의 로잘린드가 돼 드릴게요. 자 뭐든 청하세요. 들어 드리겠어요.

올렌도 그럼 나를 사랑해 주오, 로잘린드.

로잘린드 예, 사랑해 드리죠. 금요일이나 토요일이나 어느 날에나.

올렌도 그리고 나를 남편으로 삼아 주시고요?

로잘린드 예, 스무 명 분이라도요.

올렌도 뭐라고요?

로잘린드 당신은 좋은 분 아니신가요?

올렌도 그렇게 생각하고 있습니다만.

로잘린드 좋은 분이시라면 얼마든지 탐내도 괜찮을 것 아녜요? (일어서면서 실리아 보고) 애, 동생아, 네가 목사님 대신 주례를 좀 서 다오. 손을 이리 주세요, 올렌도. 왜 그러니, 동생아?

올렌도 제발 주례 좀 서 주시오.

실리아 영 말이 안 나오는걸요.

로잘린드 '올렌도, 그대는……' 하고 시작하면 돼.

실리아 자, 그럼…… 올렌도, 그대는 이 로잘린드를 아내로 맞이하겠는가?

올렌도 예.

로잘린드 하지만 언제?

올렌도 주례만 서 준다면 당장이라도.

로잘린드 그럼, 이렇게 말씀하셔야 해요. '로잘린드, 나는 그대를 아내로 맞이하겠소.' 라고요.

올렌도 로잘린드, 나는 그대를 아내로 맞이하겠소.

로잘린드 난 당신의 그 권리를 물어야 할 것이지만 아무튼 올렌도, 전 당신을 남편으로 맞이하겠어요. 이건 색시가 목사님보다 앞질러 가네! 하지만 확실히 여자의 사념은 행동보다 앞질러 달리거든요.

올렌도 사념이란 다 그런 거요. 날개가 돋쳐 있거든.

로잘린드 그럼 말씀해 보세요. 아내로 삼은 후 언제까지 헤어지지 않겠는가를.

올렌도 하루도 빼지 않고 영원히 함께할 거요.

로잘린드 '영원히'는 빼고, '하루'만이라고 말씀하세요. 아냐, 아냐 올렌도. 남자란 구애할 때는 사월 같지만, 결혼하고 나면 섣달이에요. 처녀도 처녀 때는 오월 같지만 아내가 되고 나면 하늘 빛은 변하지요. 난 바바리 지방의 암비둘기가 수비둘기를 시기하는 것보다 더 심하게 당신을 시기할 테에요. 비(雨)를 예고하는 앵무새보다 더 시끄럽게 떠들 테에요. 꼬리 없는 원숭이보다 더 한층 욕정에 넋을 잃을 테에요. 그리고 분수의 다이애나처럼 아무것도 아닌 일에 울어댈 테에요. 더구나 당신이 쾌활해질 무렵을 기다려 울 테에요. 그리고 당신이 졸리운 기회를 기다려 하이에나같이 웃어댈 테에요.

올렌도 하지만 로잘린드가 설마 그러려고?

로잘린드 이 목숨에 두고 단언하지만 그렇게 할 거예요, 나같이.

올렌도 아, 하지만 그녀는 총명한 여자란 말이오.

로잘린드 총명하지 않으면 저만한 짓을 할 머리조차 없게요. 여자는 총명할수록 변덕이 심한 법이에요. 여자의 총명에다 문을 달아 보세요, 창으로 튀어나올 거예요. 창을 닫아 보세요, 자물쇠 구멍으로 튀어나올 거예요. 자물쇠 구멍을 막아 보세요, 연기와 함께 굴뚝으로 나올 거예요.

올렌도　　그렇게 총명한 아내를 얻은 남자는 '총명아, 너 어디로 가느냐?' 고 물어야겠군.

로잘린드　　아니에요, 그런 다짐은 하실 필요 없으실 거예요. 당신 부인의 총명이 이웃 사람의 이부자리로 가는 것을 보기 전에는 말예요.

올렌도　　그럼 그땐 그 총명은 무슨 총명을 써서 변명할 수 있을까요?

로잘린드　　그야, 그리로 당신을 찾으러 와 본 거라고 하겠죠. 혀가 없는 여자가 아닌 이상, 대꾸 없이 현장에서 잡히지 않을 테니까요. 오, 자기 죄를 남편에게 뒤집어씌우고 공격할 줄 모르는 여자에게는 자식을 기르지 말게 해야 해요. 그런 여자는 자식을 바보같이 기를 테니까요.

올렌도　　로잘린드, 두 시간쯤 어디를 다녀올까 하는데요.

로잘린드　　어머나 저는, 두 시간이나 헤어져 있을 순 없어요!

올렌도　　난 공작님 식사에 가 봐야 해요. 두 시간 후에는 다시 돌아오겠어요.

로잘린드　　예, 가세요. 당신이 어떤 분인지 이제 알았어요. 그럴 거라고 친구들한테 얘기도 들었어요. 나 역시 그렇다고 생각했어요. 당신의 감언에 속았어요. 이제 하나의 여자가 버림받은 것 뿐이에요. 아, 죽고 싶어라. 두 시간이라고요?

올렌도　　그래요, 로잘린드.

로잘린드　　진정 신에 두고, 그리고 위험성 없는 온갖 그럴듯한 맹세에 두고, 만약 당신이 눈곱만큼이라도 약속을 어기거나 일 분이라도 시간에 늦게 오면, 이렇게 생각할 테에요. 당신은 부실한 사람들 중에서도 가장 대담한 파약자, 가장 허무 맹랑한 연인, 당신이 로잘린드라고 부르는 그 여자에게 가장 알맞지 않은 사람이라고 말예요. 그러니 저의 비난을 명심하시고 약속을 지키세요.

올렌도 나의 진짜 로잘린드라고 생각하고 약속은 꼭 지키겠소.

로잘린드 시간은 그런 범인을 시험하는 재판관이니까, 시간한테 맡기겠어요. 안녕히! (올렌도 퇴장.)

실리아 언니는 그런 사랑의 수단을 가지고 우리 여성을 완전히 모욕했어요. 우린 언니의 조끼와 바지를 머리 위까지 벗겨 올려 세상에 보여 줘야만 하겠어요. 이 새는 제 집에다 그런 잘못을 했노라고요.

로잘린드 오, 애, 실리아…… 귀여운 내 사촌, 너도 알고 있잖니? 내가 그이를 얼마나 깊이 사랑하고 있는가를! 하지만 그걸 짚어볼 순 없는 일이야. 애정은 포르투갈 만같이 바닥을 알 수 없단 말야.

실리아 오히려 바닥이 없는 것 아닐까요? 글쎄 언니가 애정을 부어 넣는 족족, 한쪽에선 흘러가 버리잖아요.

로잘린드 아냐, 비너스의 저 얄궂은 사생아, 사념에서 생기고 분통에서 잉태해서 광증에서 태어난── 제 눈은 안 보여서 남의 눈만 욕보이는 저 눈이 먼 불량한 소년── 그애한테 판단시켜 봐요. 내가 얼마나 깊이 사랑을 하고 있는가를. 애, 앨리너야, 난 올렌도를 보지 않고는 견디지 못하겠단 말야. 난 그늘이라도 찾아가서 그분이 올 때까지 한숨이나 짓고 있을래.

실리아 그럼 난 잠이나 잘래요. (두 사람 퇴장.)

제 2 장 추방당한 공작의 동굴 앞

사냥꾼들이 가까이 옴에 따라 소란스러워진다. 이내 사냥꾼 복장을
한 에미언스와 다른 귀족들이 제이퀴스와 아침에 있었던 사냥 이야기를
하면서 등장한다.

제이퀴스 그 사슴을 잡은 분이 어느 분이오?
귀족 1 그건 이 사람입니다.
제이퀴스 이분을 로마의 용사같이 공작님께 안내합시다. 그리고 승리
 의 나뭇가지 대신 사슴 뿔을 이분 머리에 다는 것이 좋을 거요. 여보
 시오 사냥꾼, 이런 때에 알맞는 노래는 없는가요?
에미언스 아, 있소.
제이퀴스 그럼 불러 봐요. 떠들썩만 하다면, 장단은 어떻든 좋소.

사슴을 잡은 귀족이 먼저 뿔과 가죽으로 차려 입고, 나머지는 그를 높
이 들어올리며 노래를 한다. 에미언스가 먼저 부르고, 일동은 합창한다.

노 래

사슴을 잡은 자에게 무엇을 줄까요?
사슴 가죽을 입히고 뿔을 돋게 해주고,
노래하며 집에 보내자.
자, 모두들 노래를 부르자.

뿔이 돋친다고 창피하게 여기지 마오,
그건 낳기 전부터 가진 관(冠)이니까.
아버지의 아버지도 그걸 갖고 있었고,
아버지도 갖고 있었으니까.
뿔 뿔, 늠름한 뿔,
창피해서 웃을 물건은 아니로다.

일동은 나무를 세 바퀴 돌며, 후렴을 몇 차례 반복한다. 이윽고 공작
의 동굴로 들어간다.

제 3 장 숲, 양 우리 부근의 빈터

로잘린드와 실리아가 돌아온다.

로잘린드　이래도 할 말이 있어? 벌써 두 시간이 지나지 않았니? 어디
　봐, 올렌도가 참 많이도 와 있네!
실리아　정말이지, 그분은 순수한 연심과 괴로운 머리 때문에 활과 화
　살을 들고 자러 갔나 보죠. 저기 좀 봐요, 누가 오네요.

실비어스가 다가온다.

실비어스　심부름으로 왔습니다, 젊은 양반. 피비라는 처녀가 이걸 전해
　달라던데요. (로잘린드에게 편지를 준다.) 사연은 알 수 없지만, 이 편지
　를 쓸 때에 이마를 찌푸리고 안달한 걸로 보아, 아마 화가 나는 내용

인 것 같습니다. 그러나 용서해 주십시오. 난 심부름을 왔을 뿐 죄는 없으니까요.

로잘린드　인내 그 자체도 이 편지에서는 깜짝 놀라고 펄펄 뛰지 않겠는가? 이걸 참을 정도라면 뭐는 못 참겠는가 말이야. 나를 보고 못생겼으니, 버릇이 없으니, 빼기느니 하고 남자가 봉황새같이 드문 세상이더라도 나를 사랑할 수는 없다나. 제기! 내가 그런 계집의 사랑을 쫓는 토끼인가. 왜 이따위 편지를 내게 보내 온 것일까? 이봐 목동, 이건 네가 꾸며 낸 편지지?

실비어스　천만에, 정말 난 내용을 모릅니다. 그건 피비가 쓴 겁니다.

로잘린드　허, 넌 바보야. 그리고 사랑의 극단에 빠져 있단 말야. 난 그녀의 손을 봤는데 가죽 같은 손이더군. 더러운 석회석 빛을 한 손이더군. 낡은 장갑을 끼고 있는 것으로 감쪽같이 속았는데 그녀의 손이더군. 식모 같은 손이더군. 그러나 그런 건 문제도 아니고 아무튼 그녀가 이런 편지를 꾸며낼 리는 없어. 이건 남자의 머리로, 남자의 손으로 쓴 것이 확실해.

실비어스　정말, 이건 그 처녀가 쓴 것입니다.

로잘린드　아냐, 이건 난폭하고 잔인한 문구야. 도전적인 문구야. 이건 터키 인이 기독교인을 대하는 것처럼 사랑을 무시하고 있어. 여자의 상냥한 머리에서는 이토록 지독하게 난폭한 생각이 나올 수 없는 법이야. 마치 이디오피아 인 같은 문구가 아닌가. 속은 겉보다 더 한층 시커멓잖은가. 어디 내용 좀 읽어 볼까?

실비어스　예, 부디 읽어 주세요. 난 아직 내용을 못 봤으니까요. 하기야 피비의 지독함엔 넌덜머리가 날 지경입니다.

로잘린드　정말 피비답게 지독하군. 이 폭군의 문투 좀 들어 봐요. (읽는다.)

'신이 목동으로 둔갑한 당신이기에,
　　　이렇게도 처녀의 가슴을 태우시나요?'
　　　여자가 감히 이런 악담을 다할 수 있을까?
실비어스　　그걸 악담이라고 하십니까?
로잘린드　　(읽는다.)
　　　'어째서 신성(神性)을 버리시고,
　　　여자 마음을 괴롭히시나요?'
　　　이런 악담을 들어 본 적도 다 있나? (계속해서 읽는다.)
　　　'남자 눈이 제게 구애했지만,
　　　상처 하나 안 입은 이 몸이에요.'
　　　나를 날짐승으로 아나 보지. (계속해서 읽는다.)
　　　'당신의 맑은 눈의 조소조차도
　　　제게 이만한 연심을 일으켜 놓으시니,
　　　아, 정답게 보아 주신다면,
　　　얼마나 신기한 효험을 보게 되는지?
　　　야단맞아 가며 사모하는 이 몸,
　　　구애라도 해 오시면 어찌될까요?
　　　이 연애 편지를 당신께 전하는 분은
　　　저의 이 사랑을 거의 몰라요.
　　　마음을 봉입(封入)하여 알려 주세요.
　　　젊고 친절한 당신 마음이
　　　저의 진정과 이 몸이 바칠 수 있는
　　　온갖 것을 받으실는지요.
　　　저의 사랑을 거절하시면,
　　　그땐 저는 죽는 방법이나 생각하지요.'

실비어스　이걸 욕설이라고 하십니까?

실리아　아, 불쌍한 목동!

로잘린드　저자를 다 동정하니? 동정할 만한 위인도 못 되잖니. (목동 보고) 그런 여자를 다 사랑하겠어? 아니, 너를 도구삼아 거짓말만 늘어놓고 있잖아! 이걸 다 참아? 자, 그 여자한테로 가 봐. 가만히 보니 너는 사랑 때문에 얼빠진 뱀 같구나. 아무튼 가서 이렇게 전해. 나를 사랑하려거든 너나 사랑하라더라고. 그것도 마다 하면, 네가 그녀 대신 애원한다면 몰라도, 나는 그녀를 상대하지 않겠노라고……. 네가 진짜 연인이라면 아무 말 말고 썩 가 다오, 다른 분들이 오는 것 같으니. (실비어스 퇴장.)

올리버가 다른 길로 황급히 등장.

올리버　안녕하시오, 아름다운 분들! 이 숲 변두리에 올리브 나무 울타리가 쳐진 양 우리가 있다는데 좀 가르쳐 주시오.

실리아　이곳 서쪽에, 저 아래 계곡이에요. 살랑거리는 개울가에 줄지어 버드나무가 서 있는 바로 그곳이에요. 하지만 지금은 집만 있고, 안에는 아무도 없어요.

올리버　들은 얘기를 눈이 봐도 좋다면 그 얘기와 당신들을 비교해 봐야겠소. 이와 같은 옷차림, 이와 같은 나이, 글쎄 '소년 쪽은 여자 같은 안색을 하고, 성숙한 사냥꾼처럼 행동하며, 여자 쪽은 키가 작고 오빠보다는 좀 검은 안색'이랍니다. 당신네들도 내가 찾고 있는 그분들이 아닌가요?

실리아　자랑거린 아니지만, 물음을 받고 보니 그런가 봐요.

올리버　올렌도가 두 분에게 안부 전하고, 자기가 로잘린드라고 하는 젊은이에게는 이 피묻은 손수건을 전하랍니다. 당신이 그분이오?

로잘린드   그렇습니다. 그런데 대체 이건 어찌된 영문인가요?

올리버   좀 창피스런 얘기요. 만약 내가 어떤 사람인지, 그리고 어떻게, 어째서, 어디서, 이 손수건이 피에 젖게 되었는지 아시면 말이오.

실리아   부디 좀 얘기해 보세요.

올리버   그 젊은 올랜도가 당신네와 전번에 작별을 했을 때, 두 시간 이내에 돌아오겠다는 약속을 남겨 놓고 숲 속을 돌아다니면서 달고 쓴 환상을 음식같이 씹고 있었지요. 그런데 그때 아, 저런! 눈을 들고 보니 뭐가 보였을까요! 가지는 해묵은 이끼가 끼고 높은 꼭대기는 해 묵어서 마른 참나무 밑에, 머리칼은 자랄 대로 자라고 누더기를 감은 비참한 꼴을 한 사람이 반듯이 누워서 잠을 자고 있는데, 초록빛과 금 빛 나는 뱀이 그자의 목을 감고서, 날쌘 머리를 무섭게 쳐들고 그자를 물려고 하고 있었지요. 그러나 문득 올랜도를 보자 몸을 풀고 덤불 속 으로 스르르 달아나 버렸지요. 그런데 그 덤불 그늘 밑에는 젖이 바싹 말라붙은 암사자 한 마리가 머리를 땅에 대고 쥐를 노리는 고양이같 이 웅크리고서, 그 잠든 사람이 움직이기를 기다리고 있었어요. 이 짐 승은 왕자다운 성질을 가졌소. 죽은 것은 잡아먹지 않으니 말이오. 이 를 보고 올랜도가 다가가 보니 그 사람은 자기의 형, 맏형이 아니겠 소.

실리아   아, 그분이 바로 그 형님 얘기를 하는 것을 저도 들었어요. 그 런데 인두겁을 쓴 사람치고 자기 형님 같은 비인간적인 사람은 없다 더군요.

올리버   사실 그럴 겁니다. 그자가 나쁜 인간임을 나도 잘 알고 있으니 까요.

로잘린드   하지만 올랜도는 자기 형을 그 굶주린 사자의 밥이 되도록 내버려 됐는가요?

올리버 그는 두 번이나 돌아서고 그렇게 할 생각이었지요. 그러나 정
의는 복수보다 훨씬 더 고상하고, 인간의 본성은 이런 호기(好機)보다
강력해 놔서, 그는 그 암사자한테 달려들어 어느새 그놈을 때려눕혔지
요. 이 소동 틈에 나는 무서운 잠을 깼습니다.

실리아 당신이 그분의 형님인가요?

로잘린드 그분이 구한 분이 당신인가요?

실리아 늘 그분을 죽일 계획을 한 사람이 당신이었던가요?

올리버 과거의 나였소. 그러나 지금의 나는 아니오. 과거의 나를 말하
는 것이 창피스럽지 않습니다. 지금의 나로 말하자면 회개하여 깨끗해
졌으니까요.

로잘린드 하지만 그 피묻은 손수건은?

올리버 차차 얘기하죠. 처음부터 끝까지 두 사람의 얘기는 다정한 눈
물 속에 계속되고, 내가 이 한적한 곳에 오게 된 데까지 얘기가 끝나
자 결국 아우는 나를 친절한 공작님께 안내했지요. 공작님은 내게 새
옷을 주시고 후대하셨습니다. 그리고 내 아우의 애정을 달게 받으라는
분부셨습니다. 내 아우는 곧 나를 자기 동굴로 안내하고 그곳에서 옷
을 벗었는데, 그의 팔을 보니 암사자가 살을 물어뜯은 자국이 있고 줄
곧 피가 나고 있었지요. 이때 아우는 기절했습니다. 그런 중에도 아우
는 로잘린드라는 이름을 부르고 있었습니다. 결국, 나는 그를 회복시
켜 주고 상처를 동여매 주었지요. 그러자 잠시 후에 아우는 원기를 회
복하고 나를 이곳으로 보내서, 이런 얘기를 전하고, 약속을 깨뜨리매
용서를 구하며 이 피묻은 손수건을, 장난삼아 자기의 로잘린드라고 부
르는 젊은 목동에게 전하도록 한 것입니다. (로잘린드가 기절한다.)

실리아 어머, 개니미드, 개니미드!

올리버   피를 보면 기절하는 사람들도 많습니다.

실리아   더 깊은 까닭이 있어요. 오빠, 개니미드 오빠!

올리버   아, 정신이 드시는군요.

로잘린드   난 집에 가고 싶어졌어.

실리아   우리가 데려다 줄게. 이보세요, 좀 도와 주시겠어요?

올리버   젊은이, 기운을 내요. 남자가 아닌가! 남자의 용기도 없는가?

로잘린드   고백하지만, 사실 용기가 없어요. 아, 여봐요, 누가 말해 봐도 이건 근사한 연극이라고 생각할 겁니다. 제발 아우님께 내가 연극을 참 잘하더라고 전해 주세요. 하하!

올리버   이건 연극이 아니라, 진실한 감정이라는 증거가 너무나도 확연히 얼굴에 나타났소.

로잘린드   연극이라니까요, 정말.

올리버   좋소. 이번엔 용기를 내고 남자답게 연극을 해 봐요.

로잘린드   그렇게 하고 있잖아요. 하지만 난 여자인 것 같아요.

실리아   어머, 점점 더 창백해지네요. 어서 집으로 가요. 이봐요, 당신도 우리와 같이 가 주시지 않겠어요?

올리버   그렇게 하죠. 로잘린드가 내 아우를 어떻게 용서해 줄 것인지, 그 대답을 가지고 돌아가야 하니까요.

로잘린드   대답은 생각해 놓지요. 하지만 내가 한 연극을 그분에게 꼭 좀 전해 주세요. 가시지요. (모두 오두막집 있는 곳으로 내려간다.)

제 5 막

제 1 장 숲

터치스톤과 오드리가 나무 사이로 오고 있다.

터치스톤   이봐 오드리, 기회는 있을 거야. 그러니 참아요, 얌전한 오드
리.

오드리   하지만, 아까 그 영감이 그런 말을 했지만 그 목사님으로 충분
했을 것을.

터치스톤   빌어먹을 올리버 목사 같으니, 원 지독한 엉터리 목사 같으
니. 이봐 오드리, 이 숲 속에는 당신을 노리는 젊은 녀석이 한 사람 있
다는데.

오드리   음, 누군지 저도 알고 있어요. 그인 저하고 아무 관계도 없어요.
어머나, 당신이 말씀하시는 그이가 오네요.

월리엄이 빈터로 들어온다.

터치스톤   바보를 만나는 건 좋은 술 잔치 같다고 할까. 정말이지, 우리
    같이 기발한 지혜를 가진 양반은 장난을 아니할 수 없는 법인데, 참을
    수가 없군.

윌리엄   안녕하세요, 오드리?

오드리   네 안녕하세요, 윌리엄?

윌리엄   당신도 안녕하십니까?

터치스톤   (조롱조로 위엄을 부리며) 안녕하시오? 점잖은 친구, 모자는
    쓰시오, 써. 제발 쓰라니까그래. 대관절 몇 살이오, 친구?

윌리엄   스물다섯 살입니다.

터치스톤   숙성한 나이로군. 이름은 윌리엄이라죠?

윌리엄   예, 윌리엄이라고 합니다.

터치스톤   좋은 이름이군. 이곳 숲 속 태생이오?

윌리엄   예, 하느님 덕택에요.

터치스톤   '하느님 덕택'이라고? 거 좋은 대답이군. 그래 돈은 많이 가
    졌소?

윌리엄   저, 그렇고 그렇습니다.

터치스톤   그렇고 그렇다고? 거 좋구먼, 참 좋구먼, 아주 좋구먼. 하지만
    별로이군. 겨우 그렇고 그렇단 말인가? 그대는 총명하시오?

윌리엄   예, 꽤 총명하죠.

터치스톤   거 참 말 잘했소. 이제 생각나지만, 바보는 자기를 총명하다
    고 생각하고, 현인은 자기를 바보라고 생각한다나……. (이 말에 윌리
    엄은 어이가 없어 입이 딱 벌어진다.) 이교도의 어떤 철학자는 포도가
    먹고 싶어지자 입을 벌리고 포도를 집어 넣었다는데, 포도는 먹히는
    것, 입은 벌리는 것이라나……. 그래 이 처녀를 사랑하시오?

윌리엄   예, 사랑합니다.

터치스톤   나와 악수합시다. 글은 배웠소?

윌리엄   아닙니다.

터치스톤   그럼 내가 좀 가르쳐 드리지. 가질 것은 갖는 것이오. 글쎄
수사학(修辭學)의 비유마따나, 술을 잔에서 다른 잔에 비우면 한쪽이
가득 차기 때문에 다른 쪽은 비게 된단 말이야. 그 까닭인즉, 모든 저
술가가 동의한 바와 같이 자기 자신은 곧 그 사람이란 말야. 그런데
그대가 그 당사자가 아니라, 내가 곧 그 사람이란 말이오.

윌리엄   그 사람이라뇨?

터치스톤   이 사람과 결혼해야 할 사람 말이오. 그러니 여보, 바보 양반,
포기하오. 다시 말하면 관두란 말이오. 글쎄 이 여성과의―― 보통말로
하면 이 여자와의 교제―― 시골 말로 하면 사귐―― 을 말야. 이걸 합
쳐서 말하면 '이 여성과의 교제를 포기' 하란 말이오. 포기 않으면, 이
봐, 바보 양반, 그대는 멸망하오. 알아들을 수 있게 말할 것 같으면 죽
는단 말이오. 내가 그대를 죽인단 말이오. 처치한단 말이오. 그대 생명
을 죽임으로써 그대의 자유를 구속으로 변경해 놓는단 말이오. 글쎄
독약을 써서, 혹은 몽둥이로, 혹은 칼로, 혹은 도당을 시켜서, 혹은 계
략을 꾸며 가지고 죽이겠는데, 그 방법은 백오십 가지나 있소. 그러니
벌벌 떨며 도주하라니까그래.

오드리   달아나세요, 착한 윌리엄.

윌리엄   그럼 안녕히 계십시오. (퇴장.)

코린이 등장하여 부른다.

코   린   우리 도련님과 아가씨가 댁을 찾고 계십니다. 자, 어서 가 보세
요.

터치스톤 오드리, 어서 가지. 나와 함께 가자. (모두들 오두막집 쪽으로 달려간다.)

하룻밤이 경과한다.

제2장 숲

올리버와 팔을 수건으로 동여맨 올렌도가 둑에 앉아 있다.

올렌도 그렇게 잠깐 사귄 끝에 그녀가 좋아지시다니 대체 그럴 수가? 보시자마자 정이 드시다니? 그리고 구애를 하시다니? 그 구애에 여자 쪽에서도 승낙해 오다니? 그래 형님은 기어이 그녀를 맞으실 생각이십니까?

올리버 이 문제에 관해서는 경솔하다느니, 그녀가 가난하다느니, 교제가 얕다느니, 내 구애가 난데없다느니, 그녀의 동의도 별안간이라느니 하고 책할 것이 아니라, 내가 앨리너를 사랑한다고 나와 같이 말해 다오. 그녀도 나를 사랑한다고 그녀와 같이 말해 다오. 그리고 두 사람은 서로서로 사랑할 수 있을 것이라고 우리와 같이 동의해 다오. 그것이 네게도 좋은 일이다. 선친의 가옥이며, 수입이며, 돌아가는 롤렌도 경의 소유는 모두 네게 양도하고, 난 이곳에서 양치기로서 살다 죽을 생각이니 말이다.

로잘린드, 저쪽에서 오고 있다.

올랜도　동의해 드리죠. 결혼식은 내일 올리세요. 공작님을 위시하여 공작님의 일행을 초대하겠습니다. 그런데 마침 나의 로잘린드가 오는군요.

로잘린드　안녕하세요, 형님.

올리버　아, 아름다운 동생. (올리버 퇴장.)

로잘린드　아, 그리운 올랜도, 당신 가슴에 붕대가 동여매 있는 걸 보니 전 참으로 슬퍼요.

올랜도　가슴이 아니라 팔이오.

로잘린드　당신의 가슴이 사자 발톱에 상처를 입었는 줄만 알았어요.

올랜도　상처를 입긴 입었지만, 그건 어떤 부인의 눈에서 입었지요.

로잘린드　당신 손수건을 보고, 내가 연극삼아 기절했다는 얘기를 형님한테 들으셨어요?

올랜도　음, 그리고 그보다 더 놀라운 얘기도 들었소.

로잘린드　오, 무슨 얘긴지 나도 알아요. 그건 정말이에요. 그렇게 느닷없는 일이 어디 있겠어요. 두 마리 숫양의 싸움이나, 시저의 '나는 왔다, 보았다, 이겼다'라는 호언장담을 빼 놓고선 말이에요. 글쎄 당신 형님과 내 동생은 만나자마자 마주보고, 마주보자마자 사랑하고, 사랑하자마자 한숨을 내쉬고, 한숨을 내쉬자마자 피차 그 까닭을 묻고, 그 까닭을 알자마자 해결책을 강구하지 않았겠어요. 그리고 그와 같은 계단을 밟아 결혼에까지 이르는 계단을 만들어 놓고, 냅다 일을 치르고 말 거예요. 두 사람은 사랑에 미치다시피 됐어요. 그러니 같이 있게 될 것입니다. 곤봉을 가지고도 떼어 놓을 수는 없습니다.

올랜도　결혼식은 내일 올리기로 했어요. 난 공작님을 식에 초대할 생각이오. 하지만 타인의 눈을 통하여 행복을 본다는 건 얼마나 뼈아픈 일이겠소! 내일 나는 소원을 이룬 형님의 행복을 생각하면 생각할수록 내 마음의 슬픔은 극에 달할 것이오.

로잘린드 내일이라고 내가 왜 당신의 로잘린드 노릇을 하지 못하나요?

올렌도 난 이제 상상만으로는 살 수가 없소.

로잘린드 그럼, 쓸데없는 애기 가지고 당신을 더 이상 괴롭히진 않겠어요. 이제부턴 어떤 속셈이 있어 하는 말이지만, 내가 당신을 총명한 신사라고 본다는 점을 우선 인정해 주세요. 내가 당신을 안다고 해서 내 지식을 인정해 달라는 말은 아니에요. 내 명예가 되는 건 아니지만, 당신께 좋은 일을 해 드리기 위하여, 당신이 믿어 주시길 바라는 마음 이외의 다른 것은 바라지 않습니다. 그것은 내가 이상한 힘을 가지고 있다는 걸 믿어 달라는 거예요. 나는 세 살 때부터 요술이 도통한, 그러나 요술은 아닌 어떤 마술사의 지도를 받아 왔어요. 만약 당신이 거동에 명확히 나타나 있듯이 진정으로 로잘린드를 사랑하시는 거라면 당신 형님이 앨리너와 결혼할 때, 당신도 로잘린드와 결혼시켜 드리죠. 그녀가 처해 있는 역경을 내가 알고는 있지만, 당신만 괜찮으시다면 평소 그대로의 그녀를 아무 위험도 없이 내일 당신 눈앞에 데려다 놓을 수도 있는 일입니다.

올렌도 진담으로 그런 말을 하시오?

로잘린드 이 목숨에 걸고 진담입니다. 마술사라고 고백은 했지만 소중히 하는 이 목숨이에요. 그러니 제일 좋은 옷을 입고 친구들도 초대하세요. 내일 결혼할 생각만 있으시다면 결혼하게 해 드릴게요. 물론 로잘린드하고요. (실비어스와 피비가 다가온다.) 저것 보세요, 나한테 반한 여자와 그 여자한테 반한 남자가 오는군요.

피 비 이봐요, 당신은 제게 너무하셨어요. 당신께 보낸 편지를 남에게 보이시다뇨.

로잘린드 그게 나와 무슨 상관이람. 난 일부러 당신을 싫어하고 불친절하게 대하고 있는 거야. 당신은 충실한 목동한테 구애를 받고 있잖

아. 그 사람을 눈여겨보고 사랑하시오. 그 사람은 당신을 숭배하고 있으니.

피 비   이봐요 목동, 젊은이에게 사랑이 뭔지를 좀 얘기해 드려요.

실비어스   그건 온통 한숨과 눈물로 돼 있지요. 내가 피비에 대해서 바로 그렇습니다.

피 비   나도 개니미드에 대해서 그래요.

올렌도   나 역시 로잘린드에 대해서 그렇소.

로잘린드   난 여자 아닌 사람한테 대해서 그렇습니다.

실비어스   그리고 사랑은 온통 진실과 봉사로 돼 있습니다. 내가 피비에 대해서 바로 그렇습니다.

피 비   난 개니미드에 대해서 그래요.

올렌도   난 로잘린드에 대해서 그렇소.

로잘린드   그리고 난 여자 아닌 사람에게 대해서 그래요.

실비어스   사랑이란 온통 환상과 정열과 욕망과 숭배와 의무와 존경과 인내와 초조와 순결과 그리고 시련과 준수 등으로 돼 있습니다. 이 내가 바로 피비에 대해서 그렇습니다.

피 비   내가 개니미드에 대해서 그래요.

올렌도   나도 로잘린드에 대해서 그렇소.

로잘린드   나는 여자 아닌 사람에 대해서 그렇습니다.

피 비   (로잘린드에게) 그렇다면, 내가 당신을 사랑한다고 왜 욕을 하세요?

실비어스   (피비에게) 그렇다면, 왜 내가 당신을 사랑해서 안 되지?

올렌도   그렇다면 나는 왜 당신을 사랑해서 안 되는가?

로잘린드   '나는 왜 당신을 사랑해서 안 되는가?' 라는 말씀을 누구에게 하시는 건가요?

올렌도   이곳에는 없고, 이 말이 들리지 않는 곳에 있는 여자에게.

로잘린드   제발 그런 말은 그만두세요. 그건 달에 대고 짖어대는 아일 랜드의 늑대 같으니까요. (실비어스에게) 될 수만 있다면 도와 드리죠. 될 수만 있다면 사랑해 드려도 좋지만……. 내일 모두 다시 만납시다. (피비에게) 내가 여자분과 결혼할 것 같으면 당신과 결혼하겠소. 나도 내일은 결혼하겠습니다. (올렌도에게) 내가 남자분을 만족시켜 드릴 수 있다면 당신을 만족시켜 드리겠어요. 내일 당신도 결혼시켜 드리겠 습니다. (실비어스에게) 마음에 드는 것으로 당신이 만족할 수 있는 일 이라면 당신을 만족시켜 드리겠습니다. 그리고 내일 당신도 결혼시켜 드리겠소. (올렌도에게) 로잘린드를 사랑하는 당신도 오세요. (실비어 스에게) 피비를 사랑하는 당신도 와요. 여자는 아무도 사랑하지 않는 나도 갈게요. 그럼, 안녕히들 가세요. 내 부탁 잊지들 마세요.

실비어스   살아 있는 한, 나는 잊지 않겠습니다.

피 비   저도요.

올렌도   나도. (일동 퇴장.)

제3장 숲

터치스톤과 오드리가 들어온다.

터치스톤   내일은 즐거운 날 아닌가, 오드리. 내일 우리는 부부가 되는 거야.

오드리   저도 진정으로 그걸 바라고 있어요. 제 생각엔 남의 아내가 되 고 싶어하는 건 좋지 못한 욕심은 아닌 성싶었어요. 오, 마침 추방당한 공작님의 시동이 두 명 오네요.

시동 두 명 등장.

시동 1 잘 만났어요. 정직한 영감님.

터치스톤 정말 잘 만났구나. 자, 앉아라 앉아. 그리고 노래나 한 곡 불러 다오.

시동 2 영감님 말씀대로 하겠어요. 가운데에 앉으세요.

시동 1 그럼 시작해 볼까요? 헛기침을 하고 침을 뱉고, 혹은 목이 쉬었다는 둥 변명을 하는, 나쁜 음성의 서사 같은 건 빼고 말예요.

시동 2 그렇고말고, 둘이서 합창을 하자. 말을 같이 탄 두 집시같이 말야.

　노　래

　　애인과 그의 색시가,
　　헤이, 호, 헤이 노이노
　　푸른 보리밭을 넘어 가네
　　봄철, 시집가는 계절에
　　새들도 노래하네, 헤이 딩, 딩, 딩,
　　애인들은 봄철을 좋아하네.

　　밭의 귀리 사이에,
　　헤이, 호, 헤이 노이노
　　예쁜 시골 여인들 눕고
　　봄철, 시집가는 계절에

새들도 노래하네, 헤이 딩, 딩, 딩,
애인들은 봄철을 좋아하네.

그때 그들 노래 부르네,
헤이, 호, 헤이 노이노
그 인생 꽃만 같고
봄철, 시집 가는 날
새들도 노래하네, 헤이 딩, 딩, 딩,
애인들은 봄철을 좋아하네.

그러니 그때를 놓치지 말라,
헤이, 호, 헤이 노이노
사랑은 지금이 한창이로다.
봄철, 시집 가는 날
새들도 노래하네, 헤이 딩, 딩, 딩,
애인들은 봄철을 좋아하네.

터치스톤   젊은 두 친구, 의미도 없는 노래를 하면서 박자가 영 글렀구
　　면.
시동 1   잘못 들으신 거예요. 우린 박자를 맞췄어요. 틀리진 않았어요.
터치스톤   안 그렇다니까그래. 그 따위 바보 같은 노래를 듣는 건 시간
　　낭비야. 그럼 가 봐. 하느님께 음성들이나 고쳐 달라고 해! 이리 와요,
　　오드리. (일동 퇴장.)

　　하룻밤이 경과한다.

제 4 장 양 우리 근처의 빈터

추방당한 전 공작, 에미언스, 제이퀴스, 올렌도, 올리버, 실리아 등장.

전 공작 올렌도, 자넨 믿는가? 글쎄 그 소년이 약속대로 해낼 수 있을까?

올렌도 어떤 때는 믿고, 어떤 때는 안 믿습니다. 믿으면서 두려우며, 그 두려움을 자기도 알고 있는 사람같이 말입니다.

로잘린드, 실비어스, 피비 등장하여 일동과 합세한다.

로잘린드 한 번만 더 참아 주십시오. 약속을 다시 다짐해야겠어요. 만약 제가 로잘린드 공주님을 데려오면 공작님께선 공주님을 이 올렌도에게 주신다고 하셨지요?

전 공작 물론이지. 공주와 더불어 주어야 할 여러 왕국을 내가 가졌다고 하더라도.

로잘린드 그리고 당신은, 내가 그녀를 데리고 오면 아내로 삼으시겠습니까?

올렌도 물론이오. 내가 모든 왕국의 왕이라 하더라도 말이오.

로잘린드 그리고 당신은 나만 승인하면 결혼하겠다고 했지요?

피 비 네. 한 시간 후에 제가 죽는 한이 있더라도요.

로잘린드 하지만 만약 내가 결혼하기를 거절할 경우에는 이 성실한 목동한테 시집가겠다고 했지요?

피 비   네, 그래요.

로잘린드   그리고 당신은 피비만 승낙하면 피비를 아내로 맞겠다고 했지요?

실비어스   예, 피비를 아내로 맞는 것과 죽음이 같은 것일지라도요.

로잘린드   나는 이 사건을 모두 원만히 해결 짓겠다고 약속을 했습니다. 오, 공작님은 따님을 주겠다는 약속을 지키십시오. 올렌도는 공주님을 맞는다는 약속을, 그리고 피비는 나와 결혼할 계획이나 내가 거절할 경우에는 이 목동과 결혼한다는 약속을 지키시오. 그리고 실비어스는 피비가 날 거절할 경우에는 피비와 결혼한다는 약속을 지켜야 하오. 그런데 난 이 문제들을 모두 해결하기 위해서 어디 좀 다녀와야겠습니다. (실리아를 불러내 가지고 두 사람 퇴장.)

전 공작   돌이켜 생각해 보니 이 목동 아인 어쩐지 내 딸애와 꼭 닮은 것 같소.

올렌도   공작님, 저도 처음 봤을 땐 공주님의 오빠 줄만 알았습니다. 그러나 공작님, 이 소년은 숲 태생으로 그의 숙부 밑에서 여러 가지 마술의 초보를 공부했다 하며, 자기 숙부는 이 숲 속에 숨어 사는 굉장한 마술사라고 합니다.

터치스톤과 오드리가 빈터로 들어온다.

제이퀴스   확실히 또 제2의 홍수가 있을 참인가. 저 한 쌍도 방주(方舟)에 편승할 모양이지. 참 기묘한 짐승도 한 쌍 오잖는가. 저건 어떤 나라 말로나 '바보'라는 것들이란 말야.

터치스톤   여러분 삼가 인사드리겠습니다.

제이퀴스   공작님, 이자를 환영해 주십시오. 내가 숲에서 종종 만나는 양반인데, 마음까지 바보의 얼룩옷을 입고 있습니다. 자기 말로는 벼슬도 지냈다나요.

터치스톤　그걸 의심하는 분은 나를 고문해 봐도 좋소. 궁중 춤도 춰 본 이 사람이오. 귀부인에게 구애도 해 본 이 사람이오. 친구에겐 술책도 써 보고, 적하곤 원만히도 지내 본 이 사람이오. 양복집을 세 집이나 파산시키고 한 번은 결투까지 할 뻔한 이 사람이오.

제이퀴스　결투는 어떻게 해서 화해가 됐소?

터치스톤　글쎄, 우린 마주 서고 나서, 그 결투가 제7조의 원인에 근거하고 있다는 것을 발견했지요.

제이퀴스　제7조의 원인이라뇨? 공작님, 재미있는 친구 같습니다.

전 공작　음, 참 재미있는 친구로군.

터치스톤　감사합니다. 나도 그렇게 생각합니다. 내가 부랴부랴 온 것은 시골 혼례에 한몫 끼여 결혼하고 싶을 때에 맹세를 하고 나중에 변덕이 나면 맹세를 깨뜨리고 싶어서올시다. (오드리를 손짓해서 부르며) 불쌍하고 못생긴 처녀입니다만, 내 여자입니다. 아무도 얻으려고 않는 계집을 내가 손을 댔지만, 이 역시 나의 하찮은 기분입니다. 고결한 여자는 구두쇠모양 가난한 집에 사는 법이거든요. 글쎄 진주가 더러운 조개 속에 들어 있는 것처럼 말입니다.

전 공작　이 친구는 여간 빠르고 재치 있는 말솜씨가 아니로군.

터치스톤　글쎄, 바보의 화살은 빠르다는 등 하는 상쾌한 엉터리 문구도 있잖습니까?

제이퀴스　그 제7조의 원인 말인데, 제7조에 근거한 결투라 함은 어떻게 알았지요?

터치스톤　그건 일곱 번씩이나 식언(食言)에 근거하고 있으니 말입니다 —— 이봐 오드리, 몸 좀 더 잘 갖추어요—— 그건 이렇습니다. 내가 어떤 벼슬아치의 수염 모양이 마음에 안 든다고 했더니, 그자가 자기의 수염 모양이 내 마음에 안 든다고 하지만 자기는 상관없다는 말을 보내왔습니다. 예의적인 답변이란 겁니다. 만약에 내가, '그건 모양이 흉하다'고 말해 준다면 그자는 자기 마음에 들도록 깎은 것이라고 말했을 겁니다. 이건 점잖은 경구(警句)라고 할까요. 내가 한 번 더 '모양이 흉하다'고 한다면 그자는 내 판단을 의심할 것입니다. 이건 상스러운 대답이지요. 다시 또 내가 '모양이 흉하다'고 해 줄 것 같으면, 그자는 당신 말이 옳지 않다고 대답할 것입니다. 이건 맹렬한 비난이라고 할 수 있지요. 거듭 내가 '모양이 흉하다'고 말해 준다면, 그자는 날보고 거짓말쟁이라고 할 것입니다. 이건 도전적인 반발이죠. 이렇게 해서 다음은 간접적인 식언과 직접적인 식언의 차례입니다.

제이퀴스   그럼 당신은 그자의 수염 모양이 흉하다는 말을 몇 번이나 했소?

터치스톤   난 감히 간접적 식언의 선을 넘어서지 못했고, 상대편에서도 감히 직접적 식언의 선을 넘어오진 못했습니다. 그래서 우린 칼을 맞추어 보았을 뿐 헤어졌지요.

제이퀴스   여보, 한 번 더 그 식언의 등급을 순서대로 말해 줄 수는 없소?

터치스톤   그야 우린 일일이 교본에 따라 결투하거든요. 이건 당신들이 예의 범절의 책을 갖고 있는 것과 마찬가집니다. 등급을 말씀해 드리죠. 제1, 예의적인 답변. 제2, 점잖은 경구. 제3, 상스러운 대답. 제4, 맹렬한 비난. 제5, 도전적인 반발. 제6, 간접적 식언. 제7, 직접적 식언. 제 7 이외의 경우는 피할 길이 있습니다. 제7의 경우도 물론 '만약에'란 말만 붙어 있다면 피할 수 있는 일이죠. 내가 알고 있지만, 일곱 명의 법관도 화해시키지 못한 결투를 당사자끼리 만나서, 어느 한쪽이 다만

'만약에' 하고 생각하고, '만약에 당신이 그렇게 말한다면, 난 이렇게 말하겠소.' 하자, 두 사람은 악수를 하고, 결의 형제의 맹세를 했습니다. 그 '만약에'란 말은 유일한 중재자요. 그 '만약에' 속에는 굉장한 힘이 있습니다.

제이퀴스   이자는 참 보기드문 친구가 아닙니까, 공작님? 만사가 그럴 듯한 작자이긴 합니다만, 역시 바보는 바봅니다.

전 공작   자기의 이런 허튼소리를 꼭두 말〔人形馬〕 대용삼아 숨어서 풍자를 마구 쏘아대는군.

　　혼례의 신 히멘의 가면을 쓴 남자와 그 일행이 본래의 차림을 한 로잘린드, 실리아와 함께 등장. 조용한 음악.

히 멘   (노래한다.)
　　　그때 천상에 기쁨 흐르도다,
　　　지상의 온갖 일들
　　　화해가 됐을 때.
　　　공작이여, 따님을 받으시라.
　　　히멘이 천상에서 데려왔으니
　　　아, 여기 데려왔으니
　　　손을 저분 손과 맺어 드리시라.
　　　저분 마음, 따님 가슴 속에 앉아 있으니.

로잘린드   (공작에게) 저를 바치겠어요, 저는 아버님 것이니까요. (올렌도에게) 저를 바치겠어요, 저는 당신 것이니까요

전 공작   이 눈에 틀림없다면, 너는 내 딸이로구나.

올렌도   나도 이 눈에 틀림없다면, 당신은 나의 로잘린드입니다.

피 비　이 눈에 보이는 광경이 진실이라면 아, 내 사랑은 안녕히!

로잘린드　(공작에게) 당신이 제 아버지가 아니시라면, 저에게는 아버지가 없어요. (올렌도에게) 당신이 그이가 아니시라면 저에게는 남편이 없어요. (피비에게) 당신이 그 상대가 아니라면 난 어떤 여자하고도 결혼하지 않겠어요.

히 멘　쉬, 쉬! 조용히들 하시오.
　　　이제 이 이상한 사건의
　　　결말을 지어야 하겠소.
　　　여기 이 여덟 분은 히멘의 인연으로
　　　손들을 맺어야겠소,
　　　진정 거짓이 없다면 말이오.
　　　그대와 그대는 어떤 불행도 떼어놓지 못하오.
　　　그대와 그대는 마음도 하나요.
　　　그대는 저분 사랑을 따라야 하오.
　　　안 그러면 여자를 낭군삼아야 하오.
　　　그대와 그대는 굳게 맺어지리오,
　　　겨울철과 추운 날씨처럼.
　　　결혼 노래 부르고 있을 테니
　　　서로 물러들 서서,
　　　이렇게 만나고 이렇게 된
　　　까닭의 의심을 푸시옵소서.

　　노 래

　　결혼은 대 주노 여신의 영광이로다.

같이 먹고 같이 자는 행복한 인연이여.
고을 고을마다 식구 늘이는 자는 히멘이로다.
그러니 찬미합시다, 성스러운 결혼을.
찬미합시다, 높이높이 찬미합시다.
모든 고을의 신, 히멘을.

전 공작   아 조카딸아, 참 잘 왔다. 친딸에 못지않게 너를 환영한다.
피 비   (실비어스에게) 이제 당신은 내 낭군이 되셨으니 저는 약속을
안 어기겠어요. 당신의 진정이 저의 사랑을 당신에게 맺어 놓았어요.

    제이퀴스 드 보이스 등장.

제이퀴스 드 보이스   한두 마디 알려드릴 말씀이 있습니다. 소인은 돌아
가신 롤렌도 경의 차남되는 사람인데, 이 아름다운 모임에 소식을 가
지고 왔습니다. 프레더릭 공작은 매일같이 유능한 인사들이 이 숲에
모여든다는 소문을 듣고, 대군을 동원해 가지고 몸소 인솔하여, 자기
형을 체포해서 목을 벨 목적으로 이 황량한 숲 변두리까지 찾아왔습
니다만, 그곳에서 어떤 노도승을 만나 무슨 문답을 한 끝에, 회개를
하고 위와 같은 계획과 속세를 동시에 버릴 결심을 하셨지요. 즉 자기
의 관(冠)을 추방한 형님께 양도하고 형님을 따라 귀양간 분들의 몰
수지를 다시 돌려 드린다는 것입니다. 이것은 진실입니다. 이 목숨에
두고 맹세합니다.
전 공작   잘 왔소, 젊은이. 그대는 형제의 결혼식에 좋은 선물을 가져왔
구료. 글쎄 한 분에게는 몰수당한 토지를 다른 분에게는 토지 전부,
즉 당당한 공국(公國)을 선물로 가져왔소. 우선 이 숲 속에서 우리는

잘 시작하여 좋은 열매를 맺는 일의 결말을 지읍시다. 그 다음, 나와 더불어 쓰라린 밤낮을 참아 온 이 행복스런 한분 한분은, 각자의 토지의 넓이에 따라 돌아온 행복의 기쁨을 같이 나눕시다. 그러나 잠시 동안, 뜻밖에 굴러든 권세일랑 잊고 우리들의 시골 환락을 즐깁시다. 자 웃음을! 그리고 신부와 신랑들, 기쁨에 넘친 춤들을 넘실넘실 춰 보구료.

제이퀴스 공작님, 잠깐만……. (음악이 멈추는 것을 기다려서 제이퀴스 드 보이스에게) 내 귀가 틀림없다면, 프레더릭 공작은 수도 생활로 들어가고, 호화스런 대궐을 포기하셨다고 들었는데 사실입니까?

제이퀴스 드 보이스 사실입니다.

제이퀴스 나는 그 양반을 따라가겠습니다. 그와 같이 개심을 한 분께는 듣고 배울 것이 많으니까요. (전 공작에게) 이전의 영광에 공작님을 맡겨 두고 가겠습니다. 공작님의 인내와 덕행은 그만한 가치가 있습니다. (올렌도에게) 당신은 진정을 가지고 획득한 애인과 훌륭한 동료들에게 맡기겠소. (실비어스에게) 당신은 꾸준히 찾아서 얻은 동침자께 맡기겠소. (터치스톤에게) 그리고 당신은 입씨름에 맡기겠소. 글쎄 당신 사랑의 항로는 겨우 두 달 분밖에 식량이 지탱하지 못할 테니까요. 그럼 여러분들 재미 많이 보십시오. 이 사람은 춤하고는 맞지가 않아서요.

전 공작 가만 있어, 제이퀴스. 가만 있어.

제이퀴스 오락을 구경하고 싶진 않습니다. 앞으로 공작님의 소식은 버리고 가시는 동굴에 남아서 듣기로 하겠습니다. (모든 사람한테서 돌아선다.)

전 공작 자, 자, 오락을 시작하구료. 틀림없이 끝은 참으로 즐겁게 끝날 것이오. (음악과 춤.)

끝 말

로잘린드 (소년 배우가 분장함) 부인 역으로서 끝말을 보여 드리는 것은 격식이 아닙니다만, 남자분의 머리말보다 그리 흉할 것은 없을 것입니다. 좋은 술[酒]은 나뭇가지 간판이 필요 없다는 말이 사실이라면, 사실 좋은 연극도 끝말은 필요 없습니다. 그래도 좋은 술에는 좋은 간판에 나뭇가지를 사용하다시피, 좋은 연극도 좋은 끝말의 도움을 받으면 더욱 빛날 것 아닙니까. 그런데 저는 어떻게 하면 좋겠습니까? 좋은 끝말을 하지도 못하고, 좋은 연극을 하기 위하여 여러분의 호감을 사지도 못하니 말입니다! 저는 거지꼴은 하고 있지 않기 때문에 애원하는 것은 격에도 맞지 않습니다. 저로서는 여러분께 간청할 수밖에 없습니다. 부인 여러분, 남자에 대한 여러분의 사랑에 두고 이 연극을 마음껏 애호해 주시기 바랍니다. 다음은 남자 여러분, 당신들의 여자에 대한 애정에 두고—— 당신들의 선웃음으로 보아 여자를 미워하는 분은 한 사람도 없을 것 같으니까 말입니다만—— 여러분들께 이 연극을 애호해 주시기를 간청합니다. 제가 진짜 여자라면 제 마음에 드는 수염을 가지신 분께는, 그리고 제가 좋아하는 얼굴을 하신 분과 제게 싫지 않은 입김을 하신 분께는 빠짐없이 키스를 해 드리고 싶습니다. 그러면 필시 좋은 수염을 가지신 분이나, 좋은 얼굴을 하신 분이나, 향긋한 입김을 가지신 분들은 빠짐없이 저의 점잖은 마음씨에 대하여 제가 인사하고 나갈 때에 힘찬 박수를 보내 주실 것을 믿습니다. (퇴장.) World Best

《말괄량이 길들이기 *The Taming of The Shrew*》 바로 읽기

셰익스피어의 생애

영국의 스트레트퍼드 온 에이븐(Stratford-on Aven) 시의 한복판에는 홀리 트리니티(the Holy Trinity) 교회가 아름답고 장엄한 모습으로 서 있다. 셰익스피어는 이 조그만 도시에서 태어나 트리니티 교회에서 세례를 받았으며 죽어서는 그 교회의 묘지에 묻혔다. 셰익스피어가 생존했던 시절의 스트레트퍼드는 흥청거리는 상업도시요, 풍요로운 농업지대였으며, 런던으로 통하는 교통의 요지였다. 사슴이 뛰놀 정도로 아름다운 아든(Arden) 숲이 셰익스피어 생가를 둘러싸고 있는 그곳의 아름다운 경치는 셰익스피어를 자연의 시인으로 만들기에 충분했다.

셰익스피어의 기념일은 보통 성 조지 기념일인 4월 26일로 되어 있는데, 이 날이 정확한 탄생일은 아니다. 다만 탄생세례(誕生洗禮)를 받은 날이 26일로 밝혀져 태어난 것은 적어도 3일 가량 앞선 23일일 것이라고 추측할 뿐이다. 셰익스피어의 아버지 존 셰익스피어(John Shakespeare)는 1556년 스트레트퍼드에 정착했는데, 곡물업·임산물상·잡화상·도살업 등을 경영하여 셰익스피어가 태어날 당시까지는 집안의 운수가 매우 순조로웠다. 존은 한때 시 참의원·치안관에까지 진출할 정도로 저명인사가 되었다.

존 셰익스피어는 1557년, 워릭셔(Warwickshire)의 명문 집안 출신의 처녀 메리 아덴(Mary Arden)과 결혼함으로써 약간의 토지를 가졌을 뿐만 아니라 자신의 사회적 지위도 더욱 확고하게 만들었다. 셰익스피어는 이와 같은 아버지로부터 이재(理財)에 밝은 상인의 생활력을 이어받았을 것이라고 추측되며, 어머니로부터는 고결한 심성과 올바른 생활태도, 역사와 자연에 대한 사랑과 종교적 신앙심을 이어받았을 것으로 생각된다. 하지만 셰익스피어가 채 성장하기도 전에, 아버지의 사업은 무슨 이유에선지 갑자기 몰락했다. 그 때문에 셰익스피어는 장남의 위치에 있으면서도 이른바 초등교육 이상의 교육은 끝내 받지 못했다. 셰익스피어의 두 누나는 유년시절에 모두 사망했다. 당시 스트레트퍼드에는 문법학교가 있어 시민의 자제들에게 무료로 교육을 제공했는데, 셰익스피어도 이 학교에 다녔다.

스트레트퍼드 문법학교의 교사는 대부분 옥스퍼드 출신으로, 이곳에서는 대학 예비 과정의 교육도 행했다. 교육 내용의 정도는 낮았으나 역사·종교·라틴 어·문법·논리·수사학·웅변 등 광범위한 분야를 교육했다. 특히 고전 교육은 상당히 수준이 높았던 것으로 여겨진다. 셰익스피어는 이 문법학교에서 오비드와 플로타스 등 라틴 작가의 원서를 읽었으며, 특히 습작기에는 플로타스의 희극을 모방하기도 했다. 이것은 집안이 기울어 셰익스피어가 이 문법학교를 다니던 시절에 습득된 것임에 틀림없다.

학교를 졸업한 후인 1578년 무렵, 셰익스피어는 아버지의 일을 돕고 있었다. 이 시기에 셰익스피어를 열광시킨 것은 연극 공연의 관람이었을 것이다. 당시 런던의 극단들은 정기적으로 지방 순회공연을 다녔다. 스트레트퍼드에도 영국의 가장 우수한 극단들이 찾아들었다. 그들이 공연한 연극은 주로 성서나 고전에 근거를 둔 도덕극으로 셰익스피어 자신이 앞으로 쓰게 될 희곡들에 비해서는 몹시 무미건조했으나, 그는 이 연극들을 빠짐없이 보았으며 또한 많은 영향을 받았다.

셰익스피어가 스트레트퍼드의 문법학교를 마치고 런던으로 상경할 때까지의 기록은 남아 있는 것이 별로 없다. 그 지방 유력자의 사슴을 훔친 것이 문제가 되어 잠시 이웃 고장으로 피신하여 교사 생활을 했다는 말도 있지만 확실하지는 않다. 1582년 18세 되던 해, 셰익스피어는 스트레트퍼드 근교 쇼터리에 사는 농부의 딸이며, 여덟 살 연상인 앤 해서웨이와 결혼을 했다. 6개월 후에는 딸 수잔나가 태어나고 이어 1585년에는 쌍둥이 남매를 보았다.

이후 몇 년 동안 셰익스피어가 스트레트퍼드에 있었다는 기록은 전혀 발견되지 않는다. 아마도 셰익스피어는 쌍둥이 남매 출생 이후 스트레트퍼드의 집과 가족을 떠나 청운의 꿈을 품고 더 넓은 세계로 향해 어디론가 출발했음이 분명하다. 셰익스피어의 결혼 생활에 대해서는 여러 추측이 있다. 그는 아내를 스트레트퍼드에 남기고 떠났는데, 아들 햄넷은 1595년에 사망하여 매장되었고, 아내와는 런던에서 상면할 기회가 없었다. 1585년 이후 이들 사이에는 자식이 생기지 않았다.

1580년대 중반경, 젊은 셰익스피어가 도착한 런던 시는 마침 엘리자베스 여왕의 치하에서 눈부신 발전과 번영을 누리고 있던 때였다. 1588년 스페인의 무적함대를 물리치고 대해양제국으로 등장한 영국의 국가의식은 그 어느 때보다도 드높았고, 런던 시는 중세기 이래 상업적 전통과 시민의 자유가 보장되고 청교도적인 기풍이 팽배했다. 런던 시는 여왕의 궁성이 있을 뿐만 아니라 인구가 십만에서 이십만을 헤아리는 정치와 문화의 중심지였다. 또한 대학이 있었고, 대륙과의 활발한 왕래는 물론 멀리 인도·지중해·아메리카 등지와도 접촉했다. 셰익스피어는 초등교육 이상은 받지 못했으나 런던은 그에게 대학 교육 이상의 것을 주었다.

당시 런던의 여관이나 술집은 나그네들이 쉬어 가는 숙박업소일 뿐만 아니라 대중문화의 중심지 역할을 했다. 이들 여관과 술집은 일찍부터 신연극과 깊은 관계를 맺고 있었으며, 여관집 앞마당은 연극 공연장이었다. 셰익스피어 자신이 직접 연기를 했다고 전해지는 크로스키스 주막(the Crosskeys tavern), 레드 불 주막(the Red Bull tavern), 보아스 헤드(the Boar's Head) 등에서는 끊임없이 공연이 진행되었다.

런던으로 올라온 때를 전후해서 셰익스피어는 극단에 몸을 담은 것 같다. 그것도 처음에는 아주 보잘것없는 일(말지기라고 하는 설도 있다)로부터 출발, 이윽고 배우가 되었다고 하는 것은 거의 확실하며, 그러면서 선배 작가의 각본을 보필하기도 하다가 그 자신도 저작(著作)을 하게 된 것으로 짐작된다. 그리하여 28세인 1592년에는 이미 선배나 동료 작가의 질투를 살 만큼 신진 작가로서 주목을 받게 되었다.

그러나 1595년경까지는 선배 작가, 그 중에서도 말로(Marlowe) 등의 작풍(作風)을 모방한 흔적이 뚜렷한 습작시대라고 하여도 무방하다. 흘러넘치는 풍부한 재능은 그때 이미 나타나 있었지만 한편에서는 '타인의 날개 깃으로 몸을 장식해서 벼락 성공한, 무슨 일에나 참견하려는 자' 따위의 악평도 남아 있을 정도이다. 어쨌거나 당시 엘리자베스 여왕은 르네상스 시대의 군주답게 열광적으로 극단을 후원하고 공연행사를 장려하였다. 심지어 연예만을 전담하는 시종장(the Master of Revels)을 임명하기도 했다.

1594년 이후, 셰익스피어의 극단은 여왕의 사랑을 받아 매년 어전공연을 했다. 이 정기공연은 여왕이 서거한 1603년까지 계속되었다. 셰익스피어는 자신의 작품 《사랑의 헛수고》, 《실수의 희극》, 《베니스의 상인》,

《헨리 4세》, 《헨리 5세》, 《헛소동》 등을 어전공연하였으며, 《윈저의 명랑한 아낙네들》은 여왕 자신이 셰익스피어에게 요청해서 완성되었다고 전해지고 있다. 엘리자베스 여왕이 보인 연극에 대한 애정은 제임스 왕에 의해 계승되었다. 그는 셰익스피어 극단을 왕실 전속극단으로 만들어 이들을 후원하였다. 왕실과 셰익스피어와의 밀접한 관계 때문에 셰익스피어는 영국의 귀족들과도 두터운 교분을 맺게 되었다. 당대의 기라성 같은 귀족들인 스텐리, 에섹스, 사우셈프턴을 비롯하여 펨브로크 형제들인 윌리엄과 필립 등은 그의 후원자요 친구들이었다. 귀족 후원자를 갖는다는 것은 당시의 작가로서는 커다란 관심사였던 것이다. 그는 후원자를 얻는 데에도 훌륭하게 성공했다.

풍요롭고 바삐 돌아가는 가운데 흥청대는 런던 시의 활기, 지적이며 감성적인 신사들의 매력, 귀족들과 아름다운 귀부인들이 사교를 즐기는 왕실의 황홀한 분위기 등은 셰익스피어가 스트레트퍼드에서는 상상조차 할 수 없었던 광경이었다. 런던에서 그를 휩싸고 있던 르네상스의 분위기는 그의 천재적 재능을 활짝 꽃피울 수 있도록 적절한 환경을 제공해 주었다.

1594년부터 1600년의 시기는 셰익스피어의 생애에 있어서 가장 바쁘고 행복했던 시기이며, 그의 극작술도 원숙기에 접어든 시기였다. 《리처드 3세》, 《말괄량이 길들이기》, 《로미오와 줄리엣》, 《한여름 밤의 꿈》, 《리처드 2세》, 《베니스의 상인》, 《존 왕》, 《헨리 4세》, 《헛소동》, 《헨리 5세》를 발표했으며, 《줄리어스 시저》, 《뜻대로 하세요》, 《십이야(十二夜)》, 《윈저의 명랑한 아낙네들》 등의 작품 발표를 할 때에는 이미 극시인(劇詩人)으로서의 완성에 도달했다.

셰익스피어가 극작가로서 성공한 것은 1597년 그가 스트레트퍼드 최고의 저택인 뉴 플레이스(New Place)를 구입한 사실로도 알 수 있다. 이곳은 만년에 그가 런던 생활에서 은퇴한 후 여생을 보낸 곳이기도 하다. 뿐만 아니라 당대의 출판업자들은 그의 작품을 입수해서 출판하려고 혈안이 되어 있었다. 흥행의 성공과 작품집 출판에서 거둔 막대한 수입은 그를 부유하게 만들어 주었다. 그래서 셰익스피어는 극단의 운영에도 직접 참여하게 되었다.

1603년 엘리자베스 여왕의 서거와 제임스 왕의 즉위는 셰익스피어의 생애에 있어서 새로운 시대를 열었다. 제임스 왕도 여전히 연극의 열렬한 후원자였지만 셰익스피어의 마음은 어둡고 침울했다. 그러한 변화는 《오셀로》, 《리어왕》, 《멕베스》에서 분명해졌다. 확실히 엘리자베스 왕조의 영광의 쇠퇴를 느끼게 하는 시기이기도 하지만, 이 시기의 그의 작품에는 어떤 이유에 의해서였던간에 갑자기 심각한 암울함이 그늘져, 이를테면 인간성의 무서운 심연(深淵)이라고 할 만한 것이 입을 벌리고 있는 것처럼 보인다. 심지어 이 시기에 쓴 희극 작품 《트로일러스와 크레시타》, 《끝이 좋으면 다 좋다》에조차 음산한 절망감이 감돌고 있다. 아마도 이러한 변화는 당시의 연극적 유행의 변화에도 그 원인이 있겠지만 셰익스피어 자신의 예술적 각성에 의한 것으로 볼 수 있다. 낭만적 희극과 역사극에 식상한 당시의 연극 관객들은 사실적이며 풍자적인 희극들과 인간 존재의 궁극적 가치의 문제를 다루는 비극 작품을 선호하게 되었다.

이러한 주제의 변화는 셰익스피어로 하여금 새로운 연극 형식을 모색하게 하였다. 그는 나이가 들어감에 따라 르네상스 문화 저변에 깔린 비극적 실상을 깊이 인식하게 되었다. 그는 비극의 원천이 다름아닌 악(惡)이 저지르는 폭력 속에 있음을 알게 되었다. 그는 악의 막대한 위력 앞에 선(善)이 패배하는 절망적 상황을 체험하고 악과 선의 관계를 파헤치고 해명하는 것이 인간 존재의 의미와 목적을 정립하는 일이라고 단정하였다. 그는 이런 엄숙하고 장엄한 주제를 다루는 데 있어서 비극의 형식이 가장 효과적인 극형식이 된다고 생각했던 것이다.

비극 작품의 창작에서 엿볼 수 있는 격렬한 고뇌의 폭풍우를 겪고 난 뒤, 셰익스피어는 1611년 마지막 창작의 붓을 꺾기까지 비극 《코리올레이너스》, 전기극(傳奇劇) 또는 희비극(喜悲劇)이라고도 불리는 《심벨린》, 《겨울 이야기》 등을 발표하는데, 그의 작품으로서는 그다지 뛰어난 것이라고 할 수 없다. 하지만 아직까지 두드러진 창작력의 쇠퇴라는 것은 찾아볼 수가 없었다. 《페리클레스》와 같이 인간 혐오를 통렬하게 풍자한 작품도 있다. 1611년, 《템페스트》와 같이 재차 완성된 걸작을 썼지만 그 주인공 프로스펠로가 마지막에 마법의 지팡이를 꺾는 것처럼 작가 자신도 붓을 꺾고서 고향인 스트레트퍼드에 은거하게 된다.

셰익스피어가 언제 런던을 떠나 스트레트퍼드의 전원 생활로 돌아갔는지 확실한 연대는 밝혀져 있지 않지만, 1605년부터 1609년까지 계속된 런던의 전염병을 피해서 고향으로 돌아갔을 것으로 짐작된다. 1610년에는 고향에 있었던 것이 분명한데, 그것은 당시 그곳에서 상당한 액수의 부동산을 사들인 사실로 알 수 있다. 물론 런던 나들이는 그때도 자주 했을 것이다. 1613년, 《헨리 8세》의 발표를 끝으로 그의 창작 생활은 종결된다. 이 마지막 작품은 미완성으로 남긴 것을 다른 작가가 완성시킨 것이다. 1613년은 그의 주된 활동무대였던 '지구극장'이 불에 타 잿더미가 된 해이기도 하다. 1616년, 그는 변호사를 시켜 자신의 유언장을 확정시켰다. 그는 가족들에게 자신의 재산을 분배한 뒤, 1616년 4월 23일에 운명했다.

셰익스피어의 말년은 그 동안의 맹렬한 작품 활동과 역사적 사건이 안겨다 준 중압감과, 가정 생활의 고뇌로 피로에 지쳐 기진맥진한 상태에 놓여 있었을 것이라는 설이 지배적이다. 그럼에도 불구하고 고향에 은퇴한 후에는 비교적 평화스러운 여생을 보냈다. 처세가 매우 훌륭하다고 할 수밖에 없는 그는 당시의 문인, 특히 극작가 등이 거의 방종한 생활을 영위한다든가, 비명에 죽는다든가, 비참한 영락의 일생으로 끝나든가 했던 것에 비하면 참으로 훌륭한 예외였기 때문이다. 어쨌든 셰익스피어는 약 20년간의 작가 생활을 하는 동안에 희곡 37편과 길고 짧은 시 7편을 남겼다.

셰익스피어와 동시대의 사람들은 비록 그를 훌륭한 극작가요 모범적인 시민으로 인정했지만, 그토록 위대한 개성을 지닌 인물일 줄은 미처 알지 못했다. 18세기의 비평가들은 그를 자연과 같은 작가라고 평했고, 19세기에 들어서는 신(神)의 위치로까지 격상되었다. 그리고 오늘날의 셰익스피어는 인류가 낳은 가장 위대한 작가로 칭송받고 있다.

《말괄량이 길들이기》, 《뜻대로 하세요》

셰익스피어 희극은 지적이며 실질적인 풍속 희극과 정적이며 목가적, 몽환적인 낭만 희극으로 크게 나눌 수 있다. 그러나 셰익스피어가 독자적으로 개척한 것은 두 요소를 완전히 융합시킨 《한여름 밤의 꿈》을 기점으로 하는 낭만 희극이다. 셰익스피어 희극의 진수는 풍자보다도 너그러운 웃음을 담은 낭만에 있다 하겠다.

극에 있어서 행위는 등장 인물의 내부에서부터 발생하는 데 대하여 극 구성은 작가가 외부에서 부여하는 것이다. 개인을 중심으로 하는 행위의 추구가 비극의 성립 조건이라면, 다수의 등장 인물을 움직이는 교묘한 구성(plot)은 희극의 필수 조건이다. 비극에서의 인간은 거대한 신(神) 앞에 직면하고, 악(惡)은 미지의 불가사의한 세계로부터 스며나온다. 반면 희극에서의 인물은 사회적인 존재요, 악은 주위 환경에서 초래되는 인간적인 것이다. 비극에서는 우리의 경탄심을 자아내고 주인공의 개성의 내적 갈등에 집중되는 제재(題材)가 흥미의 초점이 된다면, 희극에서의 개인은 군상(群像) 속에 흐려진다. 따라서 희극은 본질적으로 비극의 경우와는 달리 짜임새 있는 극이라야 하며 보다 더 기교적이어야 한다.

영국의 중세극은 기교적으로 아주 유치했으나 희극적 성격이 아주 없는 것은 아니었다. 도덕극(道德劇)에 등장하는 악역 등은 희극적 성격이 넘쳐 흘렀는데, 엘리자베스 왕조에 들어서자 그 성격은 더욱 기세를 발휘하였다. 유명한 폴스태프도 그 훌륭한 후예의 하나로 간주되고 있다. 그러나 근본적으로 중세극에는 희극이 없었다. 따라서 엘리자베스 시대의 극작가들은 희극의 전형을 로마 희극에서 찾을 수밖에 없었다. 로마 극은 연극적으로는 그리스 극보다 훨씬 뒤떨어졌으나, 무대적인 기교면에서는 놀랄 만큼 발전되어 있었다. 셰익스피어는 뛰어난 희극 작가이기도 하였으므로, 젊은 셰익스피어가 자신의 극작술을 로마 희극에서 습득했으리라는 것은 당연한 추측이다.

《말괄량이 길들이기》는 소극적(笑劇的)인 환경 때문에 생기를 발산한다고 볼 수 있다. 그러나 이 작품이 완전 익살극이며 실수나 연발하고, 과장된 동작의 표현으로 웃음만을 유발하는 소극(笑劇)으로 끝나는 것은 아니다. 사실 이 작품의 소극적인 면에 너무 집착한 나머지 순수한 희극 형태의 본질을 지니고 있다는 점을 간과하고 있다. 단순한 소극의 플롯과는 달리 이 극의 플롯은 현실과 전혀 무관한 가공적인 것이 아니다. 또한 카타리나와 페트루치오의 신파적인 가면 뒤에는 연극 본래적인 것이 도사리고 있다. 페트루치오는 보기 흉하고 괴팍스런 야만인이 아니라 신사이며, 셰익스피어가 흥미를 느낀 최초의 소박한 성격이다. 카타리나 또한 외관으로나 실질적인 모습에서 연극적으로 처리된 인물이다. 그녀는 자기가 무척 영리하다고 자부하고 있고 온순한 여동생에 대한 강한 멸시감을 갖고 있다. 그녀는 자신에게 돌아오는 해악(害惡)이 어떤 것인지는 알지 못해도 타인에게 미치는 자기의 인상을 어렴풋하게 나마 알고 있다. 그러나 그녀는 천성이 악한 것이 아니라 그저 왈가닥을 가장한 것뿐이다. 이것은 소극이 아니라 희극적 성격에 그 바탕을 두었기 때문이라 할 수 있다. 그리고 그 점이 성격상에서가 아니라 태도상에서의 내적 변화를 극작가에게 허용하는 것이다. 그녀의 마지막 대사는 풍자적인 거짓말이 아니라 새 행복을 발견한 근대적 여성의 입에서 우러나오는 진실의 토로이다.

《뜻대로 하세요》는 전원극이라 할 수 있다. 전원주의(田園主義)를 풍자한 전원극으로 인습적 현실과 이상의 두 세계가 전개된다. 터치스톤은 이 극의 대변자라고 할 수 있는 리얼리스트요, 로잘린드는 자기 자신이 사랑에 깊이 빠져 있으면서도 터치스톤의 현실주의를 솔직히 용납한다. 이는 모순되는 성격에서 오는 대조라기보다 그 대조적인 것이 내재해 있었다는 것을 의미한다. 터치스톤은 어리석은 짓임을 알고 있으면서도 스스로 아덴 숲을 찾아가며, 사랑의 어리석음을 똑똑히 알고 있으면서도 못생긴 시골뜨기 오드리와 결혼하는 철저한 리얼리스트이다. 그리고 로잘린드는 어느 여인에 못지않게 열렬한 사랑을 하고 있으면서도 사랑의 허무함을 예리하게 인정하고 있다.

그 외의 셰익스피어의 희극 세계

《한여름 밤의 꿈》은 셰익스피어의 여러 희극 작품들 중에서도 아주 뛰어난 작품으로 종래의 모든 극작상의 기법이 다 담겨져 있다. 작품의 소재 면에서는 종전의 것들과 별반 다를 것이 없으나 그 구조면에서는 일대 혁신적인 면이 엿보인다. 티시어스와 히폴리터에 의해 마련된 틀 안에 두 쌍의 애인과 직공들과 요정의 세계가 놓여지며, 이것들은 모두

차오(錯誤)라는 주제로 관계를 맺는다. 셰익스피어는 이 극에서 몽환과 현실이라는 개념을 제시했으며, 또한 외관(外觀)과 실재(實在)를 대담하게 대조한다. 외관과 실재의 두 요소는 이 극의 내적 본질을 이루고 있다. 외관과 실재는 그의 극에서 교향악의 주제처럼 상호 작용을 하는데, 높아졌다가는 낮아지고, 잠시 하나로 합쳐지는가 하면 이내 분리되어 음악에서의 대위법(對位法)과 같은 효과를 나타낸다. 셰익스피어의 솜씨가 한층 성숙해진 것이다.

예를 들어 이 극의 등장 인물인 티시어스는 극의 진행을 비판하고, 끝에 가서는 극의 분규를 원만하게 해결지어 주는 힘과 결탁하여 인위적인 율법을 극복하고, 젊은 서정적인 사랑도 부정한다. 티시어스 외에 또 하나의 상식적인 머리를 가진 보텀이라는 인물이 등장하는데, 그는 요정 여왕의 키스를 받는다. 셰익스피어는 티시어스적 현실의 테두리 안에다 자신의 일상적 상식을 제한할 수는 없었기 때문에, 현실과 상상의 두 세계를 다같이 포용하고 있는 것이다.

그러나 셰익스피어가 언제나 낭만적인 요소와 현실적인 요소를 완전히 융합시켜 균형이 잡힌 원숙한 희극들을 만들어낸 것은 아니었다. 복잡하고 교묘한 로맨틱 희극을 전부 성공적으로 이끌기에는 아무리 셰익스피어라고 해도 결코 쉬운 일이 아니었다.

《베니스의 상인》은 그전까지 비교적 잘 지켜지던 정묘한 균형감이 깨어진 작품이라고 할 수 있다. 예를 들어 바사니오가 포샤에게 구애하는 주제를 복잡하게 만들기 위해서는 전형적인 악역이 필요했다. 이 악역은 무동기(無動機)의 배경적 인물이어야 했다. 그러나 이 희극의 악역인 샤일록은 적극적인 역할을 하는 인물이 되고 만다. 셰익스피어 자신이 샤일록이라는 인물에 흥미를 느낀 나머지 그를 단순한 악역의 틀 안에 고정시키지 않고 주체적인 인간으로 부각시켜 버린 것이다.

우리가 《뜻대로 하세요》에서 마주 대하는 이러한 세계는 바로 모순의 세계이다. 그 바탕이 애수가 흐르는 사랑의 소곡(小曲)들로 점철되어 있는 《십이야(十二夜)》 또한 미묘한 균형을 지니고 있다. 올리비아의 비탄은 다소 과장되어 있는 것이 사실이지만, 그 비탄은 결코 어리석은 과장이 아니다. 또한 사랑하지 않기 때문에 공작의 구애를 거절하는 것은 당연한 일이다. 남장한 비올라를 사랑하게 되는 것은 잠깐 동안의 자연의 장난이지 그녀의 마음 속에는 비올라의 쌍둥이인 세바스천이 자리잡고 있었다. 모두가 조롱하는 맬볼리오를 다소나마 동정하는 사람도 그녀뿐이다. 이런 의미에서 이 극의 주인공은 올리비아이지만 《헛소동》의 베네디크처럼 이 극의 맬볼리오 역시 우리의 머리에 즉각적으로 떠오르는 성격이다. 맬볼리오는 아마도 충분히 개성이 발휘된 인물이며, 이 청교도적인 이기주의자를 셰익스피어는 모든 각도에서 살아 있는 인물로 관찰하며, 그를 욕보이고 동정한다. 이런 면에서 이 희곡은 낭만적인 요소와 현실적인 요소가 완전히 융합된 균형잡힌 원숙미를 보여 준다.

한동안 격렬한 애증의 회오리바람 속에서 인생의 암흑과 심연을 응시하며 비극기에 빠져들었던 셰익스피어는 다시 한번 애정을 가지고 깨끗하고 맑게 인생을 바라보게 된다. 이 마지막 시기에 《페리클레스》를 비롯하여 《심벨린》, 《겨울 이야기》, 《태풍》 등의 4편의 낭만극을 창조하게 된다. 《페리클레스》를 위시한 이 작품들은 일종의 희비극이랄 수도 있는데 그러면서도 원만한 해결이 예정되고, 고의적인 악의이든 또는 단순한 오해이든간에 어떠한 사정으로 인하여 불화를 빚어낸 가족이 헤어진 끝에 십수년 후에 뜻밖에 다시 가족이 상봉함으로써 화해한다. 이는 셰익스피어가 만년에 즐겨 다루었던 낭만극의 공통적인 주제이다. 인생의 비극적 고난이 죽음을 겪고 재생으로 발전하며, 이때 재생의 원동력이 되는 것은 셰익스피어가 여태까지 자주 채용한 바 있는 자연의 힘이지만, 여기서는 그 위에 또 초자연력이 보태어진다. 사실 셰익스피어 만년의 영국 극작계는 이러한 희비극이 유행하기는 했지만, 셰익스피어는 그러한 유행에 따랐다기보다 그가 만년에 정착한 곳이 재생(再生)과 화해와 관용(寬容)의 경지였다고 할 수 있다.

흔히들 비극에는 '라신느', 희극에는 '몰리에르'라고 말하듯 어느 한 분야에서 대성한 작가는 많이 있다. 그러나 두 영역에 걸쳐 모두 손색없는 걸작을 낸 작가는 셰익스피어뿐이다.

셰익스피어는 악인을 단순히 악인으로서만 보아 넘기는 것이 아니라 그 뒷면에 있는 인간적인 나약성, 혹은 선량성도 그려내고, 선인에게서도 악의 요소를 그냥 넘기지 않는다. 예컨대 귀공자 햄릿 안에서도 음담 패설에 흥을 돋우는 소탈한 청년을 볼 수 있다. 즉 셰익스피어는 인간을 한 측면으로만 보지 않고 '천만의 마음을 가진' 인간으로 파악한 것이다.

흔히 셰익스피어의 위대성은 그의 비극 작품들에서 잘 드러난다고 한다. 그러나 셰익스피어 극의 세계는 정교하게 다듬어진 정원수라기보다는 울창한 숲이다. 그와 같은 광대한 세계를 탐구하기 위해서는 비극의 세계 뿐만 아니라 희극의 영역도 깊이 있게 탐구해야 할 것이다. 현명한 독자라면 그의 희극 세계에서도 비극 못지않은 독서의 기쁨을 맛볼 수 있으리라 기대한다.

셰익스피어 연보

1564년   아버지 존 셰익스피어와 어머니 메리 아덴 사이에서 4월 23일
        쯤 출생함. 4월 26일 홀리 트리니티 교회에서 세례 받음.
1565년(1세) 아버지 존, 시의 참의원으로 피선됨.
1568년(4세) 존, 시장에 취임함.
1571년(7세) 존, 시 참의원의 의장격인 치안관에 취임함. 리처드 퀴나
        를 상대로 50파운드의 채권 독촉의 재판소송을 제기함.
1573년(9세) 존, 헨리 히드퍼드에 의해 30파운드의 채무 이행 소송을
        받음.
1574년(10세) 존의 3남 리처드 출생(3월 11일 세례). 존은 좀더 큰 주택
        의 구입을 위해 40파운드를 투자함.
1577년(13세) 이 무렵부터 존은 공식석상에 나타나지 않음.
1578년(14세) 존, 저택을 담보로 하여 40파운드의 빚을 지게 됨(11월 14
        일).
1579년(15세) 존, 아내 재산의 일부를 처분함.
1580년(16세) 존, 아내 재산을 저당 잡힘.
1582년(18세) 윌리엄 셰익스피어와 앤 해서웨이와의 결혼 허가서 발행

(11월 27일). 다음 날 결혼 보증인의 연서(連署)로 결혼함.

1583년(19세) 윌리엄 셰익스피어의 장녀 수잔나 출생함(5월 26일 세례).

1585년(21세) 윌리엄 셰익스피어의 쌍둥이 햄넷(장남)과 주디스(차녀)가 태어남(2월 2일 세례).

1587년(23세) 부친 존, 시 참의원직에서 제명당함. 이 무렵에 윌리엄은 런던으로 갔다는 설이 있음.

1589년(25세) 《소네트 집》 대부분이 이 무렵에 완성됨.

1590년(26세) 《헨리 6세》 제2부와 제3부 초연됨.

1591년(27세) 《헨리 6세》 제1부 초연됨.

1592년(28세) 이 해 말에 역병으로 인해 런던의 극장이 폐쇄됨. 셰익스 피어의 부친 존은 교회 불참자의 명단에 기록됨. 《리처드 3세》 초연함. 《실수의 희극(喜劇)》 초연함. 시집 《비너스와 아도니스》 집필함.

1593년(29세) 《비너스와 아도니스》의 출판 등록을 함(4월 18일, 같은 해 에 양4절판으로 출판). 《타이터스 앤드로니커스》 초연함. 《말괄량이 길들이기》 초연함. 《루크리스의 능욕(凌辱)》 집필함. 극작 가 크리스토퍼 말로가 살해당함(5월 30일).

1594년(30세) 윌리엄, '궁내대신 소속극단(Lord Chamberlain's Men)'에 주주(株主)로 참가함. 《타이터스 앤드로니커스》 출판 등록(2월 6일), 같은 해 양4절판으로 출판함. 《헨리 6세》 제2부 출판 등 록(3월 12일) 출판함. 《루크리스의 능욕》 출판 등록(5월 9일), 같은 해 양4절판으로 출판함. 《실수의 희극》을 그레이 법학원 에서 상연함(12월 28일). 《베로나의 두 신사》, 《사랑의 헛수고》, 《로미오와 줄리엣》을 초연함.

1595년(31세) 장남 햄넷이 죽음(8월 11일 매장). 부친 존, 문장(紋章)의 사용을 허가 받음(10월 20일). 《존 왕》, 《베니스의 상인》을 초연함.

1597년(33세) 이 무렵 윌리엄은 런던 세인트 헬렌의 비섭게이트에서 거주함. 스트레트퍼드에서 가장 아름답고 두 번째로 큰 저택을 윌리엄 언더힐로부터 60파운드에 구입함. 《리처드 2세》 출판 등록(8월 29일), 동년 출판함(양절판). 《리처드 3세》 출판 등록(10월 20일자), 동년 출판함(양과 악의 중간 4절판). 《로미오와 줄리엣》의 악4절판 출판함. 《헨리 4세》 제1부와 제2부 집필함.

1598년(34세) 《헨리 4세》 제1부 출판 등록(2월 5일), 같은 해 출판함. 재상(宰相) 윌리엄 세실 사망함. 《베니스의 상인》 출판 저지 등록함(7월 22일). 윌리엄과 벤 존슨, 《10인 10색》에 출연함(10월). 《사랑의 헛수고》를 양4절판으로 출판함. 《헛소동》, 《헨리 5세》 초연함. 프랜시스 미어스의 수기 《지식의 보고(寶庫)》가 출판됨. 이 책에는 셰익스피어에 관한 여러 가지 언급이 있음.

1599년(35세) 시인 에드먼드 스펜서 사망함. 풍자문학 금지됨(6월 1일). 에섹스 백작의 아일랜드 원정이 실패함. '궁내대신 소속극단'의 본거지인 '지구극장' 개관함. 《줄리어스 시저》 집필, 같은 해 '지구극장'에서 상연됨(9월 21일). 《로미오와 줄리엣》을 양4절판으로 출판함. 《뜻대로 하세요》, 《십이야(十二夜)》를 초연함.

1600년(36세) 영국의 동인도회사 설립함. 《뜻대로 하세요》 출판 보류 등록함(8월 4일). 《헛소동》 출판 보류 등록(8월 4일), 출판 등록(8월 23일), 같은 해 양4절판으로 출판함. 《헨리 4세》 제2부 출판 등록(8월 23일), 같은 해 악4절판으로 출판함. 《한여름 밤의 꿈》 출판 등록함(10월 8일). 《윈저의 명랑한 아낙네들》 초연함.

1601년(37세) 부친 존 사망함(9월 8일 매장). '궁내대신 소속극단', 에섹스 백작 일당의 요청에 의해 왕위 찬탈극 《리처드 2세》를 '지구극장'에서 상연함(2월 7일). 에섹스 백작, 런던에서 쿠데타를 거사하였다가(2월 8일) 실패하여 사형에 처해짐. 《십이야》를 궁정에서 상연함(1월 6일). 《햄릿》 집필함. 《트로일러스와 크레시타》 초연함.

1602년(38세) 이 무렵 크리플게이트에서 하숙. 스트레트퍼드 교외에 107 에이커의 토지를 320파운드에 매입함(5월 1일). 《윈저의 명랑한 아낙네들》 출판 등록함(1월 18일), 같은 해 악4절판으로 출판함. 《햄릿》 출판 등록함(7월 26일). 《끝이 좋으면 다 좋다》 초연함. 《헨리 6세》 제2부를 악4절판으로 출판함.

1603년(39세) 제임스 1세가 즉위하여 스튜어트 왕조가 시작됨. 연극을 사랑한 제임스 1세의 후원으로 '궁내대신 소속극단'은 '국왕 소속극단'으로 됨(5월 19일). 그 후 역병으로 인하여 런던의 모든 극장들은 1년 동안 폐쇄됨. 《트로일러스와 크레시타》 출판 등록함(2월 7일). 《햄릿》 악4절판 출판함.

1604년(40세) 《오셀로》 집필, 같은 해 11월 1일 궁정에서 상연함. 《되는 대로》 집필함(1604~1605년), 같은 해 12월 26일 궁정에서 상연함. 《햄릿》 양4절판 출판함.

1605년(41세) '국왕소속극단', 1월 7일에는 《헨리 5세》, 2월 10일에는 《베니스의 상인》을 궁정에서 상연함. 윌리엄은 스트레트퍼드와 그 인접 지역의 10분의 1세(稅)의 권리를 440파운드로 매입함(7월 24일). 《리어 왕》 초연함.

1606년(42세) 무대에서 신을 모독하는 말을 쓰지 못하게 하는 포고령이 발표됨(5월 27일). 《맥베스》 초연함. 궁정에서 《리어 왕》을 상연함(12월 26일). 《안토니오와 클레오파트라》를 초연함.

1607년(43세) 장녀 수잔나가 의사인 존 홀과 결혼함(6월 5일). 《리어 왕》 출판 등록함(11월 26일). 《코리올레이너스》, 《아테네의 타이먼》을 초연함.

1608년(44세) 윌리엄 모친 메리 사망함(9월 9일 매장). 윌리엄, 존 애드브루크를 상대로 6파운드의 채권에 관해 소송을 제기하여 승소함. '국왕소속극단'이 옥내 극장인 '블랙프라이어스'를 매입했는데, 윌리엄도 8분의 1이 주주가 됨(8월 9일). 《안토니오와 클레오파트라》 출판 저지 등록함(5월 20일). 《리어 왕》 출판함(양과 악의 중간 4절판). 《페리클레스》 초연함.

1609년(45세) 《트로일러스와 크레시타》 출판함(양4절판). 《소네트 집》 출판 등록함(5월 20일), 같은 해 출판함. 《페리클레스》 출판함(양4절판). 《심벨린》 초연함.

1610년(46세) 이 무렵, 윌리엄은 고향으로 돌아갔다는 설이 있음. 《겨울 이야기》 초연함.

1611년(47세) 《흠정영역성서》가 출판됨. 천문학자인 사이먼 포맨이 '지구극장'에서 《맥베스》(4월 20일), 《심벨린》(4월 하순), 《겨울 이야기》(5월 15일) 등의 셰익스피어의 극을 관람한 기록이 있음. 《템페스트》 집필, 같은 해 궁정에서 상연됨(11월 1일).

1612년(48세) 윌리엄, 벨로트 마운트조이의 소송사건에서 증인으로 출두함(5월 11일~6월 19일). 엘리자베스 왕녀의 결혼 축하와 외국사절들을 위해 '국왕소속극단'은 이 해 겨울부터 1613년에 걸쳐 20회 이상의 상연을 가졌음. 《헨리 8세》 집필함(1612~1613년).

1613년(49세) '국왕소속극단'이 '지구극장'에서 《헨리 8세》를 상연함(6월 29일), 이날 상연 때의 축포 불꽃이 인화되어 지구극장이

불타 버림. 지구극장 재건립에 착수함.

1614년(50세) 6월, '지구극장'을 다시 준공함. 윌리엄, 런던으로 다시 감 (11월 17일).

1616년(52세) 1월 윌리엄, 유언장을 기초(?). 차녀 주디스가 토머스 퀴니 와 결혼함(2월 10일). 윌리엄, 유언장을 다시 정리 제작하여 서 명함(3월 25일). 4월 23일에 윌리엄 사망함. 4월 25일 스트레트 퍼드의 홀리 트리니티 교회에 안장됨.

1619년 토머스 파비어가 셰익스피어 전집을 출판함(《헨리 6세》제2·3 부, 《베니스의 상인》, 《헨리 5세》, 《한여름 밤의 꿈》, 《윈저의 명랑한 아낙네들》, 《리어 왕》, 《페리클레스》 등이 수록됨). W.자가드가 불법적으로 셰익스피어의 전집을 2절판으로 출판하려고 시도 함.

1621년 4월 《제12절판》 전집 인쇄 착수함(?). 《오셀로》 출판 등록함(10 월 6일).

1622년 《오셀로》 출판함(양4절판).

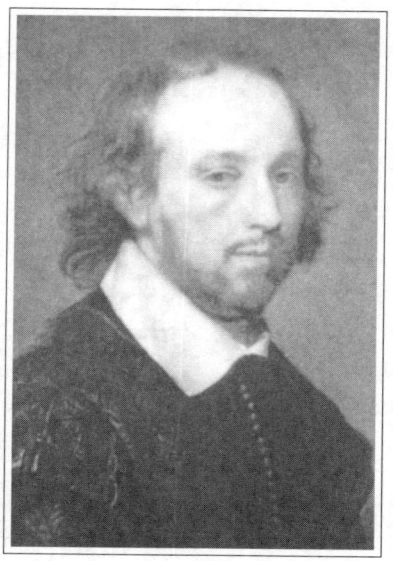

▲ 셰익스피어의 문장(紋章)

▲ 젊은 시절의 셰익스피어는 주로 희극작품을
썼음

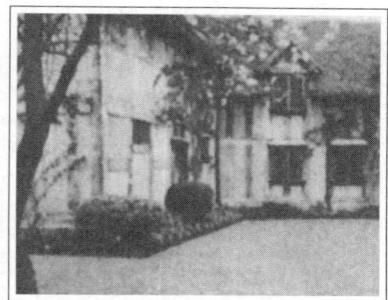

▲ 셰익스피어의 생가

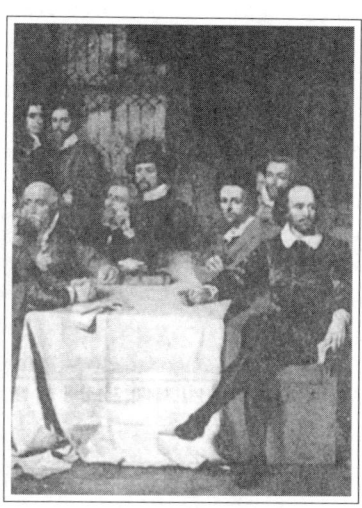

▲ 친구들과 자리를 함께한 셰익스피어

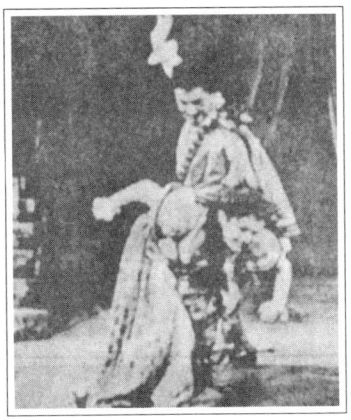

▲《말괄량이 길들이기》 제2막 제1장의
한 장면

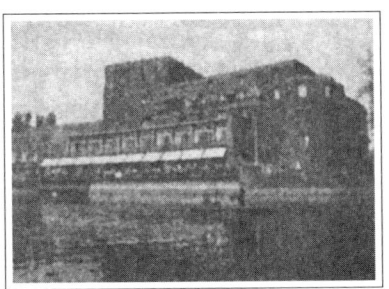

▲ 로열 셰익스피어 극장

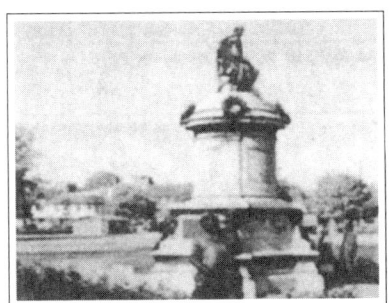

▲ 스트레트퍼드에 있는 셰익스피어 동상

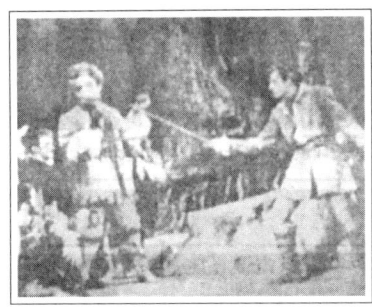

▲《뜻대로 하세요》 제2막 제7장의 한 장면

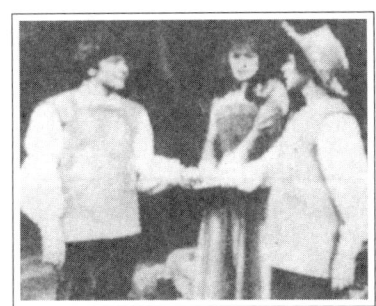

▲《뜻대로 하세요》 제4막 제1장의 한 장면

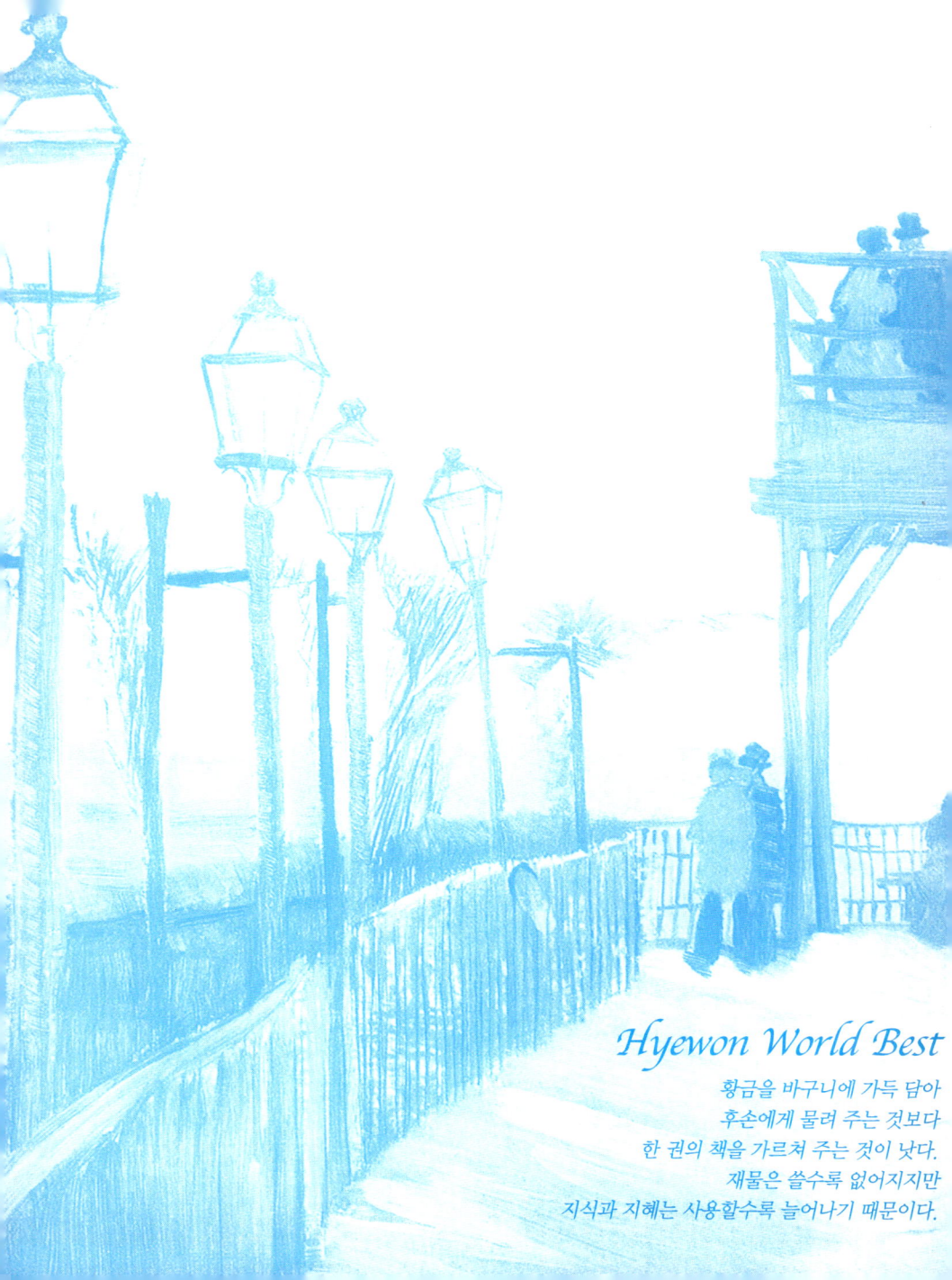

Hyewon World Best

황금을 바구니에 가득 담아
후손에게 물려 주는 것보다
한 권의 책을 가르쳐 주는 것이 낫다.
재물은 쓸수록 없어지지만
지식과 지혜는 사용할수록 늘어나기 때문이다.

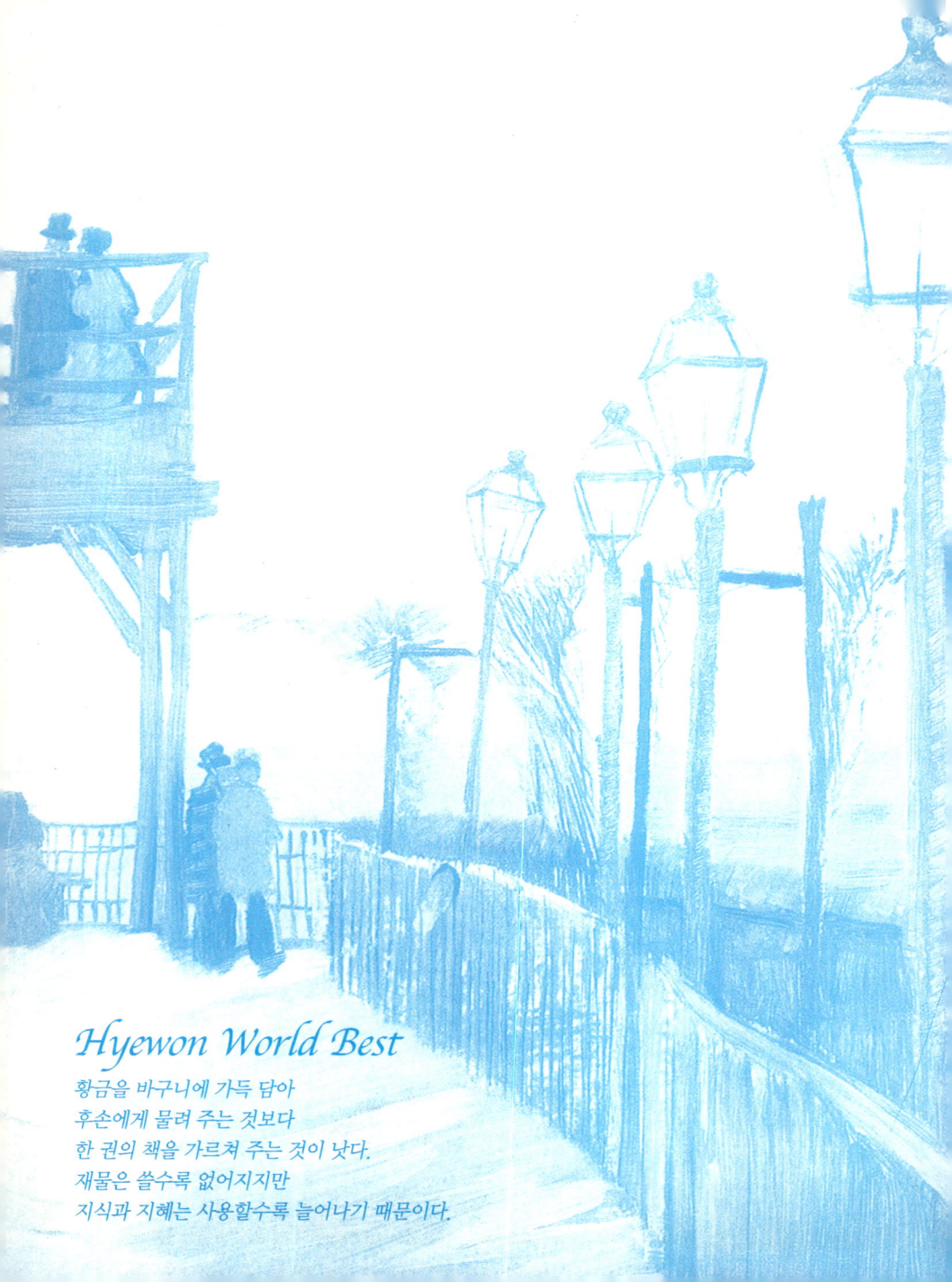

Hyewon World Best

황금을 바구니에 가득 담아
후손에게 물려 주는 것보다
한 권의 책을 가르쳐 주는 것이 낫다.
재물은 쓸수록 없어지지만
지식과 지혜는 사용할수록 늘어나기 때문이다.